KB270692

인생2막 · 세월의 손톱을 깎으며

문지사

박·문·신·수·필·집 — 인생 2 막

내 자신을 소중하게 생각한다

　이 책이 세상에 나온다면, 좀 쑥스럽기도 하고 어쩌면 부끄러운 면도 있을 것 같다. 하지만 오랜 세월 내 나름대로 깊은 사색의 질곡에서 고민도 하고 몰입하여 힘겹게 만들어 낸 삶의 모습들이다. 나에게는 더없이 소중하며 마음 속으로는 그 누구에게 자랑을 하고 싶은 간절함도 깃들어 있다.

　설사 이 책의 내용들이 어느 면에선 기대 수준에 못 미친다 해도 이는 내 능력의 한계일뿐 이를 문제 삼아 의기소침할 필요는 없지 않을까. 혼자 자위해 본다.

　어떻게 보면 흙 속에 진주라도 숨겨져 있듯이 의외로 좋은 내용의 글도 있을 것이라는 자기 만족에 용기를 얻는다. 게다가 이제까지 살아온 내 자신의 인생 경험의 작은 고리들이 모두 엮어져 하나씩 빛을 발할 때 많은 사람들의 공감으로 꽃을 피울 수 있다면, 더할 나위 없는 보람으로 감사할 뿐이다. 어쨌거나 이 책이 노년기의 삶을 다시 설계하려는 이들에게 조금이나마 보탬이 될 수도 있다는 작은 소망을 가져본다.

　노년이 깊어가니 주변에선 유명을 달리하는 친구들의 소식에 새삼 삶의 끝자락에 서 있는 듯한 슬픔을 느낀다. 세상을 떠남은 진정 하늘의 뜻이므로 개개인이 지니고 있는 운명의 불공정성을 탓할 수야 없지만, 아직은 '너무 이르지 않나!' 하는 안타까운 마음 금할 길 없다.

노년은 삶의 완숙기라고 한다. 그러나 늙는 것도 쉽지 않은 세월의 이정표이다. 그것은 노년의 삶이 녹녹치 않기 때문이다. 어떻게 살아야 남은 여생을 아름답고 건강하게 살아갈 수 있을까? 성경의 말씀대로 살 수 있다면, 또는 불경의 가르침대로 살아간다면, 아니면 오직 자신의 도덕적 양심과 가치관에 따라 살아야 하는 것인지! 그러나 이는 내 마음의 그릇과 능력의 잣대로 헤아리는 바램이요, 꿈이요, 허상이라 해도 지나친 말은 아니다. 그렇다고 애초부터 이를 스스로 포기하고 외면한다면 돌이킬 수 없는 후회와 절망의 늪에 빠질 수도 있다.

장수 시대에 살고 있는 현대인은 노년이라도 아직도 의학의 눈부신 발달로 삶의 시간적 공간적 여유를 향유하고 있다. 그러므로 어린 시절부터 꿈꾸어 온 이루지 못한 일들을 이제는 여유롭게 실행에 옮겨 볼 새로운 준비를 해 보기도 한다. 또한 노년에 이르기까지 시들고 빛바랜 자신의 숨겨진 장점이나 경험 등을 다시 찾아내어 미약하나마 숨가쁜 재도약의 기회를 마련할 수도 있다.

'지는 해의 모습이 더 아름답다고 하지 않았는가!'

무엇보다도 '늦었다'는 생각은 백해무익이라는 인식이 중요하다. 왜냐 하면 늦고 안 늦고 따질 겨를도 없이 가파르게 지나가는 시간이 바로 노년에 해당되기 때문이다. 그러나 어떤 일에 열중하는 생활의 습관도 끈덕지게 남아있고 새로 돋아나는 노욕老慾과 집착에 연결되어서는 안 되며, 그렇다고 타인의 눈을 너무 의식해서도 노후 생활에 안정을 잃게 된다.

가령 좋은 대안을 마련하였더라도 불필요한 욕심과 고집으로 여유를 잃든가, 주변의 눈치로 매사에 주저한다면, 이는 도리어 만사를 그르치는 원흉으로 작용한다. 어떠한 일을 하든 욕을 버리고 순리를 따르되 자신의 분수를 겸허하게 받아들이는 것이 노년의 삶을 풍요롭게 만든다.

무엇보다도 노년에 쉽게 찾아오는 걱정이나 외로움을 멀리하고 게으름에 빠지지 않도록 한다. 이와는 대조적으로 무엇을 하든 열심히 하되 너무 무리하고 지나쳐서는 안 된다. 모든 것을 긍정적으로 생각한다는 전제하에 늘 깨어 있는 마음을 간직하고 언제나 미소를 머금는 여유와 유머의 감각을 지니도록 한다.

시간의 여유 속에 자신을 사랑하고 남을 이해하며 배려하는 데 솔선하는 습성을 기르도록 한다. 남에 대한 오랜 원한도 그의 근원을 송두리째 지워버리고 자신을 원망하거나 비하하는 습관도 과감히 떨쳐 버림으로써 맑고 바른 정신 건강을 배양토록 한다. 이와 함께 가족의 소중함과 아내의 귀중함을 결코 잊지 않도록 노력한다.

어떠한 난관이 닥치더라도 '나는 이제 퇴물'이라는 생각을 뒤로 하고 '나는 그래도 쓸모 있는 사람'이라는 인식이 자리 잡도록 한다. 그러면서도 조금은 도도할 만큼 자신의 행동을 다그쳐 기와 힘을 되찾는 역동적인 삶을 보여줌으로써, 남들로부터 멋과 매력이 넘치는 '젊은 아저씨'라는 말을 듣도록 항상 자신의 길을 걷는다.

비록 노년의 삶을 영위하는데 조금은 궁색하더라도 구차하거나 남루한 표정은 짓지 말자. 어쨌거나 용기와 자신감을 갖고 미래를 보다 지혜롭게 가꾸어 내 여생만은 더욱 풍요롭고 빛나는 여정이 되도록 노력하자.

바야흐로 그레이 칼라(Gray Collar:일하는 고령자)시대가 전 세계적으로 바람을 일으키고 있다. 이에 맞추어 우리도 요즘 유행하는 말로 웰빙(Well-Being:몸과 마음이 쾌적하고 건강한 삶)과 콜링(Calling:자아 찾기)의 신선한 인간형으로 탈바꿈하려는 줄기찬 노력을 배가함으로써, 어떻게든 노색老色을 접고 젊음을 되찾는 나만의 독특한 자아상自我像을 정립해 보자. 이것이 바로 내 자신의 정체성을 확실하게 담은 또하나의 아름다운 노년을 만드는 요람이라 하겠다.

가을이 오는 길목에서
박문신 씀

차·례

제4부 여가선용을 위한 취미생활

제5부 생의 말기에 대비한 설계

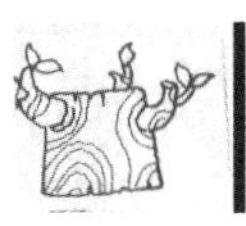

제1부
바르고 지혜로운 삶의 길

✳ 긍정적인 삶의 모습

사물을 보는 눈은 항상 객관적이고 명확해야 그 실체를 올바르게 인식할 수 있다. 아울러 상황을 판단하는 잣대도 이에 더하여 분석적이며, 비판적이고 종합적으로 이루어져야만, 본질을 올바르게 파악할 수 있다.

물론 여기에서 요구되는 사고의 영역은 부정적이기보다는 긍정적인 면에 치중되어야 하며, 획일적이고 정형화되어서는 안 되며, 보다 다원적으로 신축성 있는 접근이어야 한다. 우리는 이러한 사고에 입각한 상황 판단만이 정확한 해답과 결과를 얻을 수 있다고 믿는다.

일반적으로 긍정적인 시각을 중시하는 사람들이 일상생활에서 남보다 적극적인 삶을 이어가고 있음을 종종 본다. 주변에서 볼 수 있듯이 이들의 삶의 도정은 유난히 밝고 열정적임을 잘 보여주고 있다. 화를 내기보다는 웃음을 보이며 미움보다는 사랑을 가슴에 안고 살며, 질투나 시기보다는 이해와 용서에 앞장 서는 사람들이다.

이들의 생활신조는 '안 된다'가 아니라 항상 '가능하다'는 인식에서 출발하는 한편, 어떠한 문제에 직면하든 '나는 못 한다'가 아니라 '나는 할 수 있다'는 자신감에서 일을 처리한다. 때문에 이들은 불가항력의 숙명론을 단호히 거부하는 대신 철저한 현실주의와 책임감에 기초하는 특성을 지니고 있다.

그렇다고 긍정 일변도의 노선만을 추구하는 사람들에 의한 사회적 폐단이 없다고 말할 수는 없다. 오히려 우리 사회에서는 긍정적인 사람보다 부정적인 사람이 사회 정의면에서는 한 발 앞서는 경우가 있음을 흔히 본다. 긍정적이며 적극적인 사람이 때로는 자기 중심의 이기주의적인 색이 짙고 정의와 정직을 모토로 하는 정도의 순리를 지켜 나가는데는 오히려 소극적인 경우도 있다.

부정적인 시각에서 진리를 생활화하는 사람들이 일면 양심적일 뿐만 아니라 불의를 배척하는데도 솔선수범을 보이면서 의외로 비판적인 반골反骨의 기질을 갖고 있음을 부인할 수 없다.

우리의 긍정적인 사고에 입각한 적극적인 삶이라 할지라도 경우에 따라서 사회적, 또는 도덕적으로 문제를 야기할 수 있다고 보아야 한다. 적극성이 이기적 아부를 지향한 타성으로 변질되거나 자신의 적절한 분수를 넘나들며 남에게 피해를 주기도 한다. 이에 따라 염치도 없는 오만한 적극성이 오히려 조용하고 아름다운 소극적인 삶의 방식보다 못한 경우가 허다함을 경험할 수 있을 것이다.

결국 우리는 자신에게 주어진 여건 하에서 최선을 다 한다는 삶의 기본 방향으로 삼되, 상대나 주변을 해치지 않겠다는 의지로 영위해 나가야 한다. 여기에서의 적극성은 무리하지 않으며 허구와 자만, 고집과 오기가 없는 순수함 속에서 오직 정의와 진실만이 역동적으로 내면에 작용하고 있어야 한다. 다시 말하면 이러한 삶은 정직함과 동시에 성실하며, 남을 배려할 줄 아는 사람다운 사람으로서, 자타가 인정하는 도덕성과 인격성을 함께 지니고 있음을 의미한다.

노년기에 들어선 삶의 방향도 젊은 사람 못지 않게 긍정적이고 적극적인 마음가짐이 요구된다. 왜냐 하면 노년의 삶도 긍정적이며 적극적이지 못하면 그에게는 삶의 활력소가 소진된 것이나 다를 바 없고, 존재의 가치조차도 상실할 수 있기 때문이다. 또한 부정적이며 소극적인 사람에게는 자학과 고독의 늪이 항상 같이 하기 쉽고, 여기에서 헤어나기 어려운 마음의 병이 찾아들 수 있는 여지가 있기 때문이다.

사실 우리들 주변을 살펴보면, 노년에 대비하여 철저한 준비를 하여 온 사람은 그렇게 흔하지 않은 것으로 보여진다. 그렇다고 노년을 맞이한 지금부터 앞으로의 여생을 위해 대비하고 준비한다는 것도 사실상 쉬운 일은 아니다.

설사 내가 노년을 준비하지 못한 처지라 하더라도 노후에 걸맞게 잘 대비한 사람보다 현재를 살아가는 마음이 더 긍정적이고 적극적이면, 이것이 오늘을 올바르게 살아가는 비결이 될 수 있다. 여기에는 어마어마한 큰 목표가 필요한 것도 아니며, 그렇게 잘 짜인 훌륭한 계획이 요구되는 것도 아니다.

이렇듯 실천하기 어려운 일에 열중할 것이 아니라, 그저 일상생활에서 부딪치는 매일 매일의 일을 사랑하고 그 일에 더 충실하며 보다 열심히 노력하는 마음 자세만 있으면 된다는 뜻이다.

우선 우리에게 가장 중요한 것은 늙어가면서 어떻게 하면 아름답게 삶을 마감 하느냐 하는 문제이다. 아름답게 늙는다는 것은 다른 말로 하면 추하지 않게 산다는 뜻일 것이다. 흔히들 마음을 비우면 된다고들 한다. 어떻게 하는 것이 마음을 비우고 사는 것일까?

대부분의 사람들은 '마음을 비운다.'는 뜻을 알고 있다는 듯이 말하지만, 막상 마음을 비우는 것이 이거다 하고 그 일을 해 낼 수 있다고 자신하는 사람은 그리 많지 않은 것 같다. 부처님이나 예수님 주위에 있는 사람도 아니고, 하루 밥 세 끼에 그저 잠자고 이럭저럭 살아가는 주제인데, 그것도 대부분 백수인 처지에 마음을 비운다는 것 자체가 어쩌면 사치요, 우스꽝스러운 일인지도 모른다. 아무튼 마음을 비운다는 것은 아무나 할 수 있는 일이 아닌 것만은 틀림없다 하겠다.

사람이 늙어가면서 얼굴이 곱고 마음도 아름다우며 행동까지 바르다면 이는 금상첨화다. 이러한 사람은 분명 마음을 비우지 않고는 그렇게 될 수 없을 것이다. 얼굴이 훤하고 곱게 되려면 무엇보다도 건강을 유지해야 가능하다. 그리고 마음이 고우려면 욕심을 버려야 하고, 행동이 고우려면 남을 사랑하고 희생하는 마음이 앞서야 한다. 물론 이러한 고운 삶의 모양도 일상생활에서의 긍정적이고 적극적인 사고에서 잉태되고 있음은 두말할 나위가 없다 하겠다.

그러면 건강하게 살아가는 사람의 마음 자세는 어떤 것일까? 무엇보다도 중요한 것은 나는 건강하며 밝은 마음으로 오래 살 수 있다는 긍정적인 사고와 그렇게 살기를 바란다는 적극적인 자세가 바람직하다는 것이다. 성격은 가능한 한 낙천적이며 외향적일수록 더 좋다고 생각된다.

누구나 늙어가면서 극소수의 사람을 제외하곤 한두 가지 질병을 몸에 지니고 살 수밖에 없다. 늙은이들에게 찾아오는 질병이 성인병이든 여타 병이든 간에 세포의 돌이킬 수 없는 노화로 원상 회복의 완치는 불가능한 경우가 많다. 어차피 노년의 인생은 병을 피할 수 없는 막다른 것이며, 병과 함께 살면서 죽음으로 서서히 다가가는 일몰의 시간이 있을 뿐이다.

따라서 노년에 이르러 질병에 걸리지 않도록 만전을 기해야 하겠지만, 일단 성인병에 직면했다면 병 자체를 두려워하지 말아야 한다. 병을 나의 애완용 동물처럼 사랑하면서 함께 살겠다는 인식을 갖고, 가급적 병의 피해를 줄여나가는 긍정적 자세를 가져야 한다.

무엇보다도 병을 예방하는 차원에서의 정기검진도 가장 중요하지만, 평소에 자기 주변에 믿을 만하고 형제처럼 지낼 수 있는 어느 의사와의 돈독한 인간관계를 형성해 놓아야 한다. 언제라도 찾아가서 건강 상담을 할 수 있고 위로 받으며 긴급 사태가 일어날 경우 병원과 의사 선택에 도움을 받을 수 있는 절친한 주치의가 있는 사람이라면, 그는 이미 50%의 건강은 보장 받고 사는 셈이라 말할 수 있다.

우리가 항상 건강하려면 잘 먹고 잘 자고 잘 배설하는 3가지의 기능이 제 역할을 해야 한다. 늙으면 미각, 후각이 쇠퇴하여 밥맛이 좋을 리 없다. 먹거리는 노년에 맞게 소화가 잘 되고 영양가 좋은 식품을 선택하는 것도 중요하지만, 이보다는 음식을 먹을 때의 마음가짐과 선입감이 더 중요하다. 늘 감사하는 마음으로 이 음식은 맛있고 소화가 잘 될 것이라는 인식을 갖고 식사를 하는 태도가 더 중요하다는 것이다.

비록 마음에 들지 않는 음식이라도 6.25 사변 1.4후퇴 때의 주먹밥이나 1950년대 남대문, 동대문 시장 노상에서의 꿀꿀이죽, 1960년대 전방부대에서 먹은 사병 식사 등을 생각한다면 지금 노년에 접하는 각종 먹거리가 맛 없다는 것은 사치다.

건강을 위한 필수 조건의 한 예로 ‘오늘 잠이 안 오면 어떻게 하나'라는 걱정을 앞세우는 것이 문제이다. 누구나 늙으면 잠을 못 이루는 경우가 종종 있다. 우리는 이 문제를 긍정적으로 받아들이면서 신체적인 노화 현상을 인생의 작은 변화임을 깨닫고 이를 병이라고 생각해서는 안 된다.

불면증에 시달리고 있다면, 그것을 병적인 사태라고 단정하기보다는 마음가짐의 불안정에서 오는 결과로 보아야 한다. 쾌변을 위해서도 무엇보다도 즐거운 마음가짐이 긴요하지만, 항상 적당한 운동으로 장의 활동을 도와주는 습관이 절대적으로 필요하다.

한편 때때로 사색과 명상을 할 경우에도 과거의 나쁜 일이나 마음의 상처를 받은 일까지 회상할 필요는 없다. 마누라, 자식 또는 친구와의 관계에서 섭섭했던 일이나 배반의 흔적, 또는 현재의 갈등 관계 등 마음의 부담을 느낄 수 있는 문제들을 머리에 떠올리게 해서는 안 된다. 다시 말하면 과거의 일보다는 현재 당면한 일에 긍정적인 생각을 가지고 만족하고 감사하는 마음과 자세가 자신의 건강 유지에 도움을 준다는 사실을 간과해서는 안 된다는 점이다. 물론 미래의 불확실한 일에 불안한 마음을 가져서도 안 된다는 것을 명심해야 한다.

늦었다고 생각할 때가 가장 빠른 싯점이라는 금언을 되새길 필요가 있다. 지금 이 순간, 자기 자신이 어떠한 끼가 있다고 하면, 이제라도 그 끼를 살려 즐거운 생을 새로이 시작하면 된다. 내 자신이 늙어가면서도 매사에 주저한다면 나에게는 아무것도 다가오는 희망이 없다. 종교를 믿고 싶으면 오늘이라도 기쁜 마음으로 교회나 절을 직접 찾으면 된다. 생각만으로 이렇게 저렇게 반복하다 보면 성과는 나타나지 않는다.

이 나이에도 새로운 애인이 필요하다고 진정 생각한다면 이 역시 주저없이 찾아볼 가치가 있다. 불가능을 전제로 사전에 미리 포기한다면 죽을 때까지 새로운 연인은 나타나지 않는다.

또한 봉사에 참여하고 싶다면 도처에 나서서 봉사할 자리를 찾아야 한다. 누가 구해 줄 것을 바라기만 한다면, 이것은 이미 봉사가 아니다.

지금이라도 새로운 일을 해보고 싶으면 밑바닥 일이라도 적극적으로 찾아 나서야 한다. 그래서 일을 구해서 과거보다 더 열심히 일한다면 좋은 결과를 반드시 얻게 될 것이다.

우리가 절망보다는 희망을 갖고 미움보다는 사랑을, 경쟁보다는 양보의 미덕을 보이고, 거짓보다는 진실을 위해 살아가는 것이 바로 긍정적인 삶의 태도일 것이다.

언제나 밝고 깨끗한 마음가짐으로 자신과 주변을 포장하며 이웃과 서로를 위해 살아간다면, 그것이 바로 자신의 건강하고 행복한 삶의 긍정적인 방향인 것이다.

'하나님은 스스로 돕는 자를 돕는다.'고 하지 않는가.

✻ 좋은 친구를 갖기 위한 노력

우리가 흔히 사용하고 있는 국어사전에서 '친구'라는 단어의 뜻을 찾아보면 '오래 두고 가깝게 사귄 벗'이라고 설명되어 있다. 그러니까 같은 고향에서 태어나 함께 자란 죽마고우竹馬故友를 비롯하여 같은 학교를 다니면서 각별히 친하게 지낸 동창생, 그리고 사회에 나와 한 직장에서 함께 일한 동기생 및 동료 등을 가리켜서 우리는 보통 넓은 의미에서 친구 사이라고 인식한다.

그러나 아무리 오랜 기간 가깝게 사귀었다고 해서 그들이 다 친구가 되는 것은 아니다. 친구라 하면 서로가 관계를 인정하고 유지해 나가는 공감대가 형성되어 있어야 하며, 또한 그들 만이 공유하는 특별한 관계로서 상대방을 이해하고 사랑하는 인정이 깊이 새겨져 있어야 한다.

다시 말하면 친구가 되기 위해서는 오랜 세월 동안을 가깝게 사귀는, 서로간의 시간적이고 공간적인 유대감이 있어야 하며, 더 나아가 이 유대감을 초월할 수 있는 자기 희생의 아름다운 마음이 전제될 때 비로소 이들의 관계는 진정한 친구가 될 수 있는 것이다.

친구에 대한 이러한 정의가 일단은 보편·타당성을 지닌 설명이라 하더라도 세상을 살아가면서 어느 특정한 한 사람을 놓고 이 사람이 나의 친구인가 아닌가를 구분해 보려 한다면 이는 쉬운 일이 아니다. 어떻게 보면 친구와의 관계란 다분히 객관적이기보다는 자기 중심적인 판단이 앞선다. 즉 친구란 어느 의미에서 상대적인 개념보다는 일방적인 인식이 우선한다는 뜻이다. 그렇다고 진정한 친구의 개념을 자기 나름대로 설정해 놓고 혹자를 이에 대입해서 친구 여부를 결정하는 것은 옳지 않은 일이다.

옛 성인들의 말을 빌리면 '친구란 자기가 아닌 자기를 말한다. 친구란 당신에 대하여 모든 것을 알고 있으면서도 당신을 좋아하는 사람을 말한다.'고 하였다.

또한 '당신의 친구는 당신을 좋아한다. 그러나 당신을 좋아하는 사람이 반드시 당신의 친구는 아니다.'라고 말하였다.

그러면서 '우정은 모든 우울함을 감미롭게 만들고 비애를 물리치며 궁지에 빠져 있을 때 좋은 상담자가 된다. 또한 모든 비애에 대한 최대의 묘약으로 죽음의 공포도 극복할 수 있다.'고 하였다.

그러나 '오늘의 친구를 신뢰할 때 그는 내일의 적으로, 그것도 가장 나쁜 적이 될 수 있다.'고 하였다.

사실 노년기의 우리는 이러한 명언들을 되새겨 볼 필요는 없다. 왜냐 하면 우리는 인생 60평생 이상을 살아오면서 이러한 명언들이 지적하고 있는 값진 일들을 실제로 경험해 보았기 때문이다. 때로는 친구를 끔찍이도 사랑해 보았으며, 때로는 그들의 따스한 사랑에 매료되어 친구 없이는 세상을 살아갈 가치도 없다는 착각(?)에 사로잡히기도 했다. 하지만 어느 때는 친구 때문에 신체적으로 또는 경제적으로 쓰라린 고통을 맛보기도 했으며, 종래는 사랑하는 친구에게 뼈아픈 배반을 당한 경우도 있다.

일반적으로 친구란 인생을 살아감에 있어서 부정적인 영향보다는 긍정적인 면이 강하다는 점을 누구도 부인하지는 못하리라. 그 동안 좋은 친구를 갖고 열심히 그를 사랑해 온 사람이라면, 그로 인해 성공의 도움도 받았을 것이며, 친구의 고마움에 더 없는 열정을 갖기도 했을 것이다.

적어도 이러한 사람은 친구에 대한 긍정적 개념에 자기만의 뚜렷한 긍지를 갖고 있으며, 친구와의 관계가 인생의 주요한 갈림길의 역할을 한다는 주장에 가차 없는 공감을 표시할 것이다.

그는 지금도 친구에 대한 가치를 이리저리, 높낮이로 그 척도를 재보기보다는 자신이 갖고 있는 우정에 대한 진실성을 의심치 않음은 물론 우정에 충실하고 있는 자기만의 마음가짐에 만족할 것이다.

이와는 반대로 친구에게 쓰라린 배반의 고통을 당한 사람이라면, 그는 인간 자체가 갖고 있는 사악함을 탓하면서 한때는 친구의 배반에 대한 철저한 복수도 결심해 보았을 것이며, 친구 그 자체를 부인하며 경멸하기도 했을 것이다.

또한 배반을 당하기보다는 자기 자신이 친구를 배반하여 그 배반으로 인한 자책의 고통을 맛보면서 자신의 잘못을 후회하기도 했을 것이다. 물론 의도적인 배반으로 인해 자신의 친구가 쓰러지는 것을 즐거움으로 만끽하면서 배반의 반복을 통해 생을 즐기는 못된 인간들도 우리 사회에는 즐비하다.

그러면 직장이나 사업에서 손을 접은 60대 노년기의 사람들이 바라보고 있는 '친구·우정'에 대한 인식의 주류는 무엇일까?

어느 날 갑자기 다가온 것은 아니겠지만, 대부분의 사람들이 '친구는 모두 변했고, 지금도 변하고 있으며, 내일도 더 변할 것이다.'라는 느낌을 갖게 된다. 이에 소스라쳐 놀라면서 자신이 지니고 있는 친구에 대한 모든 긍정적 인식으로부터 벗어나보려고 애쓰기도 한다.

지금까지 변함 없는 우정에 대해 일종의 회의와 실망을 반복하면서, 새로운 우정을 만들지 못하는 자신의 무능에 실망하기도 한다. 급기야 친구에 대한 자신의 생각과 입장이 변했다는 사실을 인정하고 이를 책하기도 하지만, 친구도 많이 변했다는 상대적 개념을 떠올리면서 체념한다. 자기의 변화된 모습을 합리화하는데 급급하지만, 나만은 고통스럽지는 않을 것이라는 자위도 하게 된다.

이렇듯 노년의 사람들 마음 속에는 무엇 때문에 주변의 친구들이 변한 것으로 보이며, 지금도 변하고 있다고 생각하게 되는 것일까? 왜 친구들에 대한 '재평가 작업'을 자신도 모르게 열심히 해 대면서 친구가 마치도 무슨 저울대에 올려놓은 물건인양 자꾸만 그 수치를 이리저리 계산하는데 몰두하는 것일까? 늙어가면서 사람이 계산적으로 변질되어가는 것도 아닐 텐데, 유독 친구 문제만을 자꾸만 저울질하는 추한 작태는 어디로부터 연유하는지? 무엇을 바라고 무엇을 행동으로 옮기려는 의도도 아닐 텐데.

그러나 친구에 대한 반복되는 마음의 동요와 갈등의 굴레는 여지없이 깊어 만가는 것이 노년의 꾸밈 없는 현실인 것이다.

다른 한편으로 이들은 '자신은 외롭고 쓸쓸하다'는 말을 내

뱉을 것이다. 나에게 이제는 친구가 있나 없나 하고 의문을 되새기면서 '그 많고 좋아했던 친구들 모두 다 어느 곳으로 떠나가고 나 만이 혼자 이렇게 외톨이가 되었나!'라고 중얼거리기도 할 것이다.

인생이란 다 그렇고 그런 것인데, 나만 그런 것이 아니고 누구나 다 느끼는 일상의 일인데, 그리고 '이러한 모든 일련의 오묘한 일들은 살아가는 과정에서, 그리고 늙어가는 삶의 한 변화일 뿐인데, 그렇기 때문에 조금도 이상할 것이 없는 너무나 자연스러운 일상의 한 단면인데'라고 자위도 할 것이다.

물론 친구들이 다 없어졌다는 느낌은 각자의 인생의 중요한 변화인 것은 분명하다. 다만 특별한 사람만이 갖는 특성이 아니란 점에서 일종의 보편타당성을 지닌 일로 여겨진다. 하지만, 그 결과가 '고독'이라는 특수한 감정의 깊이와 연계되고 있다는 점에서 문제가 있는 것이다. 친구가 없다는 빈곤의 마음가짐에서 생성되고 있는 이러한 늙은이의 고독은 기氣가 시퍼렇게 살아있는 젊은 시절의 고독과는 전혀 궤軌를 달리 한다.

왜냐 하면 청춘 시절의 고독은 아름다울 수도 있고 일면 맛도 있는 생산적인 영혼의 향수일 수 있기 때문이다.

그러나 노년기의 고독은 사실 고독으로의 끝만이 결코 아니다. 그 고독의 지속은 희망과 용기를 포기하는 절망과 자학의 나락으로 추락할 수 있고, 급기야는 불면의 밤에 고뇌를 전전하다 생과 사의 갈림길에서 영혼을 저주하는 곳에 이르게 될 수도 있다.

사실 늙은이의 쌓이고 쌓여온 고독은 한마디로 독毒이요, 악마惡魔적인 요소를 지니고 있다. 일단 그 고독의 골이 깊어지면 독이 가득 찬 악마의 굴레에서, 이를테면 우울증이나 불면

중에서 그 누구라도 탈출할 수 있는 여력을 찾기란 아주 어려운 일이다.

누가 뭐라 해도 늙은이의 고독을 소멸시켜 주는 안내자는 진정 그의 아내를 제외하고는 친구만이 특별한 능력을 지녔다고 여겨진다. 여기에서 서로 주고받는 정情이 진정 해맑고 티 없는 순수함을 지닌 깊은 우정과 자기 희생 정신을 동반하였다면, 이때 그가 갖고 있는 고독의 악마는 순간적으로 사라질 수 있을 것이다.

정녕, 이 깊어가는 가을밤에 보고 싶고, 그립고, 애타게 찾아 보고 싶은 친구 하나 없다면, 그 사람은 실패한 인생이나 다름없는 삶이다. 주머니돈과 시간이 아깝지 않고, 언제라도 찾아갈 수 있고, 어느 때나 부를 수 있고, 항시 부르면 달려와 줄 수 있고, 희로애락喜怒哀樂을 같이 나눌 수 있는 지란지교芝蘭之交의 친구 한 명 없다면 참으로 고독하고 쓸쓸한 사람이라 할 것이다.

심정적으로 그런 친구가 나에게도 없다고 단정한다면 나를 그렇게 생각해 주는 상대적인 친구도 없을 수 있다. 물론 나의 입장과는 달리 상대만이 나를 친구로 생각해 주는 경우도 있긴 하다. 그러나 이러한 경우는 내용상 반쪽 친구에 불과하며, 불완전한 관계의 친구이다. 여기에 친구간의 진정한 정을 기대하기는 사실상 어려운 일이다.

「성경」에 '두드리면 열린다.'는 말이 있다. 노년에 '친구 하나 없다.'는 현실을 탓하고 깊이 조여오는 고독만을 되씹으며 자신의 무기력을 탓하고 있다면, 이는 너무나 가련하고 슬픈 존재인 것이다. 일단 친구가 모두 없어졌다는 자신의 인식에 공감하더라도 실망은 금물이며, 포기는 더 더욱 안 된다.

지금 이 순간에라도 친구라는 문제 의식을 자기 나름대로 설정해 놓고 주변을 살펴본 다음 새로운 설계를 해야 한다. 늦은 지금이라도 친구를 찾아 나선다면 누구에게나 얻을 수 있는 것이 친구이다. 자신이 힘들게 노력해 보지도 않고 친구가 없다고 단정해 버린다면, 정말 그에게 친구는 이 세상에 하나도 없는 것이며, 앞으로도 친구가 영영 나타나지 않음은 분명한 일이다.

노년에 들어 분명 좋은 친구를 갖고 있다는 것은 참으로 행복한 사람에 속한다. 노인들은 가족이 옆에 있는 것보다 좋은 친구를 가까이 둘 때 더 장수한다고 한다.

하나님 말씀에 '성실한 친구는 안전한 피난처요, 그런 친구를 가진 것은 보화를 지닌 것과 같다.'고 하였다. 노년기에 어떻게 하면 좋은 친구를 갖고 이를 계속 유지할 수 있으며, 어떻게 하면 자기 희생이 따르는 좋은 친구가 되어 줄 수 있는지, 항상 자신에게 되물어 이를 자기 인생의 가치관의 중심에 올려놓고 실천에 옮길 필요가 있다. 그래서 좋은 친구는 버리지 말고 아름다운 관계가 계속 유지되도록 항상 자신을 가다듬어야 한다. 이러한 의미에서 좋은 친구를 갖기 위한 몇 가지 소견을 다음과 같이 제시해 보고자 한다.

첫째, 열린 마음의 친구관親舊觀을 갖도록 한다. 청담青潭 스님은 그의 명상록에서 '인간이 오직 구해야 할 것이 있다면 마음의 밝은 원리를 깨쳐야 하는 일'이라고 하였다.

마음의 밝은 원리란 이해와 사랑, 용서와 관용일 것이다. 털어버릴 것은 버리고 잊어버릴 것은 잊는 것이 자기 삶의 올바른 길이다. 무거운 마음보다는 가벼운 마음이 부담도 덜하고 건강에도 좋다. 물론 노년기에 들어 배신한 친구 모두에게 용서와 사랑을 베풀 필요가 없다는 주장도 일리는 있다. 그러나 기존 친구와의 갈등과 대립관계를 해소하려 노력하지 않는다면 정말 '친구는 없다'는 푸념에 사로잡히게 된다.

주위에 친구가 없다는 인식은 자기만의 관점에서 본 넋두리의 소산일 수도 있다. 조금은 자기의 입장에서 벗어나 상대편의 관점에서 또는 제3자의 시선으로 본다면 많은 친구가 자기에게도 있음을 깨닫게 된다.

어느 사람을 미워하고, 시기하고, 경쟁하는 차원에서 바라본다면, 그 사람은 아예 친구가 될 수 없는 것이다. 그러나 그 사람을 사랑하고 이해하는 관점에서 마주 존재한다면 그 사람은 가까운 친구가 될 수 있을 것이다. 오늘이라도 내가 먼저 아무런 조건없이 그를 이해하고 따스한 정을 전한다면, 그것만으로도 친구 관계를 맺는 결정적인 계기가 될 수 있다. 즉 친구 관계란 내가 상대를 감동시키면 자연스럽게 '서로'가 될 수 있는 인연을 맺게 된다.

둘째, 기존 친구와의 유대가 단절되지 않도록 노력한다. 누가 무어라 해도 옛날 친구가 제일이다. 때문에 자기가 지니고 있는 친구와의 끈끈한 정이 훼손되지 않도록, 그리고 늙어가면서도 옛 친구와의 우정에 새로운 싹이 돋아나도록 노력을 해야 한다.

진실한 친구로 인정하고 있다면 '계산'이라는 마음가짐은 그와의 관계를 멀리 할 뿐이다. 계산보다는 베풂에 앞서 나가면서 상대를 이해하고 존경하는 마음을 가진다면 이는 친구 관계를 유지하는 금상첨화의 덕목德目이라 할 수 있다. 그 사람이 나의 친구임이 틀림없다는 자신의 신념이 굳건하다면 그는 진정한 친구임이 틀림없다.

우리는 무엇보다도 자기가 사랑하는 친구의 마음을 잡아두는데 게을리해서는 안 된다. 진정 그 친구와의 유대가 영원하기를 바란다면, 그 친구에 대한 인식과 태도는 보다 진보적이고 혁신적이어야 하며, 적극적이어야 한다. 그에 대한 안부 전화도, E-mail도 내가 먼저라는 고정관념이 정착되어 있어야 하며, 그의 경조사에는 보통을 초월한 마음의 표시가 있도록 내 자신을 다그쳐야 한다. 재테크, 건강식에 대한 정보도 주기적으로 교환할 필요가 있다.

가령 그 친구와의 즐거운 여행이라든가. 바둑, 등산, 사교춤 등 취미생활에서도 같이 참여하여 우정의 끈을 더욱 두텁게 하도록 노력하고, 적어도 그 친구의 생일을 언제라도 챙겨줄 수 있도록 배려하는데 주저하지 않는다면, 이는 정말 좋은 방법이 된다.

불현듯 제의하는 부부동반의 식사도 아주 유익하고 각종 공연장, 야구장, 축구장 등의 사전 예매를 통한 관람은 때때로 식은 우정을 다시금 복원할 수 있다. 내가 그 친구를 위해 사심없이 노력한다면, 그보다는 양과 질적인 면에서 적더라도 언제고 돌려받는다는 것을 결코 잊지 말아야 한다.

셋째, 친구의 장점을 배운다.

우리 주변에는 자타가 공인하듯이 그 사람은 참 좋은 친구를 갖고 있다는 말을 듣거나 하는 경우가 있다. 한 예로 그는 친구에 대해 정직할 뿐만 아니라 마음이 따스하고 예의바른 호의도 지니고 있는 사람이다. 또한 친구를 결코 배반하지 않는 사람으로 정평이 나 있다. 우리가 이러한 사람을 따라 배우고 행동하며 처신한다는 것은 매우 어려운 일이다. 마음먹고 따라 해본다 하더라도 거의 운신의 폭이 그리 넓지 않다. 어딘지 자신의 틀에는 맞지 않는 것으로 느껴지면서 어색하고 부자연스럽다는 생각에 포기하게 된다.

하지만 누구에게나 포기와 실망감은 생각하기에 따라서 다시 시작하는 계기로 연결될 수 있다. 좋은 일에 기대하는 반복적인 노력은 결국 좋은 결과가 이루어지게 마련이다. 적어도 자기의 마음을 가다듬고 그 친구의 장점을 답습하려고 꾸준히 노력한다면, 어느 사이에 자신도 모르게 자기 것이 된다.

넷째, 새 친구를 갖도록 노력한다. 홀로 사시는 80세의 건강한 집안의 어르신이 언제인가, "지금 나에게 외롭고 고독한 것이 가장 큰 문제인데, 함께 놀아 줄 친구가 없다는 것이 제일 안타깝다."라고 한 말씀이 생각난다.

여기에서 우리가 앞으로 노년이 깊어갈수록 옛 친구에게만 연연하지 말고 새로운 친구를 지속적으로 사귀어야 한다. 왜냐하면 새 친구를 만들지 않으면 옛 친구가 모두 유명을 달리하면 외톨이 신세가 될 수밖에 없기 때문이다.

새 친구는 도처에 있다. 우리가 종교를 선택하는 것도 여러 가지 목적이 있지만 늙은 나이에 새 친구를 만들 수 있는 가장 유리한 조건으로 종교 활동을 통해 얼마든지 새 친구를 사귀고 이를 가꾸어 나갈 수 있다.

또한 사회봉사 활동, 동호인 그룹에의 참가는 늙음을 젊음으로 바꾸어 주는 활력소임과 동시에 뜻을 같이 하는 친구를 얼마든지 얻을 수 있다. 누구나 시청, 구청, 지역 동회를 찾아 봉사할 일거리를 찾든가, 인터넷을 통한 각종 동호인 모임에 참가한다면, 친구를 얻는 계기가 될 것이다. 친구는 내가 찾고 내 스스로 만드는 인생의 길이다.

옛 친구

오랜만에 떠오르는 그리운 옛 친구
마음을 열고 오늘 모처럼
전화 한 통화 넣어주련만
언제나 하얀 이를 보이며 반겨주는 나의 친구
지나온 세월만큼이나 정을 듬뿍 담아 찾아주는 친구
어릴 때 그 목소리, 지금도 변함없겠지.

괴로울 때나 즐거울 때, 항상 마음을 전해 주는
그 친구의 다정스런 음성
다정하고 맛깔스럽기도 하였고
때로는 가슴을 찌르는 날카로움도 지녔지만
그의 그림자, 그의 넋두리, 그의 차디찬 충고는
이 순간, 너무도 그리웁구나.

가을 단풍 길 우수수 떨어지는
낙엽 소리에
소스라쳐 놀라면서도
마을 앞 저수지 둑길, 윗말 가로지르는 오솔길
아물아물 저 멀리 사라져가는
그 모습은 아련하기만 하다.

❋ 돈 잃고 친구 잃는 길

　　노년에 정년 퇴직을 한 후 백수가 되어 살다보면, 누구나 가족이나 친지, 또는 친구들로부터 상당한 액수의 돈을 빌려 달라는 청을 받게 된다.

　　이때 대략 두 가지 형태의 성격을 띤 부탁 중 하나는 돈의 증식에 대한 유혹의 손길이며, 다른 하나는 경제적 위기에서 구해 달라는 호소다. 만일 내가 현재 돈과 재산에 여유가 있다는 사실을 상대가 인지하고 있다면, 상대의 부탁은 더욱 끈덕지게 집요한 공세를 취한다. 하지만 이것이 여의치 못할 때에는 일종의 사기 수법까지 동원되는 등 몹시 추악한 면모를 보이기도 한다.

　　물론 이러한 경우에 처했을 때 누구든지 돈을 빌려 주어서는 안 된다는 사실은 너무나 당연한 일이다. 상대방이 후한 이자와 함께 원금을 반드시 갚겠다는 약속을 거듭 강조하지만 경우에 따라서는 틀림없이 내 돈을 꿀꺽 삼키려 한다는 저의를 쉽사리 간파할 수 있다.

　　전례없이 친절해진 상대의 태도나 눈물로 호소하는 애절한 간청, 그리고 가족이나 친지의 경우 협박까지 서슴지 않는 다양한 수법들이 나타난다. 그럼에도 불구하고 나는 돈을 지켜야 한다는 이성을 잃지 않고 초지일관初志一貫 상대의 공세를 외면하는데 성공한다.

그러나 우리 사회는 아직도 농경문화農耕文化의 속성이 남아 있어서 그런지 지연, 혈연, 학연 등으로 맺어온 끈끈한 정을 단칼로 베어 내지 못하는 인정에 머뭇거리게 된다.

연일 계속되는 강력한 공세에 못이겨 '모질지 못한 게 정이라' 그만 그 놈의 올가미에 얽혀 친구나 친지에게 돈을 꾸어주는 사람도 많다. 다른 한편으로는 '돈을 늘려야 한다.'는 욕심에서 벗어나지 못한 탓에 돈을 사취하려는 친구 친지의 유혹이나 함정에 자제심을 잃고 그들의 요구를 허락하는 사람도 흔히 있다.

돈을 빌려 달라고 청을 하는 친구는 대개 사업에 종사하는 경우가 많다. 자기가 사업을 확장하니 투자하는 마음으로 돈을 묻어두라는 경우와 결제 자금이 부족한데 몇 날, 또는 몇 달만 좀 봐 달라는 식이 대다수이다.

상대방이 사업자금을 도와줄 형편도 못되는 것을 뻔히 알지만 부도에 몰리거나 남의 돈을 사취하려는 사람으로서는 찬물 더운물을 가리는 입장에서 떠난 지 오래 전이다. 사실 사업이 파산에 몰린 사람의 입장은 물에 빠진 자가 지푸라기라도 잡으려는 심정과 꼭 같은 처지이다.

일반적으로 사업하는 사람은 은행돈이나 남의 돈을 자기 것으로 여기는 좋지 못한 성품을 가지고 있다고 평한다. 소위 사업가 기질은 '남의 돈 못 먹으면 바보요, 그렇게 생각지 않고 무슨 사업을 하겠느냐'는 도둑배짱이 있어야 한다는 것이다. 이러한 자질과 인식을 갖고 있는 사업가에게 봉급생활자가 평생 저축해 모은 돈을 빌려준다는 것은 그야말로 '내 돈 잡수세요.’ 하고 진상하는 거나 다를 바 없다.

물론 그들 중에는 ‘개성상인’이라 할 특성의 기질을 가진 사람도 있다. 상거래에는 정직과 신용을 목숨같이 여기는 고귀한 인품의 사람들 말이다. 친구가 이러한 사람이라면 잠시 사업자금을 빌려주었더라도 돈을 떼일 염려는 없을 것이다.

오히려 친구로부터 한때의 어려운 처지를 도와주었다는 감사의 덕으로 후일 여러 가지 경제적 도움을 받을 수도 있고 황혼의 여정에 함께 끈끈한 정을 이어갈 수 있는 계기가 될 수도 있다.

그러나 실제로 이러한 사례는 요즈음 어려운 세상에 가뭄에 콩나듯 극히 드문 경우이며 퇴직 이후의 인생살이에서는 더욱 찾아보기 힘든 경우이다.

물론 돈을 빌려준 사람이 현직에 근무하고 있는 처지로 권력기관이나 고위공직에 있다면 사정은 달라진다. 사업하는 자가 상대를 이용하였으나, 장래에 도움을 줄 가능성이 있다면 절대로 돈을 떼어먹지는 않고, 오히려 돈을 빌리는 기회를 적절히 활용하여 상대에게 경제적 부담을 주어 이를 미끼로 실리를 취하려는 뇌물 공세를 취하기도 한다.

문제는 백수에 힘도 없고 많지 않은 돈과 재산을 소유하고 있는 처지에 사업을 한답시고 주변 사람이나 친구의 돈 사기 낚시에 열을 올리는 자를 조심해야 한다.

이런 사태의 발단은 대개 정신이 나가 있거나 혼미한 상태에서 또는 솔깃한 돈 욕심이 발동해서 벌어지게 되는 세상살이이다.

일단 사기꾼에 걸려들면 늪에 점점 빠지는 것처럼 헤어나지 못하고 모든 것을 잃게 되지만, 재빨리 사태를 알아차려 자신의 분수를 깨닫고 결단을 내리면 손해를 줄일 수도 있다.

사실 돈은 내 주머니나 통장에 있을 때 비로소 나에게 소유권이 있는 것이다. 일단 남의 손에 들어가면 돈의 속성상 내 돈이 아닐 수 있고, 나도 모르게 소유권이 소멸되는 최악의 상황을 맞이할 수 있다. 때문에 몸과 마음이 약해진 데다 온갖 유혹에 넘어가지 쉬운 노년에 접어들면 자신의 돈을 잃지 않고 지켜나간다는 것은 결코 용이한 일이 아니다.

세간의 말로 '사업을 하는 착한 사람이 공무원 가운데 제일 악한 사람보다 못하다.'고 한다. 그리고 퇴직인을 상대로 신상 정보를 활용하여 퇴직금을 사취하려는 꾼들 간에 금품이 거래된다고 한다.

정말 돈을 사취하려는 군상들에게는 그야말로 '눈뜨고 코 베 가는' 것을 멀쩡히 두 눈 뜨고 당하는 무서운 세상이다. 이러한 유형의 몇 가지 사례를 들어보기로 하자.

【사례 1】 어느 대기업에 30년 넘게 근무한 A씨는 퇴직할 무렵 부모로부터 거액의 재산을 물려 받았다. 부모가 농사를 짓던 전답이 아파트 부지로 편입되어 큰 보상을 받아 자식들에게 분배했기 때문이다. 같은 회사에 근무하다 명퇴하여 조그만 건설자재 판매업을 경영하고 있는 후배가 만나자고 하여 자리를 함께 했다.

A씨는 후배가 평소에 건실했고 신용도 있었던 터라 자기네 회사의 어음 몇 장을 높은 이자에 할인해 달라고 부탁하는 것을 아무 생각없이 들어주었다. 이 후배는 A씨가 가지고 있는 돈의 정보를 미리 알고 사취하려는 계획적 수법이었다.

그 후부터 A씨는 신바람 나는 장사를 하게 된 것이다. 어음의 양이 점점 많아지고 현금으로의 환전도 순조롭게 이어갔다.

환전이 잘될 때 손을 떼었으면 좋으련만 마땅히 할 일도 없고 하니 이 정도의 회사면 투자를 해도 좋고 인수를 해도 좋다는 생각이 들었다.

후배는 A씨로 하여금 이런 생각이 들도록 철저히 위장하였다. 마침내 A씨는 거액의 돈을 대고 동업자로 사장이라는 명함을 만들었을 때, 그 후배는 이미 돈을 다 챙겨가지고 흔적도 없이 사라졌다. 그 회사에서 A씨가 건질 것은 아무 것도 없었으며 회사의 많은 부채만 떠 안게 되었다.

【사례 2】 군에서 고급장교로 근무한 B는 공병 출신으로 남달리 돈을 챙기는데 유별나 비교적 큰 재산을 모아 가지고 전역하였다. 90년대에만 하더라도 공병으로 제대한 고급장교들은 대부분 건설 분야에 재취업을 하거나 소규모 건설회사를 차려 창업을 하는 것이 상례적이었다.

그런데 문제는 이들 가운데 전역한 고급장교가 돈을 제법 가졌다는 사실이 알려지면 선배가 마수의 손길을 내밀게 된다는 것이다.

우선 사기꾼 선배는 B가 안심하고 투자하도록 모든 배려를 아끼지 않는다. B가 마음이 끌리는 사실을 간파한 선배는 많은 돈을 투자하도록 유인한다.

결국 B는 괜찮은 사무실에 여직원의 도움도 받아가며 꿈만 같은 회사 출퇴근에 만족한다. 그러나 얼마 못 가서 B가 정신을 차렸을 때는 실적도 없는 유령회사임이 들어났다. B가 투자한 돈을 회수할 길은 어느 곳에도 열려 있지 않았다.

【사례 3】 부동산을 소유하고 있는 C는 특별한 직업을 가지고 있지도 않으면서 골프와 헬스 등으로 소일하고 친구들에게도 술과 밥도 잘 사는 인기 있는 친구였다. 그런데 언제부터인가 부동산이 정리 안 된다고 하면서 가까운 친구로부터 돈을 빌리기 시작하였다.

그의 말인즉, 부동산만 팔리면 충분한 이자를 계산해서 갚겠다는 것이다. 워낙 C는 남을 속이거나 피해를 줄 사람같이 안 보였고, 그 옛날 학창시절에도 비교적 성실하게 생활해 온 터라 그의 말을 굴뚝같이 믿게 되었다. C는 이 사람 저 사람으로부터 빌린 돈으로 생활도 하고 딸도 결혼시키고 자식들까지 유학도 보냈다. 그러더니 어느 날 먹고 살 돈을 뒤로 빼돌렸는지 파산하고는 구름같이 사라졌다.

물론 친구나 친지들로부터 빌린 돈은 한푼도 갚지 않았고, 그 후에 그의 태도로 보아 갚으려는 생각조차 없었던 것으로 판명되었다. 그러니까 C는 돈을 친구로부터 빌리기 이전에 재산 모두가 거덜난 상황에서 이를 숨기고 부동산이 살아있는 척 하면서 주위 사람을 속인 것이다.

이상의 3가지 사례에서 보듯이 남에게 돈을 떼이는 사람은 어떻게 보면 천진난만한 순진성을 지닌 사람들이다. 하기야 돈 욕심 때문에 사기를 당하기도 하지만, 모두가 친구를 위한다는 정에 못이겨 끝내는 자신의 생명에 버금가는 재산을 빼앗기는 어리석음을 누가 탓하랴!

어떻든 '친구 간에는 돈을 거래하지 말라'는 옛말이 있다.

봉급생활을 한 사람으로서는 친구에게 절대로 사업자금을 빌려주어서는 안 되며, 만약 청을 거절할 수 없다면 떼어도 좋을 만큼의 소액의 돈을 주는 것도 현명한 방법일 것이다.

　친구 사이에 돈거래를 하면 십중팔구는 배반의 쓴잔을 마시며 우정에 금이 가고 급기야는 남보다 못한 사이가 된다는 것이 정설이다.

　물론 어려운 처지에 놓인 친구를 외면하면 상대는 배반감을 느끼겠지만, 그래도 이 경우는 적대적인 관계로 발전할 소지는 예방할 수 있다. 돈은 친구간의 우정을 두텁게 하는 기능보다는 쌓아온 정을 허물게 되는 악의 역기능을 지니고 있다는 점도 명심해 보아야 한다.

✳ 돈 욕심에서의 해방

　　로또복권 열풍이 사회 문제화되기 얼마 전, 나 역시 예외없이 일금 10,000원을 투자(?)한 후 조바심 속에서 당첨 번호를 찾아보는 과정을 겪었다. 당연한 결과로 끝나고 말았지만, 당첨 번호와 비슷하거나 근처 언저리의 숫자가 하나도 없는 복권 한 장을 갖고 일확천금을 노린 꼴이 되었다.

　　어떻게 보면 애초부터 당첨 가능성은 전혀 없는데 기대를 했고, 한편으로는 정부의 사행심 조장에 일조했다는 점에서 내 스스로 몹시 민망스럽게 느껴지기도 했다. 그 후에도 로또복권을 몇 번 더 구입했지만, 아직까지 행운의 여신은 찾아오지 않았다. 포기한 지 오래지만 그래도 혹시(?)라는 허황된 욕망에서 벗어나지 못하고 있음을 고백한다.

　　돈은 인간의 근원적이고 대표적인 욕망이라 했다. 자본주의 사회에서 돈은 아주 유익하며 꼭 필요한 생존의 방편이다.

　　한편으로는 노동의 대가이며, 가장 빠른 가시적인 효과 또한 재화이다.

　　어느 면에선 돈이 인간에게 주는 가치는 절대적이며, 누구에게도 무한의 자유를 제공할 수 있다. 때문에 누구든 돈을 많이 갖고 싶어하고, 더 많이 소유하고 싶은 무한의 욕망을 지니고 산다. 실제로 돈을 싫어 하는 사람은 얼마나 될까, 돈의 마력 앞에선 자유로울 수 없다. 그러므로 인간은 돈에 대한 끝없는 열정과 탐욕을 지니면서 돈의 노예로 전락하는 불행의 씨앗을 가꾸기도 한다.

어느 누구든 돈이 있어야 자신의 존재가 유지될 수 있고 자기와 관련된 모든 생활이 가능하다. 이를테면 돈은 개인적인 면에서 의식주의 절대적인 필요 조건이며, 누구에게나 생의 성공 여부에 다양한 기회를 제공해 준다. 자신이 번 돈으로 다시 삶을 도약시키는 계기를 마련할 수 있으며, 또 한편으로는 사회 발전에 기여할 수 있는 능력을 제공해 준다. 때문에 인생사에 있어서 돈의 긍정적인 면은 결코 경시될 수 없는 가치이며, 돈에 대한 과도한 욕구가 있다고 해서 사회적으로 너무 비판을 받거나 비하될 대상은 아니다.

돈은 많아도 너무 적어도 부자유스럽다고 한다. 그래도 누구든 돈의 소유 범위를 적당하기보다는 많은 쪽을 선호한다.

노년기에 들어선 사람도 돈의 여유 여부가 인생사의 절대적인 조건으로 작용하기 때문에 욕심을 억제하지 못한다.

가정과 사회에서 노인들이 인격적인 대우를 제대로 받으려면 돈이 있어야 한다. 돈 없는 노인은 여러모로 비참한 처지에 놓인다. 노년에 돈이 없으면 우선 힘과 기氣가 시들어 외롭고 쓸쓸한 탓에 자연히 할 일도 없어진다.

반대로 돈이 넉넉하면 즐거움이 넘치고 위세도 당당하기 마련이며, 남에게 자랑스럽게 느껴지기도 한다. 말하자면 돈이 있어야 자신을 확고히 지킬 수 있으며, 자기의 발전도 기약할 수 있다.

부모와 자식, 그리고 부부 사이에도 돈은 사랑과 우애의 징

검다리 역할을 한다.

그러나 노년기에 들어선 사람이 돈의 마력 앞에 현혹된 나머지 욕심에 몰입되어 돈의 부정적 속성을 간과하여서는 안 된다. 왜냐 하면 노인이 돈에 의한 낭패를 당하면 특유한 노익장만으로 이를 만회하거나 극복할 수 있는 가능성은 거의 없다.

말하자면 노년기에 당하는 돈의 재앙은 영원한 재난으로 고착될 수 있다는 점이다. 그러므로 노인으로서는 돈이 갖고 있는 다음의 부정적 속성을 되새겨 슬기롭게 대처할 지혜가 요구된다.

첫째로, 돈에 대한 과욕은 인간성의 상실을 초래한다. 우리나라의 현 사회구조와 분위기는 돈을 지나치게 추구하여 미화시키고 있다. 돈이면 무엇이든 해결된다는 다양한 실화가 언론매체를 통해 무절제하게 판을 치고 있는 실정이다.

선거도 돈, 재판도 돈, 교육도 돈, 취직도 돈, 결혼도 돈, 모든 세상만사가 돈에서 시작되어 돈으로 끝나는 것처럼 보인다.

마치 돈이 사회적으로 '만능의 전사'로 사람들의 이성을 혼탁하게 만들고 있다. 이에 헷갈린 우리 사람들도 돈에 탐닉하게 되면 그 굴레를 벗어나지 못하는 것이 현실이다.

누구든 돈을 많이 갖고 있어도 그 욕심에는 끝이 없는 것이 인간의 본성이다. 인간은 돈을 가지면 가질수록 그에 대한 더 많은 욕구가 솟구치며 얽매이게 된다. 다시 말하면 과다하게 소유한 자는 돈의 위력에 자신의 본분을 잃어버리기가 쉽다.

결국 막대한 돈을 가진 자는 내적으로 마음의 평안을 누릴 수 있기보다는 늘 불안과 번민에 휩싸여 시달리게 되고, 더 나가서 인간성마저 상실하는 최악의 병적 상황도 맞이할 수 있다는 것이다.

둘째로, 세상에는 돈으로 안 되는 일도 많다. 일상생활에서 우리는 흔히 권력과 함께 돈을 과시하는 사람들을 자주 본다.

누구든 돈이 많으면 자연히 우쭐하게 되고, 건방진 작태를 보이며, 때로는 상대를 아예 무시하기도 한다. 상대의 입장을 전혀 고려하지 않는 이기주의적이며 자기 중심주의에 빠지기도 한다. 돈을 쓸데없이 과시용으로 여기저기 펑펑 써대면서 정작 써야 될 곳에는 인색하기 짝이 없다. 친인척은 물론 주변 가까운 사람의 어려운 처지는 애써 외면하면서 자기 이름을 빛낼 수 있는 사안에 대해서는 흔쾌히 돈을 내놓는다.

인간관계에서 돈의 위력을 내세워 상대의 인격을 무시하거나 자기 욕심의 성과만을 바란다면 될 일도 안 된다. 돈으로 원하는 물건은 무엇이든 소유할 수 있지만 사람의 마음을 얻기란 어려운 일이다. 그러나 돈의 정체가 진정으로 인성에 바탕을 둔 자비와 나눔의 정신을 구비했다면 이는 뭇사람들의 마음을 감동시켜 줄 것이다.

셋째로, 돈은 잘못 쓰면 독이 되어 돌아올 수 있다. 돈은 벌기는 쉽지만 제대로 쓰기는 더 어렵다는 말은 정설이다. 민주사회에서 자기가 번 돈, 자기 마음대로 쓴들 죄가 될 이유야 없지만, 돈을 올바른 면에 써야지 그렇지 못하면 독이 되어 화를 자초하기가 십상이다. 돈도 흐르는 물과 같이 고이면 썩어지고, 너무 넘쳐 나도 홍수와 같은 재앙을 초래한다.

수전노와 같이 돈을 모으는 데만 몰두하여 자신의 인격과 건강을 모두 망치는 경우가 있고, 자식에게 물려준 많은 돈이 그의 무능과 게으름에 결정적 요인이 되기도 한다. 쓰고 싶은 만큼의 돈을 가진 사람이라면, 행복의 조건을 갖고 있다고 할

수 있다. 그러나 진정한 행복은 그 돈을 어떻게 어디에 사용하
느냐에 달려 있다. 이를테면 돈은 쓰기에 따라 좋은 역할을 할
수 있고 나쁜 결과를 초래할 수도 있다는 뜻이다.

　노년의 백수 입장에선 어느 정도의 돈을 지니고 있어야 적
정한 수준일까? 사람마다 그 수준이 다르겠지만, 보통 사람들
이 바라고 있는 정도로 가늠해 볼 수밖에 없다.
　오늘날 우리 사회의 수준에선 좀 지나친 욕심이라 할지 몰
라도 그저 호구지책에 별다른 걱정이 없고, 다소의 용돈과 부
모로서의 최소한의 품위 유지비, 병원비, 그리고 취미 활동비
등에 지장이 없으면 하는 바람이 소망이다.
　문제는 이 정도의 바람과 소망이 아니라는 점이다. 노인이
라도 돈은 더 있어야 되겠고, 그것도 풍족해야 한다는 생각이
문제이다. 그래서 돈을 더 벌어야겠고, 있는 돈도 눈덩이 굴리
듯 불려서 재력가라도 되겠다는 허망한 생각을 품는 것이다.
　이러한 욕심을 채우기 위해 새롭게 경제 공부에 주력하면서
주식시장에 발을 들여놓는가 하면, 부동산 뺑튀기에도 남에게
뒤질세라 적극 참여한다. 사업에 뜻을 두면서 창업에 열을 올
리기도 하고, 주변 사람의 속임수에 넘어가 경제적 책임만 지
게 되는 한 업체의 간부로 직장을 갖기도 한다.
　노인이 돈 욕심에 지나친 소유욕에 넘치면 무엇을 하던 낭
패를 보게 됨은 뻔한 일이다. 장사를 하든, 부동산에 투자나
투기를 하던, 높은 수익성 주식을 하던, 세상은 노인에게 그렇
게 호락호락하지가 않다는 점이다.
　돈을 버는 세계에서 노인 개개인의 무능도 문제이지만, 제3
자가 그들의 입장을 전혀 인정하지 않고 무시한다는 점이다.

사실 노인으로서 남의 주머니에 있는 돈을 자기 주머니에 넣기란 하늘의 별따기나 다름없다는 현실의 냉혹함이다.

노인들은 판별력이 현저하게 떨어지게 마련이다. 그래서 돈과 관련, 가장 빠르고 쉽게 파멸시키는 사람이 바로 자기와 가장 친근한 인물이라는 사실을 잊어버리곤 한다. 가족, 친지, 친구, 이웃사람에게 힘없이 사기를 당하고 빈털털이가 된 다음 후회한들 무슨 소용이 있으랴. 이 세상에 노인의 돈을 제 돈같이 늘려줄 어리석고 선량한 사람은 아무도 없다는 것이 진리이다. 물론 제 자식까지도 부모 돈을 어떻게든 뜯어가려들지 늘려줄 생각은 아예 하지도 않는다.

때에 따라서는 노인이지만 운이 좋아서 큰돈을 벌게 되는 경우도 없지 않다. 가령 복권에 당첨되었다던가, 투자한 주식이 순간에 턱없이 올랐다던가, 부모로부터 물려받은 부동산이 폭등했다던가 하면 벼락부자로 둔갑한다. 이 얼마나 통쾌한 일이겠는가! 하지만 투기나 요행으로 생긴 돈이 절대로 인간을 축복으로 이끌지는 않는다. 이럴 경우 대부분의 사람들은 그 돈을 나눔의 자리보다는 더 많은 돈을 벌기 위해 애쓰던가, 아니면 탕진 쪽으로 내달려 술에 빠지고 여자를 사는 일에 몰두하거나, 허망한 사리사욕에 사용하는데 급급하다.

결국 횡재한 돈은 그 사람에게 행복보다는 불행을 안겨줄 가능성이 더 많다. 허기야 로또복권에 당첨된 사람들이 상당량의 돈을 사회에 기부하기도 하지만, 그들 모두는 돈의 위세를 감당하지 못하고 오지나 낯선 곳에 숨어 살던가 또는 패가망신을 하는 경우도 있다.

혹자는 돈에 시달리다 못해 몰래 해외로 도피하는 경우도 있다. 우리는 늙어가면서 허망한 돈富者 욕심으로 마음 고생을 해서는 안 된다. 돈에 대한 인식, 돈에 대한 대처, 그리고 돈 관리에 나름대로의 내적 성찰을 통해 성숙한 지혜로움을 겸비토록 노력해야 한다.

다시 말하면 여생에 돈에 대해 처신해 나갈 올바른 방향을 확립할 필요가 요구된다.

무엇보다도 돈에 대한 집착을 버리고 현재의 자기 분수를 십분 고려하면 훨씬 도덕적이며 보다 겸손할 수 있다.

그리하여 일상생활을 늘 절약과 검소함을 실천하여 노년의 아름다운 삶이 이어져가도록 해야 한다. 이 길이 바로 돈 욕심으로부터의 완전한 일탈을 의미한다.

✽ 복과 운보다는 성실함으로 노년을 즐긴다

옛부터 '사람은 말년이 좋아야 한다.'고 했다.

아무리 사주팔자가 좋고 노력도 해서 청·장년 시절을 잘 살았다 하더라도 말년에 이르러 여러 가지 노추老醜한 면모를 보이면 인생살이가 서럽다.

설사 한때는 성공한 사람으로 평가될 만한 수준의 명예와 부를 한껏 누린 사람이라도 노년에 이르러 갑자기 무일푼으로 추락하거나 고귀했던 명예를 일거에 모두 잃었다면, 그 사람의 과거 부귀영화는 간 데 없이 무용지물이 되고 만다. 더욱이 현재의 추해진 모습이 더 몰골 사납게 보일뿐이며 주변으로부터 받는 질시의 눈길은 동정심마저도 외면 당한다.

사람이 오래 살다보면 혹자는 '왜 나에게는 복도 없고 운도 따라 주지 않느냐.'고 한탄조의 말을 되뇌거나, 잘못 없는 조상을 탓하기도 하며, 믿지도 않는 신까지 원망한다. 남들은 잘도 당첨되는 거금의 로또복권조차 운명을 피해 가니 '도대체 내 신세는 무엇 때문에 마냥 이 꼴이냐.'라고 자신을 원망하기에 이른다. 그러면서 내 나이 60을 넘어 지금까지 하늘을 우러러 한 점의 부끄러움도 없이, 착하고 정직하게, 최선을 다하면서 살아왔다고 자부하는데, '왜 내게는 한 차례도 하늘이 내리시는 행운이 찾아와 주지 않느냐.'고 신세 타령까지 하게 된다.

누구나 복은 타고난다고 한다. 물론 태어날 때부터 명문 집안이나 부잣집 자식은 찢어지게 가난한 부모에게서 태어난 사람과는 비교가 안 된다. 또한 뛰어난 재능과 명석한 두뇌를 갖고 태어난 사람과 그렇지 못한 사람과의 우열을 견준다는 것은 무리이다. 타고난 복이 처음부터 다르니 어쩌란 말이냐고 반문하면 할 말은 없다.

그러나 태어날 때 가지고 나온 복은 그 사람이 어떻게 살아가느냐에 의해서 달라진다.

'복만 믿다가는 쪽박 찬다.'는 옛말이 있듯이 타고난 복을 함부로 다루어서는 안 된다. 아무리 산더미만한 큰 복을 지녔더라도 평생 그것만을 파먹고 살면서 새로운 복을 창조해 나가지 않는다면 복은 금세 소멸되어 무복의 신세로 전락한다.

반대로 복도 없이 세상에 태어났더라도, 이를테면 맨발의 신분으로 출발했더라도 살아가면서 최선을 다해 노력한다면 축복을 받을 수 있으며 연이어 호운好運도 맞이할 수 있다. 이렇듯 복은 타고난다지만, 실은 복은 만드는 것이지 그냥 찾아오는 것이 아니라는 뜻이다. 흔히 사람들은 종교를 믿으면서 기도하며 복을 달라고들 애원하지만, 어느 누구의 인생에도 기복祈福은 없다는 것이다.

누구나 일생을 살아가면서 크고 작은 세 번의 재물이나 성공의 기회가 주어진다고 한다. 운은 하늘이 내리는 선물이기 때문에 그 답으로 '남을 위해 베풀라'는 천명이 깃들어 있다는 것이다. 물론 그 천명을 거역하면 운은 순식간에 소멸되고 만다는 뜻이다. 따라서 타고난 복과 찾아온 운이 생명력을 갖고 유지될 수 있는 지의 여부는 순전히 자신의 마음가짐과 선을 실천하는 행동에 따라 좌우될 수 있는 것이 사람의 운명이다.

'세상에 공짜는 없다.'는 말이 있다. 타고난 복이나 천운天運도 공짜는 아니라는 뜻이다. 때문에 천신만고 끝에 찾아온 행운이 어느 날 기대 이상으로 놀라움을 주었다면, 그것은 나의 노력과 주변에서 도와준 모든 사람의 은덕의 결과로 돌린다.

그래야만 나의 올바른 판단과 함께 바르게 처신할 수 있으며, 운의 서광이 소멸되지 않는다.

다시 말하면 운을 복으로 돌리고 그 복을 자신과 이웃에 대한 보답으로 여기며, 보은한다는 차원에서 나눔과 베풂의 기쁨으로까지 승화시킨다.

천운이 자신에게 내려졌다 하더라도 이는 결코 자기 소유가 아니라는 것이다. 가령 어느 사람이 로또복권에 일등으로 당첨되어 거액의 천금을 모두 사리사욕에만 사용하려 마음먹는다면 그 대운은 십중팔구 화로 바뀌어 큰 액운으로 돌아온다는 뜻이다. 그렇지 않고 자기가 필요한 만큼의 돈으로 만족하고 자신에게 주어진 운을 남에게 베푸는 은덕으로 보답한다면, 그는 그만큼의 자신의 운과 복의 개화開花를 함께 맞이한다는 것이다.

복권 대박은 인생 파탄의 지름길이라는 말이 있다. 한 예를 들어보면, 외국으로 유학 간 어느 학생이 그 나라의 큰 복권에 당첨되는 행운을 안았다고 한다. 그 후 학생은 공부는 접어두고 술과 도박에 빠져 학위는 고사하고 나중에는 몹쓸 병까지 걸려 피골이 상접한 모습으로 귀국하고 말았다.

만일 그 학생이 복권 당첨금을 학비만 남기고 학교에 장학금으로 기부했다면, 아마도 학위 취득은 물론 훌륭한 인물이 되었을 것이다.

운에는 공정성이 있는 것일까? 천만에 말씀이다. 앞에서 지적했듯이 노력의 대가로 찾아오기도 하지만, 운은 불공정한 특성을 지니고 있다.

'넘어져도 코가 깨진다.'는 말이 있듯이 불행만 찾아오는 사람도 있지만, 그런 자에게도 어느 날 갑자기 행운이 찾아오기도 한다. 그러니까 행운도 받을 만한 자격을 가진 사람에게 주는 것은 결코 아니다. 불특정 다수의 어느 사람이라도 천운을 받을 수 있고, 실제로 천벌을 받아야 마땅할 사람이나 몹쓸 사람이라도 뜻밖의 행운을 받는 예도 있다. 다만 그 복을 어떻게 사용하느냐가 문제일 뿐이다.

동서양을 불문하고 옛날이나 지금이나 아주 유명한 도사의 점술사 집은 항시 문전성시를 이룬다. 우리네 주변에선 특히, 입시철이나 주요 선거를 앞두고 학부모, 정치인들의 발걸음이 있음을 본다. 점을 보러가는 사람들은 대개 미래에 대한 불안과 불확실성 속에서 나에게 대운大運이 올 것이라는 기대와 가능성을 안고 점집을 찾는다.

반면에 점쟁이는 상대의 이러한 불안 심리를 이용하여 일단 그의 기대감을 안정화시켜줌으로써 경제적인 수입을 챙기는 것이라 하겠다.

대개 유명한 도인道人들도 명리학을 전문으로 배우고 입산수도하여 어떤 영감을 갖고 뭇 사람들의 사주와 관상을 보아준다. 유명한 점성가들은 보통 어느 누구의 과거의 대해서는 대충 맞아 떨어지는 내용을 내놓아 '귀신'이라는 소리를 들으며 인기를 끈다.

그러나 대부분 점을 보러가는 사람들이 가장 궁금하게 여기는 미래의 예측과 관련하여 확실한 답을 주더라도 실제 그 사람의 장래는 사주팔자와 어긋나는 경우가 많다. 그만큼 복과 운은 자연히 다가오거나 누가 주어서 오는 것이 아니라, 자신의 하기 나름이라는 말이 보다 정확한 뜻일 것이다.

누구에게나 크나 큰 행운이 자신에게 다가올 수 있는 무한의 가능성을 지니고는 있다. 그렇다고 사람이 항시 복과 운만을 기대하고 살아간다면, 복과 운은 찾아오지 않을 뿐더러 설사 어쩌다 길을 잘못 들어왔다 하더라도 생명력을 잃은 빈 껍데기에 불과한 것이며, 그나마 빠르게 소멸된다. 항상 '한 건'이라는 개념의 복과 운을 기대하는 것은 그 실현성이 희박한 꿈과 같은 것이다.

그저 성실하게 살아가며, 남에게 무엇인가 준다는 마음의 자세를 잃지 않고 실제로 은혜를 베풀 때 자신도 모르게 큰 복과 행운이 찾아오는 것이다. 운과 복도 결국은 자신이 만들어내는 선물인 것이다.

* 항상 유머를 즐기는 사람으로

　노년에 들어 누구나 손쉬운 운동으로 등산을 즐긴다. 보통 혼자이거나 가까운 친구 몇이서 산행을 하는데 혼자일 땐 조용한 명상 속에서 가볍게 끝나지만, 마음 맞는 절친한 친구들과의 동행은 자연히 코스도 길어지고 먹는 것도 많아지며 하루 종일 웃음꽃도 만발하게 된다.

　여기에 이성간의 만남(?)이라도 보태어진다면 산행의 분위기는 더욱 즐거움으로 일신되어 왁자지껄한 너털웃음까지 연이어 터지고 만다. 여럿이 웃고 떠들며 즐겁게 산행을 한 후에는 잠도 잘 오고 다음 날 아침 시원한 통변은 물론 밥맛도 꿀맛임을 절감하게 된다. 어느 때는 몸 안의 기가 충만해지면서 날아갈 듯한 기분을 맛보기도 한다.

　분명 노년의 몸이라도 적당한 운동과 함께 어우러진 웃음꽃의 만개는 그 동안 몸 안에 쌓여 있는 노폐물을 일거에 해소시켜준다. 실로 사람이 즐겁게 웃을 때는 산을 오르거나 노래를 부를 때와 같이 아랫배의 단전호흡이 자동적으로 이어지면서 몸을 이롭게 해주는 엔돌핀을 전신에 감돌게 한다. 자연히 온 몸의 기가 생동하면서 긍정적인 마음의 여유가 풍만해질 뿐만 아니라 신체적인 저항력과 면역성을 강화시켜주며 암을 예방해 준다고 한다.

웃음도 일종의 생리적인 현상이다. 억지로 웃을 수 없고 웃음거리나 웃기는 소재가 겹쳐야 웃음이 나온다. 그래서 웃음은 웃을 만한 그 무엇을 듣던가 느끼면 입가에서 시작하여 가슴 속이나 배 속에서 또는 온몸에서 저절로 나온다.

우리의 옛말에 '웃으면 복이 와요笑門萬福來.'라 하였고, '웃는 얼굴에 침 못 뱉는다.'고 하였다. 이렇듯 사람이 웃고 더불어 산다는 마음을 가지면 인간관계에서 많은 덕을 보면 보았지 손해 볼 일은 절대로 없다는 것이 정설이다.

우리가 힘들게 사는 가운데에서도 '웃으면 모든 일이 잘 풀리고 좋은 일만 찾아온다.'는 말은 자연의 섭리와 같은 이치라 하겠다.

가령, 어느 사람이 지덕체智德體를 한 몸에 지녀 훌륭한 사람으로 평가 받더라도 너무 정직하고 고지식하여 고집으로만 뭉쳐 있다면, 그는 한마디로 멋과 인기가 없는 사람에 속할 것이다. 반대로 어딘지 좀 부족하고 처진 데가 있는 사람이더라도 그가 열린 마음의 소유자로 부지런하고 유머까지 갖추었다면, 오히려 이 사람이 더더욱 아름다운 인간미와 친근감을 풍겨준다 하겠다.

그러나 우리 사회의 주변에는 웬일인지 서로 간에 웃음보다는 찡그리고 짜증내는 분위기가 널리 부각되고 있음을 본다.

다시 말해서 서로가 이해하고 용서하는 고운 마음을 주고받기보다는 미워하고 대립하며 적대시하는 성향이 두드러지게 나타나고 있다는 말이다.

더욱이 '남을 이겨야 내가 산다.'는 신조가 우선되는 갈등구조의 싸움판에서 극도로 인성人性이 무시되는 사회풍조가 만연하고 있다. 자연히 사람들은 조급하고 삐딱하기 일쑤이며 소란스럽기 그지없다.

불안과 긴장, 불만과 증오, 냉혹함과 잔인함이 지배하는 가운데 서로 욕하고 편을 가르는 적대적 관계가 판을 치고 있다. 사회 분위기가 이렇다 보니 세간에 웃음은 줄어들고 자연히 인정도 메말라짐을 피할 수 없는 것이 현실이다.

'한마디의 유머가 세상을 바꿀 수 있다.'는 말이 있다. '웃음은 해피바이러스이며, 웃음이 바로 건강'이라 한다. 실로 삭막하기 만한 사회구조 하에서 유머는 분명 우리들의 마음에 여유를 갖게 해주며 얼어붙은 마음을 녹여주고 달래 주는 구실을 한다.

이를테면 어렵고 험난한 우리들의 삶에 의해 찌들 대로 찌든 심신을 새롭게 개선시켜 주는 윤활유나 또는 청량제로서의 역할을 한다. 아마도 우리 사회의 긴박한 인간관계에서 웃음이 메마르고 대결만 있다면 지치고 병들어 미쳐 버리는 사람들이 더욱 늘어날 것이 아니겠는가.

하지만 유감스럽게도 우리 나라에는 예나 지금이나 대중적인 유머의 보급이 그리 발달되어 있지 못하다. 사회적 분위기나 일상생활에서도 유머는 생활화되어 있지 못한 형편이다. 오히려 남의 약점을 싸잡아 풍자화하는 짓을 유머랍시고 떠들어대는 나쁜 풍습도 있다.

또한 나이든 사람이 유머러스한 말을 자주 쓰는 것을 보고 '나이 값을 해야지, 점잖은 사람이 경박하다.'는 식으로 유머 자체를 폄하하는 풍조까지 있다. 어느 공식 석상에서 책임자가 유머라도 던지면 품위 운운하며 비하하기도 한다.

정말로 우리 사회에서는 아직도 유머가 제대로 활용될 여지가 없을 뿐만 아니라, 발전할 가능성도 어려운 것으로 보인다.

청소년을 위한 방송계의 코미디 프로는 활성화되고 있지만, 사회 저변까지 즐겁게 해줄 수 있는 유머가 제대로 자리잡지 못하고 있는 실정이다. 오히려 웃음을 즐기려는 사람을 가리켜 '주책없이 하찮은 일에 웃어댄다.'고 눈살을 찌푸린다.

유머는 즐거움과 웃음을 자아내는 의사소통으로 익살, 농담, 우스갯소리, 해학이라고도 한다. 민첩한 슬기나 재주가 넘치는 위트와 다르고 세태를 재치있게 경계하거나 조롱하는 공격적인 풍자와도 격이 다르다.

유머는 오직 정적情的 또는 관용적慣用的 성격을 지녀 날카롭지 않으며 잔인하거나 야비하지도 않은 것이 특징이 이다. 예나 지금이나 유머의 소재는 그 사회가 지니는 모순과 부조리, 갈등과 대립이 현실에서 동정과 연민을 내용으로 포함하고 있다. 근래에 성인이나 노년의 세대에서는 인간의 성관계를 다룬 유머로서 성담性談까지 유행하고 있는 실정이다.

모름지기 유머를 잘 구사하는 사람을 보면 그는 남들보다 뛰어난 화술을 갖고 있다. 또한 유머를 즐기는 사람에게는 항상 웃는 모습이 살아있으며, 그의 얼굴 면면에는 전혀 어두운 그림자를 찾아볼 수 없음이 특징이라 하겠다. 아울러 유머러스한 사람이 그렇지 않은 사람보다는 남들과 함께 어울리기를 좋아하며 타인의 어려운 일에도 직접 나서서 돕기를 주저하지 않는다.

어떤 모임에서 유머를 즐기는 사람에 의해 좌중에 웃음꽃이 피면 금세 사람들은 화기애애해 진다. 나아가 웃음의 도가니가 형성되면서 너나 할 것 없이 모두가 한 마음이 되는 듯 서로 속마음을 내보인다. 자연히 사람들은 정답고 즐거운 분위기에 휩싸이게 되며 서로 모르는 삶들 사이에도 거리감이 사라지고 경계심도 해소되어 금방 친숙해 지기도 한다.

남을 웃기고 자신도 유머에 장단을 맞추어 주는 사람이 좋은 인상을 심어주는 계기가 된다. 설사 남을 잘 웃기지는 못하더라도 유머에 잘 웃어주기라도 한다면 좋은 호감을 받을 수 있다.

이를테면 유머의 전개와 웃음에 열정을 갖다보면 자신의 마음도 상쾌해지고 즐거워지는 일석이조의 결과를 얻게 된다. 다시 말하면 유머는 사람의 인품을 가늠하는 척도가 될 수 있으며 아울러 인간관계의 명암을 좌우하는 중요한 요체로도 작용할 수 있는 생활의 꽃이다.

그렇지만 유머의 소질과 기질은 타고난 재능과 관계가 깊다.

실제로 유머가 좋아서 화술을 습득하기 위해 많은 노력을 하지만 한계는 있기 마련이다. 하지만 누구나 유머에 특별한 흥미를 지니고 거듭 반복하고 노력하면 화술의 묘미와 사용의 순리를 쉽게 습득하여 소기의 성과를 얻을 수 있다.

때문에 우리가 노년이라도 유머를 사랑하며 즐기는 유머러스한 인품을 갖추고 싶다면, 다음의 몇 가지 점에 유의할 필요가 있다.

첫째로, 유머에 대한 가치 기준과 인식을 새롭게 해야 한다.

'침묵은 금이다.'라는 옛말이 틀린 뜻은 아니지만, 사람이 침묵 일변도의 꽉 막힌 자세를 견지한다면 어려운 세상을 헤쳐 나가는데 결코 도움이 되지 않는다.

아무리 말재주 좋은 달변가로 정평 나 있는 사람이 유머가 없다면 그의 언변이 빛을 낼 수 없으며, 상대를 끌어들이는 능력도 부족한 탓이다. 유머가 있는 사람이라야 상대에게 여유를 주게 되며 그 틈이 바로 사람의 마음을 유인하는 마력이 될 수 있는 것이다.

둘째로, 유머는 현실감을 표현하는 시의성時宜性이 있어야 한다. 현 사회의 흐름과 세태의 사정을 꿰뚫고 이에 부합되는 논리로 생동감이 넘치는 내용이 있어야 한다.

옛 시대의 교육적인 해학이나 서양 사회를 풍자한 이야기도 좋겠지만, 유머는 우리 정서에 맞으면서 현실감과 현장감이 있어야 웃음을 유도할 수 있는 힘이다.

다시 말하면 즉흥적인 웃음을 자아낼 수 있는 생각과 재치가 바로 이어져야 살아 있는 유머로 공감을 얻는다.

셋째로, 항상 양질의 내용을 갖추도록 노력한다. 먼저 상대의 시선과 주의를 압도하는 매력적인 제스처와 그에 걸맞은 내용을 담고 있으면 더욱 바람직하다.

무엇보다 주위 사람들이 일거에 관심을 갖고 집중토록 하며 여기에다 상대가 전혀 예측할 수 없는 의외성의 표현으로 의표를 찌르는 내용이면 더욱 효과를 얻는다. 좌중의 모든 사람들이 자신의 유머에 큰 폭소를 자아낸다면 이는 최상의 유머로 평가 받을 수 있다.

우리는 노년에 이르러 자신의 삶의 방향을 '긍정적'이며 '적극적으로 살아간다.'는 생활에서 얻는 유머의 필요성에 공감한다. 유머는 긍정적인 사고를 가져다 주며 적극적인 생각은 웃음을 자아낸다. 우선 내 자신에 대하여 '나는 소질이 없어 안 된다.'거나 '늙은이가 무슨 유머냐.'는 등의 부정적 생각과 그에 따른 태도가 무엇보다 중요하다.

한 걸음 더 나아가 주변이나 집안의 행사, 그리고 대인 관계에서 서로 박장대소할 수 있는 일을 적극적으로 찾아내서 한편으로는 '스마일 운동'을 전개해 보는 것도 보람있는 방안이리라.

셰스피어는 '웃음이란 일천 가지의 해로움을 막아준다.'고 하였다. 한편 미국 전문연구진의 실험에 의하면 '사람은 하루에 15초 이상 웃으면 2일을 더 살 수 있다.'고 하였다. 우리가 건강한 삶을 유지하려면 '하루에 적어도 백 번은 웃어야 한다.'(한국 웃음연구소)고 하였다.

웃음은 몸 안의 조깅(internal jogging)으로 노화를 방지하는 최고의 '보약'이라는 말이 널리 알려져 있다.

성전 스님은 그의 저서 『행복하게 미소 짓는 법』에서 '무조건 웃어라. 그러면 행복해진다.'고 하였다.

설사 노부부 둘만 산다 하더라도 서로 웃음을 찾아 외로움에서 노력하면 얼마든지 가능한 일이다. 또한 집안 내의 대소사 문제로 가족회의를 가질 때도 너무 조용하고 경직된 분위기보다는 좀더 유머러스한 분위기를 만들어 주는 것이 좋을 것이다.

한편 누구를 만나던, 누구와 전화를 하던 밝은 대화로 상대를 즐거움으로 유발시킬 수 있는 풍자와 해학이 깃든 말들을 선별해 사용토록 노력하는 것도 삶을 풍요롭게 해준다.

여하튼 노년의 주름진 얼굴에 차가운 웃음이나 서글픈 웃음, 쓰디 쓴 웃음에 노출되어서는 안 된다. 항상 평안한 얼굴을 유지해야 하며 잔인한 웃음이나 비웃음을 표현하는 것은 금물이다. 조금은 어색하더라도 언제나 명랑한 모습에 밝은 표정을 가지고 함박웃음과 너털웃음이 면면에 떠나지 않도록 자기 관리가 필요하다. 이러한 행복의 웃음 앞에는 만고의 괴질怪疾인

암癌도 전혀 맥을 추지 못하고 사라지고 말 것이다.

우리 노년에 가장 중요한 것은 새로운 시작이라는 '마음가짐'의 문제이다. 비록 몸은 점점 노쇠해 가더라도 마음만은 열린 마음으로 능동적이며 역동적으로 살아간다는 확고한 의지와 함께 나에게 어울리는 '유머의 자기화와 생활화'를 시도하고 실제로 연습도 해보아야 한다.

우리가 항상 웃음을 안고 살려고 노력한다면 웃음은 저절로 만들어질 수도 있는 것이다. 그렇게 하여 웃음이 일상화된다면 앞으로의 노년의 삶은 분명히 좀 더 재미있고 즐거우며 아름답게 이어질 것이다.

웃음 10계명

1. 크게 웃어라.
   크게 웃는 웃음이 최고의 운동이며 매일
   1분 동안 웃으면 8일을 더 오래 산다.
2. 억지로라도 웃어라.
   병이 무서워서 도망간다.
3. 일어나자마자 웃어라.
   아침에 첫 번째 웃는 웃음이 보약 중에 보약이다.
4. 시간을 정해 놓고 웃어라.
   병원과는 영원히 이별이다.
5. 마음까지 웃어라.
   얼굴 표정보다 마음이 더 중요하다.
6. 즐거운 생각을 하며 웃어라.
   즐거운 웃음은 즐거운 일을 창조한다.
7. 함께 웃어라.
   혼자 웃는 것보다 33배나 효과가 있다.
8. 힘들 때 더 웃어라.
   진정한 웃음은 힘들 때 웃는 것이다.
9. 한 번 웃고 또 웃어라.
   웃지 않고 하루를 보낸 사람은 그 날을 낭비한 것이다.
10. 꿈을 이뤘을 때를 상상하며 웃어라.
    꿈과 웃음은 한 집에 산다.

✱ 말은 줄이고 고집은 버리자

　　우리 주변엔 흔히 남들과의 대화에서 필요 이상으로 말이 많고 고집 센 사람들이 있음을 본다. 혹자는 말만 많은 게 아니라 한 말을 다시 재 강조하는 어법을 구사하면서 남의 이야기는 전혀 듣지 않는 독불형이 있는가 하면 상대나 주변을 고려하지 않고 남의 말을 가로채는데 능수이고 제말만 자랑삼아 늘어놓는 스타일도 있다.

　　더욱이 한 수 더 떠서 자기 말만 옳다고 옹고집을 세우는가 하면 남의 말에 대해서는 비판일색으로 폄훼하는데 열중하는 사람도 있다. 이들은 누가 무어라도 제 잘난 맛에 사는 듯 유별나게 목소리를 높이면서 자신의 부도덕성과 인격 상실에 대해서는 아예 무관심으로 일관한다.

　　그런데 이러한 범주의 특별한 사람이 아니더라도 노년에 들어서면 누구나 자기도 모르는 사이에 이상하게도 말은 많아지는 데다 왜 그런지 고집 불통으로 변질되어감을 느끼지 못하고 지낸다. 같은 내용의 말이라도 몇 번이고 되풀이하거나 하루 건너 가끔씩 반복하는 경우도 있고 앞의 말과는 서로 상치되는 말을 밥 먹듯이 하기도 한다. 본인으로서는 이를 전혀 인식하지 않는다는데 더 문제가 있다. 혹 잘못임을 인지하더라도 무시해 버리기 일쑤이다. 더욱이 말 많고 고집 센 것이 노인들의 일반적인 습성인데 뭐 대수냐고 지나치는 사람도 있는가 하면, 도리어 이것을 자신의 장점인양 의시대면서 기승을 부리는 사람도 흔히 보게 된다.

일반적으로 노인들은 우선 가족들을 상대로 무슨 일이든 간섭하려는 조급한 성격을 가지고 있다. 특히 친인척이나 자식들의 일상적인 일에 어떻게든 한 몫 톡톡히 참견하려 들며, 마치도 자기가 아니면 안 된다는 식의 자가당착에 빠지기도 한다.

그러면서 가족 내의 젊은이들과의 대화에 끼어들면 거의 틀림없이 옳고 그름에 관계없이 자기 생각과 판단에 동의하도록 강요한다. 더 나아가 대화와는 거리가 먼 내용을 갖고 명령조, 또는 훈계로 위엄을 세우려 한다.

왜 노인들은 느닷없이 말이 많아지고 고집이 세어지는 것일까? 여기에는 여러 가지 요인이 있을 수 있겠지만, 노인은 가정적으로 또는 사회적으로 제대로 대접 받지 못하고 있다는 소외된 입장을 고려해 보면 쉽게 이해하리라.

또한 노인의 부실화된 정신적·육체적으로 처해 있는 현실을 감안해 본다면 충분히 예상할 수 있을 것이다.

첫째로, 항상 외롭고 고독한 소외감에서 비롯된다. 인간도 식욕과 성욕에 굶주리면 야생의 동물적인 속성을 나타내듯이 사람과의 만남에 굶주려 있는 노인이라면 누구와의 만남이든 이에 대한 허기진 갈증을 느끼게 된다.

그래서 누구를 만나든 대화할 기회가 오면 자신이나 상대의 입장을 전혀 고려하지 않고 그저 무슨 말이든 지껄여대고 싶은 본능적 욕구가 일게 된다고 한다.

여기에서 노인은 오랜 만남의 갈증을 어떻게든 해소하겠다

는 생각에서 상대에게는 말할 기회조차 안 줄 뿐만 아니라, 상
대에 대한 예의나 범절 등도 전혀 염두에 두지 않는다는 도식
적 태도를 취하게 마련이다.

둘째로, 자기만의 생각이 옳다는 착각에 사로잡혀 있다. 일
반적인 입장에서 보아도 말이 안 되거나 논리에 어긋나는 주
장이라도 노인은 자신의 고집을 절대로 접으려 하지 않는다.

이를테면 헛소리, 딴소리, 뚱딴지 같은 말에 불과하더라도
자신의 과거 지위나 경험 등을 내세우면서 상대의 주장을 일
거에 봉쇄하고 자기 입장에 대한 방어로 당위성과 정당성을
애써 강요하려 한다.

오직 자신의 생각과 주장만이 옳다는 아집과 오기가 발동하
여 상대의 견해를 무시하거나 외면하기도 한다. 여기에서 상대
에 대한 이해와 양보, 그리고 우정있는 설복 등은 애초부터 기
대하기 어려움을 본다.

셋째로, 옛날의 가부장적인 관습의 타성에서 출발한다. 노인
들은 무조건 젊은이들이 무시하거나 기피한다는 일방적 생각
을 갖고, 그들에 대한 일종의 피해망상에서 아래 사람을 억압
하고 복종시키려 하는 이중성격이 문제다.

이를테면 노인 스스로가 잘못임을 알면서도 인정하려들지
않고 오히려 자신의 기개와 자존심만을 보존하려는 것이다. 다
시 말하면 자신의 나이와 사회적 노쇠의 현실적인 어려운 입
장을 고려하지 않고 이른 바 장유유서長幼有序의 전통적인 유교
적 질서가 마땅히 유지되어야 한다는 그릇된 인식에 빠져 있
기 때문이다.

사실 노인들이 남에게 말을 많이 하고 고집만 내세운다면

누구인들 이를 환영하고 좋아할 리 없다. 주변은 물론 가족까지도 외면하게 되어 상면하기를 꺼리려 할 것이다. 자연히 이러한 노인네들은 소외된 고독과 함께 심리적으로 고통의 나날을 보낼 수밖에 없으며 사회적으로도 외톨이 신세가 됨을 피하지 못한다.

진정 노인이 소유하고 있을 그 옛날의 품위와 인격을 조금이라도 보전하려 한다면, 우선 남의 입장을 배려하는 사람이 되어야 한다. 또한 남을 사랑하고 칭찬하는데 인색함이 없는 것도 중요하지만 자신의 입장을 가급적 낮추는데도 적극적이어야 한다. 그리고 친절과 겸손함에 손색이 없이 두루두루 예의를 갖춤에도 신경을 써야 한다. 반드시 노인이라는 특권의식과 월권의식을 떨쳐 버리고 현대적 감각의 자비로움을 겸비하도록 힘써야 한다.

기본적으로 노인들은 젊은이들이 가지고 있는 삶의 태도, 새로운 인생관, 종교관 등에 관심을 갖고 오랜 기간 견지해 온 사회 인식의 낡고 처진 고정관념을 바꾸어야 한다. 이를 위해서는 각종 새로운 문헌과 정보를 수시로 입수하여 신지식을 습득하고, 이를 자신의 것으로 만들도록 해야 한다. 그래야 신세대와의 대화에서 유용한 이야기거리를 찾을 수 있는 토대를 확보할 수 있으며, 상대를 읽고 설득할 수 있는 중요한 자료도 얻을 수 있다.

비로소 노인만의 안목으로 젊은이답게 보이는 것이며, 자신도 젊은이와 대화의 상대가 될 수 있다는 자신감을 갖게 된다.

한편 지혜로운 노인은 누구와 대화를 하던 간에 말을 하는 쪽보다 듣는 쪽에 서야 한다. 상대를 존중하는 마음가짐에 큰 비중을 두면서 자신의 말은 아끼고 보듬어서 사용토록 해야 한다. 무조건 말만 많이 하는 것은 상대를 피곤하게 할 뿐더러 많은 말에 실수를 하거나, 앞뒤가 맞지 않는 논리, 내용이 격에 맞지 않는 말만을 되풀이하게 된다.

다음으로 노인은 상대방의 발언에 대해서는 평가나 비판을 가급적 삼가해야 한다. 그리고 상대의 의견, 논리 등에서 좋은 점, 새로운 장점만을 찾아 칭찬하던가 또는 지지, 고무하는 태도를 취해야 한다. 여기에서 남의 말이나 행동에 대해 칭찬을 하더라도 너무 헤프게 해대거나 인사 치레의 수준이라면 이는 칭찬을 안 하는 것보다 못하다.

또한 상대의 별것도 아닌 것을 갖고 쓸데없는 미사여구를 남발한다면, 이 칭찬은 무용지물이 될 소지가 있다. 때문에 남을 칭찬하고 싶다면 '칭찬이야말로 사람을 변화시킬 수 있다.'는 확고한 신념을 갖고 조금은 멋이 풍기도록, 상대가 기분 좋아 놀랄 수 있도록, 어느 면에서는 감동까지 받을 수 있도록, 오래도록 상대의 뇌리 속에 남아 있을 수 있도록, 그러한 칭찬을 하도록 연구해야 한다.

『명심보감明心寶鑑』에 보면 '입과 혀는 화禍와 근심의 근본이며, 몸을 망치게 하는 도끼와 같은 것이니 말을 삼가야 할지니라.' 하였다. 노인이 되어서도 험담이나 욕설에 익숙해 있고 변명에 몰두하면 남에게 따돌림을 받기 십상이다. 여기에다 말많고 고집까지 센 사람이라면 이 세상을 혼자 살아야 한다.

만일 말과 고집에서 자유롭지 못한 고질병을 앓고 있다면 모든 지혜로움을 동원하여 이러한 사슬에서 풀려나도록 해야 한다. 그리하여 주변으로부터 존경 받고 축복 받는 노인으로서의 즐거운 삶을 영위해야 한다.

하여간 늙어가면서 타인으로부터 늙었다고 따돌림을 받거나 무시당하는 일이 없도록 하기 위해서는, 그리고 매너가 넘치고 멋있는 노신사가 되기 위해서는, 가급적 '말은 줄이고 고집을 버리는 습관'이 몸에 배도록 혼신의 힘을 기우려야 할 것이다.

　말 많고 잔소리만 해대는 고집이 센 늙은이가 설 땅은 그 어느 곳에도 없다.

✻ 자신에 대한 비하를 금하자

사람이 살다보면 왜 나만 이렇게 못 났나, 무엇 때문에 나는 이다지도 복도 없고 운도 따라 주지 않나, 복권을 사도 매번 말석의 당첨도 안 되니 이게 무슨 팔자인가, 내가 살고 있는 이 아파트 값은 연일 난리를 펴는 폭등 장세 속에도 왜 꼼짝도 않는지, 누구, 누구는 돈이 많고 언제나 기가 살아있어 으스대기만 하는데, 나만은 늘 기운이 없고 이곳저곳 아픈 곳만 이다지도 많은 지….

여러 가지 못난 생각을 하곤 한다. 누구든 이런 생각 속에 파묻히게 되면 자연히 심한 자신감의 상실과 열등감의 만연을 자초하게 된다. 마침내는 그나마 남아있는 이성마저 잃고 우울증 증세에 자기 자신을 학대하기도 한다.

물론 잘 나가는 사람도 예외는 아니다. 사람의 살아가는 길이 항상 순조로울 수는 없는 일이며, 때로는 회복하기 어려운 난관에 봉착하기도 한다.

가령 성공적인 신화를 이룬 유명한 공직자라도 큰 뇌물죄에 얽혀 하루아침에 낙마하는가 하면, 큰돈을 벌어 사업가로 성공한 사람이라도 어느 날 갑자기 사기나 부도를 맞아 무일푼의 신세가 되기도 한다.

땅이나 아파트 투기로 하루아침에 떼돈을 거머쥔 사람이 상투를 잡고는 그만 주저앉는 경우도 허다 하다. 여기에서 심기일전하여 재기하는 사람도 있겠지만, 대개는 자신의 과오와 오류에 대한 철저한 반성을 접어둔 채 오직 자신에 대한 불행으로 돌려 극심한 낙담과 원망의 늪에서 헤어나지 못한다.

최근 장안의 입지전적인 인물로 성공한 모 시장이 뇌물수수혐의로 구속되자 스스로 목숨을 끊었는가 하면, 어느 중학교의 덕망 높은 교장이 교내의 왕따 학생 문제가 사회화되자 자살로 답을 하고 말았다. 한편 대학입시 시즌만 되면 성적을 비관한 학생들이 아파트에서 몸을 거침없이 던짐을 보게 된다.

이들 모두는 자신의 당면한 어려운 현실만 생각한 나머지 급기야는 죽음이라는 최후 수단을 택하였다고 하겠으나, 어떻게 보면 한 치 앞도 못 보는 어리석은 현실 도피 행각에 불과한 것이라 하겠다.

여기에서 어떻게 보면 뇌물사건이나 성적 비관은 개인의 문제이며 왕따 문제는 책임자의 문제이긴 하다. 그러나 자살한 사람 모두가 내 불찰이라는 심오한 자기 성찰의 회오리에서 잘못을 인정, 이를 극복하거나 재기하려는 노력을 하지 않고 자신에 대한 문책보다는 나를 이렇게 만든 사회를 원망하는 한풀이로 죽음을 택했을 뿐이다.

사실 현사회에 범람하고 있는 이런 유의 사안이 아직은 개인의 책임이라는 사회적 공감대가 형성되어 있지도 않다. 우리 사회에선 내 잘못이 아니라는 책임 회피의 작태 현상도 문제이지만 내 잘못이라고 인정하고 자신의 목숨을 끊는 것도 정답은 아니다.

그 옛날 나는 학창시절에 기거할 곳이 없어 친구네 집을 전전하던 때가 있었다. 어느 날 밤, 남산에 올라 서울 시내 정경을 보면서 하늘을 원망하고 나 자신의 운명을 탓하기도 했다. '저 많은 불빛이 비치는 집에 내가 잠잘 방 하나 없는 나의 신세는 무엇인가?'라는 물음에 나는 한없이 비참했기 때문이다.

결혼해서 부엌도 없는 한 칸짜리 전세방을 이리저리로 전전했을 경우에도 집주인의 텃세와 행패에 집 없는 설움을 당하면서 때로는 돈 없는 현실과 자신의 무능함을 무참히 비관하기도 했다.

사실 젊은 시절에는 자신에게 닥친 불행이나 난관을 극복하고 새로운 활로를 찾을 수 있는 능력과 여지는 얼마든지 있다.

오히려 이러한 어려움은 전화위복의 계기가 되어 재기는 물론 한 단계 더 도약할 기회와 함께 성공의 밑거름을 제공해 주기도 한다.

하지만 노년에 백수가 되어 경험하는 시련은 홀로 감내하기 어려울 뿐만 아니라, 경우에 따라서는 그 사람을 재생 불능의 경지로까지 몰고가곤 한다.

흔히 오랜 봉급생활을 하고 정년 퇴직을 한 사람이 백수가 되면 일상생활에 적응하기 힘들어 한다. 이들이 자신의 헝클어진 마음을 제대로 추스르기 위해서는 보통 3년의 세월이 필요하다고 한다.

특히 65세의 정년으로 퇴직한 사람들의 대부분은 갑자기 삭막해진 현실에 제대로 순응하지 못하고 정신적인 면에서나 육체적으로 기력을 잃고 심한 우울증이나 성인병 등을 자초함으로써 단명을 재촉하는 확률이 아주 높다.

한 예로 공무원 연금공단 측에 의하면 65세 정년 퇴직자의 연금 신청은 연금기금 보전에 보탬이 된다고 할 정도이다.

노년에 들어 일단 자신을 원망한다던가 혐오 또는 비하하는 습관에 빠지게 되면 이를 수습하거나 회복하기가 어렵다.

기력이 쇠약해진 상태에서 스스로 발목을 잡고 있는 올가미를 빠져나오려 하면 할수록 그 마魔의 올가미는 더 강하게 조여질 가능성이 큰 것이다.

더욱이 이러한 상황의 지속은 그 올가미 자체를 즐기는 습관으로 고착화되는 새로운 노년의 병을 유발할 수 있다. 이럴 경우 자신을 비하하게 되는 요인을 조기에 찾아내어 이를 차단할 필요가 있다.

그러면 노인들은 무엇 때문에 자신을 쓸데없이 비하하면서 고독과 두려움으로 얼룩진 우울증에 잘 빠지게 되는 것일까? 그의 주요한 몇 가지 요인을 살펴보면 다음과 같다.

첫째로. 노년에 처한 자신의 입지를 올바르게 인식하지 못하고 있는 점이다. 자신의 주변을 냉정히 돌아보면 모든 것이 예전 같지가 않음을 느끼게 될 것이다. 할아버지로 승격한 자신의 현실은 집에서나 밖에서나 항상 뒷전으로 몰리는가 하면 어느 면에서는 기피의 대상으로까지 지목받게 됨을 피하지 못한다. 물론 건강하고 활동적인 사람이라면 이러한 현상을 사전에 저지할 수 있는 여지가 있겠으나 그렇지 못한 사람을 밀리고 처지기 일쑤이다.

여기에서 이미 변화되었으며 계속 변하고 있는 자신의 입지는 인생의 순리일뿐 거부하거나 외면할 성질의 문제가 아닌데 이를 불쾌하게 여기거나 이를 두고 고민하는 버릇이나 습관이 문제이다.

더욱이 남과 비교하여 자신의 처짐을 탓하거나 아직도 잘 나가는 사람을 부러워하면서 쓸데없이 과한 욕심을 부리기도

한다. 결국 자신의 현실에 관해 인정할 것을 인정하지 않는데
서 오는 몰염치라던가, 또는 다른 사람으로부터 받고 있는 거
부감의 심화는 스스로를 자초하게 되는 행위이다.

둘째로, 과거의 화려했던 지위에 연연하여 헛된 욕망을 버
리지 못하는 일이다. 지난 시절을 감안한다면 지금의 나로서는
최소한 이 정도는 되어야 한다는 자기만의 수준을 가지고 그
런 일을 내가 어떻게 할 수 있겠느냐.'하는 생각을 갖는다.

또한 주변이나 상대로부터 옛날의 격에 맞는 호칭이나 대접
을 받으려는 의지를 남에게 드러내놓고 요구하거나 그렇지 못
할 경우 그 자리를 무조건 피하려는 태도를 보이기도 한다. 아
직도 옛날의 자신을 동경하거나 동일시하려는 시도는 착각에
지나지 않는 일종의 망상이라는 사실을 모른다.

우리 사회에서 어느 조직이건 고위직에 오른 사람일수록 후
덕한 사람은 드문 것이 통례이다. 오히려 그 반대로 박덕하고
처세에만 능숙한 경우가 비일비재하다. 세상에 이런 사람을 누
군들 좋아할 리는 없다.

어떻게 보면 이런 작태를 보이는 사람이 노년에 들어 친구
모임이나 친인척 모임 등에서 배척 받거나 왕따 당하는 신세
가 되고 만다. 만일 본인이 '그 깐놈들!' 하면서 주변과 외면하
고 산다면, 그는 자신에게 다가오는 고독과 외로움의 무덤에서
헤어나지 못하는 것이다.

셋째로, 불확실한 미래를 상정하고 불안해 하는 자세이다.

그 누구든 노년에 들어 앞으로의 인생에 불안해 하지 않을
사람은 없다.

특히 돈이나 건강상의 문제를 놓고 앞으로 닥치게 될 여러
가지 상황을 가정하여 걱정에 걱정을 짊어지고 산다. 아내 걱

정, 자식 걱정은 물론 돈이 많아도 걱정, 없으면 더 큰 걱정을 한다. 세상만사가 걱정을 한다고 일이 잘 풀리는 것도 아닌데 쓸데없이 허구 헛날 걱정을 해대는 사람도 많다. 이렇게 한다면 자연히 나날이 가중되는 스트레스의 중압에 못이겨 불면에다 소화불량, 고혈압, 당뇨, 관절통 등의 다양한 병상이 나타날 수밖에 없다.

아직도 그나마 남아 있는 돈을 불리기 위해 투기에 뛰어드는가 하면 하루가 멀다 하고 건강을 위한다는 생각에서 건강식품이다, 보약이다, 이것저것 두루 섭렵을 해대기도 한다. 그러면서 금주와 금연의 그 잘난 결심도 지키지 못하고 옛날처럼 연상 마시고 퍼대면서 불안해 어쩔 줄 몰라 한다.

늙음과 노쇠의 여러 가지 도정을 의식하던 안 하던 간에 우리 몸의 여기저기서 자연스럽게 엄습하게 마련이다. 나이를 더해 갈수록 그의 심도는 더 넓어지고 깊어만 간다. 계절에 따라 비나 눈이 오듯 늙음의 무거운 징표들은 하나 둘 예고없이 지속적으로 찾아온다. 자신을 책하고 비하하며 거부한다고 이런 것들이 소멸하지도 않으며 약삭빠르게 이리저리 피한다고 비켜서 주지도 않는다.

내가 나를 제일 잘 안다고 하지만, 실은 나 자신을 잘 모르는 것이 만고의 진리이다. 평생을 두고 나를 생각해 보았지만 내가 나를 잘 모른다. 그러나 알려고 노력하며 애쓰면서 나를 사랑하고 나를 욕하지 않는 것이 바로 나를 아끼는 일이다. 내가 살아있는 것 자체만으로도 사랑하고 사랑 받을 충분한 가치가 있는 존재다. 스스럼없이 매사에 순리적으로 적응하고 수용하는 긍정적인 생각이 가장 자신을 위한 최선의 방책인 것이다.

✳ 이제부터라도 메모하는 습관을

　노년기에 접어들기 훨씬 이전부터 누구든 '건망증'健忘症이란 묘한 괴물에 시달림을 받는다. 뇌의 검색능력의 일시적 장애로 기억력이 저하되어 일어나는 현상이지만, 나이가 들면 이 증세가 점점 심화되면 되었지 개선되지 않는 사실에 당혹해 한다. 혹자는 '이것이 뭐 대수냐.'하고 어쩔 수 없는 노쇠 현상 정도로 여기면서 수수방관하는 사람이 많지만, 늙어가면서 건망증이 심해지면 아주 추해 보이는 데다 어느 면에선 치매기가 있는 것처럼 보여 민망하기 그지없기도 하다.

　누구나 외출할 때마다 종종 겪는 일이지만 가지고 가야 할 소지품을 제대로 챙기지 못해 현관문을 몇 번이고 들락거린다.

　어느 때는 집에서 마지막으로 나가면서 가스불이나 난방, 또는 전열 기구를 켜놓은 채 집을 떠나 목적지에 거의 이르러 인지하고 화재가 염려되어 되돌아오고 만다. 간혹 자동차 키를 손에 쥐고 그것을 찾으려고 집안을 이리저리 뒤지다가 자기 손에 있는 키를 보고 실소를 금치 못하기도 한다. 또한 달력에 메모한 주요 약속을 몇 번 확인하고도 제 날짜를 그냥 지나치는 경우도 있다. 그래서 사람들은 늙어가며 건망증에 대한 최선의 방책으로 대부분 생활 메모를 열심히 한다. 아무래도 노

년에 들어선 사람들은 무엇이든 잘 잊어버리기 때문에 반드시
해야 할 일을 그냥 지나쳐 버리기 일쑤이다.

　메모는 뇌의 또다른 하나의 분신이라고 한다. 원래 뇌의 기
능이 완전하지 않고 그 기능이 나이를 먹어감에 따라 점점 약
화되기 때문에 기록해 두었다가 다시 사용하는 일종의 기억장
치라는 것이다. 이를테면 뇌의 보조 역할로 활용하자는 것이
바로 메모의 목적이라는 것이다. 그렇기 때문에 메모를 습관화
하고 있는 사람은 메모를 전혀 고려하지 않는 사람보다 뇌를
하나 더 겸비하고 있는 셈이다. 결국 메모하는 사람은 매사에
보다 창조적이며 그만큼 실천적일 수 있어 작금의 무한의 경
쟁 사회에서 승산있는 삶을 도모하고 있는 것이라 하겠다.

　무엇보다도 메모는 뇌의 지속적인 활동을 반복시킴으로서
뇌의 건강 유지에 크게 기여한다. 즉 메모를 습관화하면 뇌운
동이 보다 활성화되어 이른 바 노인병인 건망증과 치매를 예
방하고 전반적인 신체 건강도 좋아지는 일석이조의 득을 볼
수 있다는 것이다.

　때로는 노인이라도 메모를 계속하다 보면 신선한 아이디어
개발과 자신의 장래에 대한 인생 설계에 자신감을 갖게 된다
는 것이다. 동시에 자기 성찰의 기회로 활용할 수 있으며, 자
신의 대인관계에도 유리한 여건을 조성할 수 있는 것이다.

　그러나 메모에 익숙해지며 습관화하는 것이 그렇게 쉬운 일
은 아니다. 일찍이 메모를 생활화해 온 사람에게는 별문제가
없는 일이지만, 그렇지 못한 사람에게는 '무엇이든 메모한다는
것' 자체가 큰 부담이 된다.

　특히 노인들에게는 종종 '아! 그때 메모를 해둘 걸.'하고 누
차 느끼고 후회도 하지만 메모를 한다는 그 자체를 실행에 옮

기기는 무척 어렵다. 메모 자체가 귀찮고 번거롭기도 하려니와 무엇을, 어떻게, 어디에 할 것이냐에 두루 망설이게 된다. 또한 메모를 하려면 필기구와 지면이 없다는 구실을 대고 이내 포기하기도 한다.

메모의 효용성을 높이기 위해서는 반드시 현장에서 조목조목 빠트림 없이 기록해야 한다는 것도 사실 어려운 일이다.

그리고 지속적으로 이루어져야 효과가 나타난다. 그래서 메모를 하다가도 익숙하지 못한 체 이내 중도에 그만두고 만다.

또한 메모를 어느 정도 일상화하는 데는 일단 성공하더라도 메모한 것 그 자체로 끝나기가 일쑤이고, 메모 내용을 이용하고 실천하는 문제에서는 더더욱 어려움에 처한다.

노인이 메모를 습관화하는데 성공하려면 무엇보다도 메모가 어렵다고 생각해서는 안 된다. 그저 잊지 않기 위해서 메모한다는 기분으로 내가 오늘 무엇을 했으며, 내일을 어떻게 보낼 것인가의 답을 스스럼없이 적어본다. 적을만한 내용이 없다고 생각하면 정말 아무 것도 없는 것이 바로 노인의 하루 일과이기도 하다. 계속 적을 것이 없어도 이것저것 생각하고 적다보면 적을 것이 생기는 것이 또한 메모의 특성이기도 하다.

우리가 아무 일없이 하루를 이럭저럭 보냈다 하더라도 하나하나 꼼꼼히 따져보면 그래도 기록할 것이 무수히 많다는 사실을 발견하게 된다. 하루 24시간 중 잠자는 시간 여덟 시간 정도를 빼고는 분명 움직이고 생각하며, 누구와 말하고 느끼면서 하루의 반을 보낸다. 이러한 일상생활의 내용들을 자기 나름대로 형식없이 자유로이 그대로 기록해 보면 된다. 이것이 바로 일기가 되겠지만 줄기와 뼈대만을 간추려 메모한다면 일기보다는 훨씬 마음의 부담을 덜어줄 것이다. 적다 보면 나중에는 기록할 것이 너무 많아짐을 발견하게 된다.

가령, 어느 누구와의 약속 장소에 가기 위해 전철이나 버스를 한두 시간 이용하는 경우가 있다. 차 내에서 우두커니 그냥 있거나 계속 잠을 청하는 사람도 있고, 신문이나 책을 읽는 사람, 무엇인가 메모를 하는 사람도 있다. 물론 이들은 자기 나름대로의 시간을 보내는 방법을 택하고 있지만, 나의 경우에 비추어본다면 메모를 하며 승차 시간을 보내는 편이 시간도 빨리 지나가고, 그래서 지루함도 덜하며 비교적 머리도 맑아짐을 경험하게 된다.

이때 메모의 주제는 여러 가지를 고려할 수 있다. 가급적 자신이 처해 있는 주변의 현안 중에서 하나를 선택해 본다.

이를테면 아내와의 관계, 그 다음에 자식들이나 친구와의 문제, 아니면 어제 본 책의 내용, 시사성 있는 현안 문제 등 관심 있는 문제 하나를 택해 이리저리 생각하며 메모를 해 본다. 그 이외에 거리에서 본 일, 누구로부터 들은 일, 갑자기 생각나는 옛일 등을 적어본다. 그러면 금세 목적지에 다다르고 어느 때는 내릴 곳을 지나치기도 한다.

만일 자신의 중요한 행사 계획이 있다면, 그 일의 준비 단계에서부터 진행 과정과 함께 그 결과를 예측하여 일목요연하게 기록하여 챙겨보도록 한다.

예를 들어 여행을 한다던가, 집안 내의 애경사이던가, 주요 친목 모임 등에 관해서도 좀 더 주도 면밀한 관찰과 판단력을 동원하여 세밀한 메모를 해 본다. 일의 중요도와 시의성에 따라 우선 순위를 정하고 일일이 체크한다.

후일에 가족, 친지, 친구 간에 담소와 덕담을 나누는데 이를 활용함과 동시에 다음 행사 계획 준비에 만전을 기하는 참고 자료로도 이용한다.

메모를 함에 있어 가장 중요한 것은 자신의 깊은 내면의 성찰과 대상을 보는 객관성이 서로 연계되어 모든 것을 긍정적인 시각에서 기술함이 바람직하다.

그렇지 않고 무조건 비판적으로 상대의 약점을 잡아 험담이나 원망의 내용이 주류를 이루거나 사물을 부정적 시각에서만 보는 메모라면 이는 메모를 하지 않는 것보다 못하다는 것을 명심할 필요가 있다.

우리는 늙어가면서 기억력과 활동성이 점점 줄어들고 부실해져감은 어쩔 수 없는 현상이다. 그래서 이를 보완하고 활력을 되찾기 위해서는 무엇보다도 메모의 이용률을 높이는데 힘써야 한다고 주장하고 싶다. 그리하여 젊었을 때와 다름없이 자신이 하고 있는 일, 그리고 해야 할 중요한 일 등에 철저한 메모를 해 가면서 최선을 다할 필요가 있다.

이렇게 메모를 생활화하면서 자신의 습관으로 고착시킨다면 요즘 정보화 시대에 노인이라고 주변으로부터 냉대와 무시를 받아온 것을 한꺼번에 불식시켜 예전의 신뢰감도 되찾을 수 있을 것이다. 아울러 어떠한 일에든 자신의 확고한 의지 실현의 결과를 맞이하게 됨으로서 남다른 일상의 만족감도 향유하게 될 것이다. 갑자기 일상에서의 여유가 생기면서 총명해지는 기분도 맛보게 될 것이다.

다시금 기와 힘이 살아나면서 아울러 새로운 삶의 활기를 찾게 될 것이다.

메모의 중요성과 당위성이 바로 여기에 있다.

✳ 멋을 알고 멋도 내는 사람으로

인간의 '멋'이란 무엇일까? 흔히 사용하는 국어사전에서 멋이란 단어를 찾아보면, '차림새, 행동, 생김새 등이 세련되고 아름다움'이라고 규정하고 있다. 주로 사람의 외모를 기준해서 멋을 설명하고 있다 하겠다. 그러나 멋있는 사람이라면 세련되고 아름다운 겉모습과 함께 내면의 알차고 우아한 모습이 밖으로 어우러져 나오는데서 그 사람의 진정한 멋의 진수를 느낄 수 있는 것이 아닐까 한다.

그러면 노신사의 멋은 무엇이며, 멋진 노신사는 어떤 사람일까? 또한 어떻게 하면 노년에 멋 좀 내며 살 수 있을까? 누구나 노년에 들어서도 이러한 의문을 종종 가져보곤 한다.

가령, 어느 노년의 특정한 사람을 두고 '그 사람 참 멋있는 사람이군.'라고 하면서 '그 사람 참으로 멋을 아는 사람이야.'라고 평가한다면, 그는 분명 말씨나 행동, 차림새 등에서 남보다는 아름답고 세련된 면모일 것이며, 이와 함께 내면의 어질고 착한 인성을 한몸에 지니고 있을 것이다.

사실 우리 주변에서 멋을 아름답게 즐기는 사람을 보면 종종 그 사람이 몹시 부러울 때가 있다. 어느 날 자신의 모습을 돌아보고 '나는 과연 멋에 대해 알고 있고, 멋을 낼 줄 아는 사람인가.'라고 자문자답한다면, 나로서는 한마디로 '아니오'이다. 왜냐 하면 나라는 사람은 옛날부터 멋이라는 자체를 그렇게 좋아하지도 않았을 뿐더러 멋있는 사람들의 부류 속에 끼지도 못하는 주제이었음은, 물론 멋있게 사는 방법조차도 거의 몰랐다 해도 과언이 아니다. 멋에 대해서는 그냥 지나치면서 그럭저럭 도외시하고 살아왔기 때문이다.

젊은이나 노인이나 멋은 누구에게나 선망의 대상이 될 수 있다. 노신사가 아름다운 멋까지 있다면 얼마나 좋을까 하고 생각하지만, 막상 이를 접하고 보면 상당히 어려운 문제임이 분명하다. 흔히들 노년의 멋은 일종의 사치라는 말로 터부시하면서 외면하고 사는 것이 우리들 주변의 일반적인 성향이기 때문이다. 한마디로 '웃기지 말라'는 말로 멋이라는 말 자체를 폄하하기도 하면서 일축하기가 십상이다. 실제로 누구나 늙어 가면서 멋에 대해서는 그다지 중요하게 생각하지 않는다.

우리가 보통 멋이라 하면 다분히 외형적인 것에 치중해서 말하기 쉽다. 그러나 '그 사람 참 멋있다.'라는 말은 그 사람의 내면과 외면에 훌륭한 멋이 골고루 갖추어져 있음을 의미한다 하겠다. 우선 그는 내면에 건강한 정신과 풍만한 지식, 열린 마음에다 베풂의 미덕도 한몸에 지녔을 것으로 보인다. 또한 그는 아주 겸손하고 관대하며 남에게 절대로 인색하지도 않을 것이다. 이에 더하여 불의를 좌시하지 않는 선비 정신도 어느 한구석에 살아있을 것이다. 또한 이에 걸맞으면서도 내면의 멋을 더욱 빛나게 할 수 있는 외견의 청결함과 고귀함이 서로 또는 각기 어우러져 있을 것이다.

실제로 혹자가 인생을 멋있게 산다고 외견만을 중시해 멋을 냈다면, 사람들은 그를 가리켜 흐트러진 인생의 본보기라고 비하하면서 방탕한 졸부 근성의 소치라고 외면할 것이다. 속이 텅 비어 있는 자가 겉으로의 멋만을 화려하게 냈다고 해서 멋 있는 사람은 결코 아니다. 그의 멋은 한마디로 겉치레일 뿐이며 소리만 요란한 빈 깡통이나 다름없다 하겠다.

다시 말하면 내면의 멋과 조화되지 못한 외견의 멋은 값어치를 상실한 껍데기에 불과한 것이다. 따라서 한 인간으로서 외형의 훌륭한 멋이 본연의 빛을 내려면, 그 사람의 내면의 여러 골도 멋으로 꽉 차 있어야 한다. 결국 한 인간이 평생을 살아가면서 주변으로부터 멋있는 사람이라는 평을 듣는 것이 그렇게 쉬운 일은 아닌 것이다.

그런데 우리가 노년에 들어서 소위 유행가 가사말로 '돈 떨어져 신발 떨어져 애인마저 떨어진 신세'인데, 부실하다고 자인하는 내면의 멋을 보완하거나 보강하기란 정말 어려운 일이며 외면의 새로운 멋을 내보기란 실로 쉬운 일이 아니다. 오히려 내외면의 멋은 점점 소진되어가는 것을 실감할 뿐이다.

말솜씨, 행동은 물론 처신에 있어 슬기롭지 못한 데다가 문제를 일으키고도 제정신이 들지 않는 존재가 바로 노인이다.

그렇다고 우리가 외견의 멋에 대해서 외면만 하고 살 필요는 없다. 사실 노년에 들어 외면의 멋도 술수를 내어 좀 신경을 써볼 성질의 문제이기 때문이다. 우리가 어느 새 가파르게 늙어가면서 스스로 내면의 멋도 부실한 처지에 외면의 멋마저 모양새를 갖추기를 꺼린다면 그 사람은 정말 몰골이 사나운 꼴이 되고 만다. 일단 어려운 내면의 멋은 접어두고라도 서서히 외면의 멋이라도 내본다면, 내면의 멋도 더 적극적으로 자극을 받을 것이 틀림없다. 내면과 외면의 멋을 서로 보완해 가면서 마음가짐의 행동반경을 효과적으로 조정해 보는 방식이야말로 오늘을 살아가는 또 하나의 보람있는 삶의 지혜가 아닐까 생각해 본다.

우리 인생이 남을 위해서 사는 것은 결코 아니다. 그것도 노년에 들어 남의 눈치와 주변을 의식해 자신의 겉치레에 신경을 쓴다면 약간은 우스꽝스러운 일이기도 하다. 그러나 늙어가는 몸에 외관도 늙어 처지고 궁색한 면이 짙다면 이 또한 큰 문제가 아닐 수 없다. 아주 없어서 입에 풀칠하기도 어렵다면 할 수 없는 일이지만, 너무 게을러서이거나, 그리고 특출한 모난 성격의 탓으로 외모를 소홀히 한다면, 그것도 결코 바람직한 일은 아니다.

우리는 외면의 겉치장外裝工事을 어떠한 형태로 보강함으로써 자신의 모습이 조금은 젊어지면서, 자신의 내면의 마음도 젊어질 수 있을 것인지 깊이 생각해 볼 필요가 있다. 늙어가면서 젊어 보인다는 것은 자신은 물론 제3자가 보기에도 좋을 뿐더러 본인의 건강에도 도움을 준다 하겠다. 나 자신에게 즐거움을 줄 뿐만 아니라 아내의 외견과 마음에 젊음을 선사토록 하게 된다. 결국 노부부의 슬기로운 외모의 멋은 서로간의 화합과 마음의 나눔에도 크게 기여할 것이 분명하다.

우선 노신사의 복장 문제이다. 복장은 자신의 얼굴이라 말할 수 있다. 노인이라고 노색에 치우친 복장을 즐겨 입는다면 그는 점점 더 노인의 골로 깊어져 갈 뿐이다. 흔한 말로 노인이 되면 노인다워야 한다는 말은 복장에는 해당되지 않는다고 보아야 한다. 반대로 노인이 되면 복장에 관한한 자신의 생각보다는 더욱 캐주얼에 가까운 몸차림을 갖도록 노력할 필요가 있다는 것이다. 항상 계절적 감각을 잃지 않고 약간은 화려한

색상을 선택하는데 결코 주저해서도 안 된다. 스타일은 가급적 30~40대가 즐겨 입는 그 시절, 그 때의 유행을 감각적으로 또한 적극적으로 수용한다는 점진적 자세가 요구된다.

특히 등산복이나 외출복의 분야에서도 과감하게 캐주얼의 복장을 착용하여 마음의 젊음을 유도하도록 노력해야 한다.

등산복이나 여행복의 경우를 보자. 보통 요즈음은 두 가지 복장을 혼용해서 편리한 데로 입는다. 노인들의 경우는 점점 화려해지고 캐주얼화되고 있는 점이 특징이다. 물론 개도국이나 후진국의 여러 지방을 혼자 여행한다면 강도, 절도범의 피해를 막기 위해 화려함을 피하고 현지 복장에 걸맞은 옷을 선택할 필요가 있다. 그러나 국내나 선진국인 경우에는 좀 고급화된 패션으로 우아하며 세련되고 아름다운 옷을 선택하는 편이 좋을 것으로 사료된다. 왜냐 하면 여행하는 도중에 각종 서비스 업체로부터의 합당한 대접이나 자신의 즐거운 여행 기분을 십분 유지하기 위해서는 자신의 복장과 처신이 이를 좌우할 경우가 많기 때문이다.

다음으로 머리의 형태나 그리고 구두, 모자, 허리띠 등의 착용에도 현대적 패션에 어우러지는 세련미가 있어야 한다. 흔히 노정객이나 제비족들이 늙음을 호도하여 상대를 속이려는 저의로 머리 염색을 일삼고 있는 몹쓸 작태 따위를 그대로 담자는 것은 아니다. 그러나 보잘 것 없고 한물 갔다고 자인할 수밖에 없는 평범한 노년의 인생이지만, 그래도 머리 염색도 하고 조금은 고급스럽다고 느껴지는 구두나 혁대, 넥타이 등을 선택하여 자신이 남들로부터 '멋있다'라는 평을 들을 수 있다면 이는 기피할 일이 아니라 정말로 권장할 만한 문제이다. 자신이 걸친 모든 것들이 남이 보기에도 촌스럽고 깔끔하지 못하다면 자신이 안고 사는 노색의 여러 가지 모습을 더욱 짙게 해줄 뿐이다.

마지막으로 지적하고 싶은 것은 어느 사람이나 말과 행동거지가 빛나면, 또한 남에게 나눔의 미덕을 베풀어 보인다면, 그 사람이 걸치고 있는 외장의 멋도 한층 돋보이게 해준다는 점이다. 어느 누구든 언어, 행실이 곱지 못하고 욕심이 짙으면 아무리 외모에 근사한 멋을 치장했더라도 그 멋의 가치가 나타날 수 없고 설사, 어느 면으로 멋의 모습이 보인다 하더라도 일순간에 시들고 말게 된다. 이러할 경우 그는 오히려 외장에 신경을 안 쓴 것보다 못한 씁쓸한 결과를 얻게 될 것이다.

멋은 내기도 어렵지만 멋있는 사람이 되기란 더더욱 어려운 일이다. 그러나 우리가 자신의 활기 찬 삶을 유지하기 위해서나 다른 한편으로는 지쳐 있을 몸과 힘, 기와 마음을 되살리기 위해서도 멋이란 말의 의미와 존재의 가치를 다시 한 번 되새겨 볼 필요는 충분히 있다.

어느 날 홀연히 마음껏 멋을 내어 거울에 비친 자신의 젊어 보이는 모습을 뒤돌아보면서, 나도 멋을 알고 즐길줄 아는 사람이라는 아주 당찬 자신감을 가져볼 필요가 있다.

우리가 노년의 나이지만 외모를 조금은 밝고 화려하며 근사하게 차려보자. 그리고 아직도 마음 한구석에 엉클어져 남아있을 나에 대한 큰 불만과 남에 대한 증오의 덫도 말끔하게 씻어내 보자. 나아가 화해와 용서, 봉사의 정신을 아로새기면서 내면의 멋을 더 한층 키워보자.

그렇게 해보면, 나는 자신도 모르는 사이에 주변으로부터 멋있고 매력있는 사람으로 대접 받을 기회를 갖게 될 것이다.

다소나마 청춘靑春이 다시 소생하는 즐거움도 맞이할 수 있으며 일상생활에의 새로운 윤기도 맛보게 될 것이다.

　더욱이 아내는 물론 가족 친지, 친구도 더욱 가까이에서 나의 정다운 편이 되어 줄 것이다. 이 세상도 나를 반기는 진정한 벗이 되어 줄 것이다. 하나님도 늘 나의 곁을 떠나지 않을 것이다.

＊ 행복한 삶의 바른 길

　사람은 누구나 오래 살기를 바란다. 그것도 임종 직전까지 병없이 오래오래 살기를 간절히 희망한다. 적어도 나만은 죽을 때 가족이나 주변 사람을 괴롭히지 말고 조용히 갔으면 하는 것이 누구나 공유하고 있는 죽음의 바램이다.

　현재 60의 환갑을 지난 건강한 사람이라면 누구나 '나는 그래도 80까지는 살아야지.'라는 소망을 자신들의 속마음으로 간직하고 있을 것이다. 설사 자기 자신이 성인병 등 어려운 병마와 투쟁 중인 사람이라도 오래 살고 싶다는 소망은 그만큼 더 간절하며, 건강에 대한 배려에 심혈을 기울이고 있다. 이를테면 생과 죽음에 대한 인간의 본질적 인식은 그 누구나 계산적이고 합리적이기보다는 다분히 자기 중심적이며 보다 이기주의적이라 하겠다.

　인간은 의학적으로 120~40세까지는 살 수 있다고 한다. 우리들 대부분이 하늘이 주신 천수를 다 누리지 못하고 세상을 뜨는 꼴이지만, 현대의학은 인간의 수명을 계속 연장시켜 주고 있음을 본다. 우리 나라도 앞으로 20년 후면 평균 수명이 10년 더 연장된다고 한다. 그러니까 현재 70세에 도달한 사람이라면 평균적으로 80세 이상의 평균 수명에다 노력 여하에 따라서 플러스 10여 년을 더 살 수 있다는 결론이 나온다.

우리 나라는 현재 가파른 속도로 고령화 시대가 달려오고 있다. 그래서 우리도 이제는 인생 100세의 장수 시대에 대비해서 살아야 한다는 인식이 아주 보편화되고 있다. 이는 우리 나라 남자의 노년이 인생 70의 문제가 아니라 환갑 60으로부터 70, 80, 90을 지나는 30~40년의 새로운 인생이 현실로 다가오고 있음을 나타내 주고 있다. 다시 말해서 30~40여 년의 청·장년기를 열심히 살아온 사람이 앞으로 잘만하면 그 만큼 노년기의 삶을 더 유지할 수 있다는 것을 의미한다.

경제적 관점에서 살펴본다면 1인당 국민소득 50불의 시대로부터 17,000불로 발전한 세상을 살아 온 사람이 앞으로 30~40년의 변화무상한 세월을 더 살게 된다는 것이다. 이는 실로 놀라운 일이 아닐 수 없으며, 노년을 맞이한 사람의 입장에서는 새로운 세상이라는 이른바 신천지에 대한 기대를 한층 높이고 있는 것이라 하겠다. 결과적으로 앞으로 노년의 인생도 망망대해와 다를 바 없는 길고도 먼 생애가 기다리고 있는 것이다.

이렇게 본다면 60대 이후의 황혼기는 결코 황혼의 시기로 머무를 수 없음을 의미하다. 아무리 세월이 빨리 도망 간다 하더라도 결코 30~40년의 세월이 황혼기로 그쳐서는 안 된다는 것이다. 누구나 마음가짐에 따라서는 황혼기를 청년기로 바꿀 수 있고 장년기로도 전환시킬 수 있는 것이다. 각자의 노력 여하에 따라서는 황혼기의 인생이 황혼이 아닌 충분히 보람 있고 풍요로운 또 하나의 다른 생애를 새롭게 마련할 수 있는 것이다.

60대에 들어선 노년의 사람이 앞으로 3~40여 년간 또 하나의 새로운 삶을 살아간다고 한다면, 무엇보다도 건강이 가장 중요한 것은 두말 할 나위가 없다. 노년에 이른 사람이 건강하지 않고는 아무 것도 해결할 수 없을 뿐만 아니라 실제로 존재 그 자체가 부정된다. 그래서 누구나 건강 문제를 가장 중요하게 생각하며, 나름대로 건강을 위한 실천 강령을 수립하고 이를 실천하려 노력한다. 그러나 건강이란 마음대로 그렇게 쉬운 문제가 아니다. 왜냐 하면 누구든 자신의 건강을 위한 결심과 그 시행 과정에서 조변석개는 물론 때에 따라서는 그 문제 자체마저도 흐지부지되고 마는 경우가 허다 하기 때문이다.

노년에 건강이 제일이라는 문제는 누구나 알고 있는 지극히 상식적인 발상이다. 다만 실천이 문제이다. 우리가 쉽게 접할 수 있는 건강을 위한 방안은 헤아릴 수 없을 정도로 많고 다양하다. 이에 관한 문헌이나 실무 경험론자들의 프로그램도 수없이 많아 사실상 선택하기도 상당히 어렵다. 여기에는 수많은 비결이 있다고들 주장해 댄다. 그러나 문제는 비결의 방안을 인지하지 못하기보다는 그 비결의 방향을 설정하고도 철저한 실천을 못해서 문제가 발생한다. 또한 우리 주변에는 의사의 올바른 진단과 충고를 배제하고 자기만의 고집과 아집에 사로잡혀 아예 최초의 단추를 잘못 끼워 방향을 잘못 잡고 있는 사람도 적지 않다. 때로는 자신의 건강을 지나치게 과신하는 노년기의 바보들의 행진도 수없이 많이 본다.

건강하고 즐겁게 오래 살고 싶은 소망을 이루기 위해서는 일상의 합리적이고도 유용한 계획을 세우고 이를 실천하겠다는 확고한 의지가 뒤따라야 한다. 무엇보다도 과욕을 버리고 자신의 분수를 인정하는 방향에서 남다른 자기 관리에 철저해야 한다. 이러한 내용을 포함한 노년기 인생의 올바른 삶의 기본 방향을 몇 가지 제시해 보고자 한다.

첫째로, 부부관계가 가장 중요하다는 점이다. 부부간의 틈이 적을수록 건강의 질이 높아져 간다는 사실이다. 자식, 친인척, 친구와의 관계도 중요하지만, 그것은 한 치 건너 두 치다. 시기적으로 노년을 맞이하면 '무자식 상팔자이다. 자식은 품안의 자식이다.'라는 옛말이 실감이 날 정도로 여로 모로 이를 느끼고 있음이 현실이다. 자식도 형제도 마누라만 못하다는 것은 다 아는 사실이지만 인생의 황혼기가 깊어갈수록 그의 실체를 더욱 실감한다. 실제로 자신의 어려움을 헌신적으로 돌봐줄 수 있는 사람은 아내 밖에 없다.

예를 들어 내가 병석에 누었다고 하면, 변함없이 나의 병수발을 들어줄 사람은 아내뿐이다. 만일 병석에서 침대 밑에 돈을 놓고 병문안 오는 자식이나 손자에게 용돈을 어느 정도 집어준다면, 이들이 병문안을 자주 올 것은 분명하다. 그렇기 때문에 내가 진정 나를 위한다면 나의 분신인 아내를 위해 무엇이든 희생해야 한다는 점을 망각해서는 안 된다.

종종 아내를 위해서 이제는 밥도, 빨래도, 청소도 손수 내가 해야겠다는 솔선수범의 자세로 나서야 한다.

둘째로, 다양한 취미생활에 익숙해져야 한다. 본인만이 즐길 수 있는 것으로부터 더불어 같이 할 수 있는 여가선용들을 선택하여, 이를 자신의 것은 물론 아내와의 공유의 것으로 발전시켜야 한다. 등산, 낚시, 바둑 등이 황혼기 인생의 주요한 여가선용으로 일상화되어 있지만 이와 함께 독서, 연극, 음악, 여행, 그리고 사진, 미술, 컴퓨터 등에도 적극적인 배려를 해야 한다. 사람이 건강하게 살아나가는 데는 물리적인 운동보다 정신적이고도 지적인 훈련이 더 중요한 경우가 많으며, 이러한 의미에서 마음의 풍요는 우리 늙은이들의 건강 증진에 아주 긴요한 조건이다.

이들 여가선용 종목 가운데 무엇보다도 아내와 같이 즐길 수 있는 것을 우선적으로 선정해야 한다. 한 발 더 나아가 내가 좋아하는 것보다는 아내가 좋아하는 것을 가급적 골라서 이에 취미를 붙여 함께 즐기도록 최대한 배려를 아끼지 말아야 한다. 시간과 돈을 이에 집중 투자하는데 주저함이 있다면 이런 사람은 말 그대로의 황혼으로 보내게 될 것이다.

황혼을 청춘으로 활기찬 생을 보내려 한다면 아내의 마음을 우선 잘 읽고 이를 무엇보다도 소중히 여기는 습관을 기르도록 해야 한다. 그리고 주저하지 말고 컴맹에서 하루 빨리 탈출토록 한다. 적어도 지성인이라면 워드, 인터넷 정도는 익히고 이메일 주소 정도는 갖고 있어야 한다.

셋째로, 베풂의 미덕을 일상화해야 한다는 것이다. 고집과 아집, 만용을 우리는 과감히 버리고 이해와 수용, 용서와 관용, 그리고 무엇이든 상대방에게 준다는 마음으로 살아야 한다. 사람은 늙어가면서 이상하게도 못된 노욕과 고집에 사로잡히기도 한다. 매사에 남을 이해하기보다는 자기만이 옳다는 착각에 사로잡혀 사정을 더욱 어렵게 만드는 경우가 허다 하다.

지나친 자기 욕심은 금물이다. 경제적 여유가 없더라도 이웃이나 어려운 사람을 위해 조금이라도 베푼다는 마음을 갖고, 음식이나 술이든 과하게 탐닉하지 말 것이며, 취미생활에 있어서도 자기 처지와 능력에 알맞도록 적당히 해야 한다. 마음과 몸이 다 함께 늙어가지만, 1년에 단 한번이라도 고아원 및 재활원을 방문하는 나눔의 기회를 갖도록 하며, 그리고 각종 자원봉사 등에도 마음의 여유를 줄 수 있는 실천적 행동을 보이도록 노력해야 한다.

설사 자기의 가족이든, 친지 또는 동료에게 뼈아픈 배반을 당했더라도 사랑과 은혜의 마음가짐에서 섭섭함을 멀리 하고 이를 쉽게 잊도록 해야 한다. 그래야 내 마음이 편할 수 있고, 그 바탕 위에서 내 건강을 다스릴 수가 있는 것이다. 그렇게 하여 늙어가는 내 몰골이 추하지 않도록, 적어도 늘어나는 주름살이 나에게 만은 더 한층 자랑스러워 보이도록 삶의 질을 풍요롭게 해야 할 것이다.

넷째로, 각종 모임에 대한 적극적인 참여다. 몸이 늙어가면 마음도 늙고 게을러지게 마련이다. 움직이는 것이 귀찮아 지고 남이 오라고 하는 것 자체가 싫어지기도 한다. 자연히 나이살이 깊어갈수록 여러 가지 모임에 소극적인 마음을 갖게 된다. 이러한 마음가짐은 자연히 몸을 더 늙게 만드는 촉진제가 될 수 있어 가급적 모임에 참가하는 쪽으로 배려를 아끼지 말아야 한다.

누구와도 즐거운 마음으로 대화를 한다면, 특히 만나고 싶은 사람과 환담을 나눈다면 이는 신체적 운동의 촉진제가 되며 자신의 마음을 즐겁게 만들어 준다. 말하자면 이때 건강학상 엔돌핀이 나온다는 것이다. 늙어서는 시간과 공간을 혼자 보내는 습관도 필요하다. 그러나 성인군자나 특별한 사람이 아니면, 여기에는 엔돌핀보다 건강상 유해한 아드레날린이 분출되는 경우가 더 많다고 한다. 사람과 만나는 것을 피하는 대인기피증의 사람은 이미 건강을 잃은 것이나 다름없다. 어떻게 사람이 만나고 싶은 사람만 만나고 사는가? 만나기 싫은 사람을 어떻게든 만나고 싶은 사람으로 변화시키는 지혜가 바로 자기 건강을 더욱 살찌게 하는 방도인 것이다.

다섯째로, 종교를 갖도록 노력한다. 종교인은 아니라도 어느 종교에나 참여하여 기도나 참선할 수 있는 사람이 되자는 것이다. 적어도 하나님이나 석가의 가르치심은 위의 4가지 삶의 방향을 올바르게 인도하고 있기 때문이다. 누구나 좋은 일, 바른 일을 몰라서 못하는 것은 아니다. 다만 실천력이 모자라서 차일피일 미루고 중도 포기에 반복을 거듭하고 있는 것이 현실이다. 그런데 종교는 이의 실천력을 배가시켜 주는 밑거름이 되고 안내자案內者가 되는 생의 빛이다.

만일 지금이라도 종교의 테두리에서 새로운 인생의 벗을 사귀고 성서나 불경의 가르침에서 베풂의 힘찬 용기를 얻으려고 노력하는 사람이라면, 그의 인생은 황혼기를 청년기의 새 삶으로 보람 차게 대체할 것이 틀림없다 하겠다.

행복의 조건은 무엇이든 내가 스스로 만드는 것이지 남이 도와주는 것이 결코 아니다.

바람직한 자신의 건강관리

＊ 불안심리와 홀로 서기

　노년에 백수가 되어 먹고 사는데는 별 걱정이 없는 사람이라도 대부분은 과거를 돌이켜보면서 후회하고 미래를 예측하면서 불안해 하기도 한다. 실제로 생존의 위기적 몸부림이나 일상에서의 특별한 난관이 없음을 시인하면서도 다가올 불확실성의 증폭에 초조해 하며, 한편으로는 남모르는 고독감에 휩싸여 몸둘 곳 몰라 하기도 한다.

　어느 결에 깊어진 마음 속의 부조화不調和가 그나마 남아 있는 현실의 생동감을 송두리째 앗아가면서 결과에 대한 솔직한 승복이나 감사의 마음마저 소멸시키기도 한다.

　이를 데 없이 빠르고 속절없는 세월은 허망하기 짝이 없다.

　하루 24시간의 낮과 밤이 한결같이 지루하게 느껴지지만 일주일, 한 달, 그리고 계절과 일 년은 고속이 아닌 광속으로 지나쳐 간다. 어느 새 얼음이 녹고 꽃이 피는가 싶더니 이내 녹음이 짙어지고, 낙엽 지는 가을을 보기도 전에 싸늘한 바람이 옷깃을 여미게 한다.

　첫 눈을 본지 얼마되지도 않았는데 힘에 버겁도록 나이 한 살을 또 보태고 만다. 세월의 속도감이 나이보다도 훨씬 빠르게 느껴질 뿐이다.

이어지는 육신의 노쇠가 어이없이 찾아와 아무리 노력해도 덜그럭거리는 중고차인양 이 곳 저 곳 몸의 고장이 빈발하여 삐걱거린다.

성인병만 지니고 사는 것이 아니라 오장육부의 기능이 현저히 약화된 데다 허리, 무릎 등 신체 각 부분의 관절도 통증을 피하지 못한다. 크고 작은 병고를 나이탓으로 돌리는 안이한 생각을 가져보지만 다가오는 불안의 심리가 뇌리의 중심에서 떠나지 않음을 어쩌지 못한다. 이 모든 것이 지난 날의 건강관리와 허술한 현재의 만성화된 게으름이 주요인이라는 것을 익히 알고 있으면서도 애써 부인하고 싶어한다.

사실 나이가 들면 사람의 몸과 마음이 병약해지는 것은 정한 이치이며 순리다. 어느 날 그래도 아직은 어지간할 것이라고 여겨온 거울 속의 내 모습을 자세히 들여다보고는 실망하고 만다. 일그러진 표정은 말할 것도 없거니와 굵은 주름살이 이리저리 걸쳐진 노인의 몰골임을 다시 한 번 확인한다.

가는 세월에 이렇게도 추하게 변하고만 내 모습이 그지없이 밉기만 하다. 그 좋았던 시절의 내 청춘은 언제 어디로 송두리째 사라져 버렸는지….

그래도 지금까지 열심히 살아왔고 부끄럽지 않은 나를 이루었다고 자부하기도 한다. 그러나 솔직히 자신을 까발려보면 그동안 남보다 뛰어나게 덕을 쌓으면서 살아온 것도 아니고, 그렇다고 주체 못할 정도의 돈을 쌓아놓지도 못했다.

흔히 말하는 출세의 정점에 오르지도 못해 누구처럼 어깨에 힘주고 살아보지도 못했다. 거기에다 자비와 나눔의 고귀한 정신도 가다듬고 이루지 못해 내세라는 큰 상을 보장 받지도 못했음을 자인치 않을 수 없다.

엊그제 유명을 달리한 친구의 영정을 바라보는 자리에서 '이제 나의 명도 얼마 남지 않았구나!'라고 중얼거려 보았다.

그러면서 그 친구의 죽음이 나에게 주는 엄숙한 경고의 의미를 다시 한 번 음미하면서 나야말로 현실의 걱정과 불안에서 어떻게든 벗어나야 한다고 다짐했다. 하지만 이어진 오늘의 삶은 전과 다름없이 불안한 심리적 상황에서 완전히 벗어나지 못하고 있음을 느낀다.

불안, 근심, 걱정은 모두 마음에서 생기는 일종의 병리현상이다. 과도한 불안이 지속될 경우 '우울증'이라는 마음의 병을 얻을 수 있다.

만일 노년에 들어 자신의 현상을 최악이라고 단정하면서 우울증에 빠져 버리면 누구든 헤어나기 어려운 처지에 빠지고 만다. 무엇이 노년의 불안을 초래하는 것이며, 습관화된 불안이 사라지지 않은 이유는 무엇일까?

첫째로, 사람마다 다르겠지만 노년에 들어 가장 심각한 불안은 무엇보다도 건강이다. 누구든 자신의 건강이 염려스럽지 않을 수 없으며, 건강이 안 좋은 사람이라면 더더욱 불안의 늪에서 허우적거리기 마련이다.

왜냐 하면 성인병을 비롯한 노인의 질병은 여간해서는 회복되기 어렵고 설사 회복된다 하더라도 상당한 시일이 걸린다.

더욱이 완쾌는 불가능에 가깝다고 보아야 하며 재발이 뒤따른다.

걱정한다고 병이 낫는 것은 아니며, 오히려 병세를 악화시킬 뿐이다. 이런 사실을 모르는 어리석은 사람은 없겠지만, 병마에 시달리다 보면 자신도 모르는 사이에 걱정과 근심의 질곡을 곱씹기만 하지 극복하지 못하고 만다. 여기에다 주변 사람과의 불화까지 겹쳐 스트레스를 받는다면 그나마 남아 있는 면역력마저 사라지고 만다. 결국 몸과 마음 속에 가장 좋은 바이러스의 온상이 마련되어 있는 셈이라 하겠다.

둘째로, 노인에게는 돈에 대한 불안 또한 심각한 현안이다.

돈은 많든 적든 불안의 요인이 된다. 돈이 없는 것보다야 많은 편이 좋겠지만 분란의 원인이 됨은 분명하다. 제아무리 현명하게 돈관리를 잘 한다고 해도 돈의 속성상 부부간, 부모와 자식 간의 분란의 근원이 돈에 대한 욕심에서 비롯됨을 부인하지 못한다. 진정 부모, 형제, 자매간의 의절의 가장 큰 요인이 돈이란 것을 뼈저리게 느낄 것이다.

노인이 돈을 벌겠다고 하면 이 또한 걱정과 불안의 짐더미를 짊어지고 사는 꼴이 되기 십상이다. 그 반대로 얼마되지도 않는 돈을 그냥 붙잡고만 있어도 줄어드는 돈의 가치에 전전긍긍하지 않을 수 없다. 은행에 있는 돈이 한 해만 지나면 뭉텅뭉텅 달아나는 현실의 불안을 영 지울 수 없는 것이 이 나라 경제의 현실이기 때문이다.

셋째로, 가족에 대한 걱정이다. 부모가 되어 자식 걱정하는 것은 어느 형편으로 보나 당연하다. 그렇긴 하지만 대부분 쓸데없는 걱정일 경우가 많은 데다 괜한 걱정을 사서 하는 못난 짓을 되풀이한다. 한창 때는 자식 때문에 살기도 했었고 자식을 위해선 무엇이든 발 벗고 몸바쳐 희생한 경우도 있다.

어떻게 보면 우리 부모들은 자식 보고 살아왔다 해도 과언이 아니다.

그러나 다 부질없는 짓이다. 공부시켜 장가 보내 살림까지 차려 주었으면 되었지 더 이상의 부모 노릇은 지나치다. 굳이 자식들에게 바랄 것 없다는 식으로 냉담할 필요는 없지만 주책없이 기대기 일변도여서도 안 된다. 부모가 자식을 생각하는 그 절반 아니 절반의 절반도 자식은 생각하지 않는다. 흔히 말하듯 늙은 부모는 자식들에게 부담을 주는 거추장스러운 존재일 뿐이다. 빨리 남아 있는 재산이나 물려받을 수 있기를 바라는 것이 결혼한 자식들의 속셈(?)일 수도 있다.

요즈음 언론을 살펴보면 현대는 웰빙(Well-Being : 몸과 마음이 쾌적하고 건강한 삶)과 콜링(Calling : 자아 찾기)의 시대라고 하면서 쿨(Cool)하게 살자고 떠들썩하다. 한 발 더 나아가 웰니스(Wellness : 웰빙에 행복을 가미한 개념)한 삶을 살아야한다고 야단들이다.

물론 노년에 접어든 사람이 웰빙이나 콜링의 생활을 의도적으로 시작할 시기는 지나지 않았느냐는 의문을 가질 수 있다.

또한 이 나이에 그러한 멋진 새 출발을 시도하는 자체가 멋쩍고 부담스러우며 설사 시도하더라도 불가능하다고 지레짐작하여 스스로 포기하고 만다. 여기에 그치지 않고 한 발 더 퇴보하여 아예 자신의 정체성을 무능력이라 매도하면서 자신을 비하하고 자조하기도 한다.

그러나 어느 책자의 제목과 같이 '삶의 열정에는 마침표가 없다'는 말에 공감할 필요가 있다. 실로 노년의 백수들에게는 무한대의 시간과 공간이 광활하게 펼쳐져 있다. 70년대 경제 성장기에 직장에서 밤을 낮삼아 일하고 어렵게 받은 명목상의 일주일 휴가 기간 중에 3일만 마음놓고 쉴 수 있을 때, 그 3일을 얼마나 행복하게 여겨졌던가를 떠올리면 된다.

인간의 노화는 자연스러운 변화일 뿐이며 굴복의 대상이 아니라 극복의 대상이다. 비록 인간 생명의 유한함을 상징하는 육체적, 정신적 변화이긴 하지만 새로운 시작이라는 긍정적인 마음가짐에 따라, 또 열정에 가득 찬 행로에 따라 노화의 진행은 부분적으로 정지될 수 있으며 일정 수준에서 젊음으로의 회귀도 사실상 가능하다는 점에 주의를 기울여야 한다.

이와는 반대로 노인이라고 해서 포기하고 절망한다면 모든 것은 끝장이다. 다시 말하면 늙어가면서 나타나는 모든 현상을 축복으로 돌려 극복하지 못하고 저주하며 원망한다면 삶의 의지는 단절되고 만다. 누가 무어라 해도 노인은 노인이지만 자신의 노력 여하에 따라서는 자신의 삶에 새로운 에너지를 충전하면서 또 하나의 새로운 진로를 개척할 수 있다.

무엇보다도 노인은 자신을 소중하게 여기고 자신의 모든 것을 사랑하는 마음으로 감싸도록 해야 한다. 그렇게 함으로서 자기 안에 내재해 있을 불안의 씨앗을 효율적으로 제거할 수 있으며 치명적 위기에도 슬기롭게 대처할 수 있다.

나야말로 이제는 어떠한 간섭이나 시간의 제약도 없는 '상팔자上八字'라는 낙관적인 생각을 가질 필요가 있다.

시간과 돈에 구애됨이 없이 어떠한 일에나 인내심과 열정을 갖고 몰입하도록 해야 한다. 이를 위해 가장 중요한 것은 첫째로 육체적으로나 정신적으로 건강해야 하고, 둘째로 고집의 굴레인 집착과 아집에서, 그리고 무한의 소유욕에서 완전히 벗어나야 한다.

사실 우리 사회에서 노인이 기피와 혐오의 대상으로 취급되어온 지 이미 오래다. 고려장은 아니더라도 그에 버금가는 사회적 가정적 냉대와 버림 받음에 실로 무력한 존재일 뿐이다.

병든 부모를 귀찮고 부담된다고 거리에 몰래 방기放棄하는 자식들이 수없이 존재한다. 지난 총선 때는 여당의 당대표라는 사람이 '노인은 선거 안 해도 좋다.'고 무시하는 발언도 서슴지 않아 문제가 되기도 했다.

이렇듯 노인을 대하는 것이 험악하고 살벌한 느낌마저 든다.

사회 어느 구석, 또 가정의 면면을 두루 살펴보더라도 여생의 불안을 안고 사는 평범한 노인들을 안정시켜 줄 수 있는 제도적 장치는 찾아보기 어렵다. 그렇지만 내게는 자식이 있다는 생각을 하는 사람도 있다.

'내가 아들, 딸을 어떻게 키웠는데, 그 놈들이 나를 버리겠는가. 어림도 없는 일이다. 눈이 오나 비가 오나 잘못될까 전전긍긍하면서 온 정성 다 바쳐 키웠는데, 박봉에 시달리면서 먹을 것을 제대로 먹어보았나, 용돈 한번 제대로 써 봤나, 그 좋은 옷 한 벌 번듯한 것으로 사 봤나, 오매불망 자식 잘 되기만 빌면서 살았다 해도 과언이 아닌데, 세상 모든 사람이 제 부모를 외면한다 하더라도 우리 애들 만은 예외일 것이다.' 어떻게 보면 이런 생각이 맞는 사람도 있다. 하지만 대부분의 경우 가족이라는 혈연관계를 중시하는 노인들의 헛된 이상이요, 꿈이요, 허상으로 치장되기 일쑤다. 기대감이 크면 클수록 실망은 더 큰 법이다. 애초부터 자식에 대한 기대를 접었다면 배신이라는 쓰라린 아픔은 경험하지 않아도 된다.

근래에 들어 노인들이 모이면 흔히 '아들네 집에는 가능한 한 가지도 말고 전화도 안 하는 게 좋다.'고 말한다. 또 어느 시어머니가 며느리에게 '나는 정말 너를 친딸처럼 생각하고 살아왔고 앞으로도 변함없을 것이다'라고 말하자, 며느리가 답하기를 '어머니! 저를 진실로 친딸같이 생각하신다면 저희집엔 제발 오지 마세요!'라고 말했다 한다.

우리 노인들은 부모와 자식간의 현실적 관계를 냉철하게 분석하여 이에 대응하면서 살아야 한다. 설사 이제까지 공존과 공유의 개념에서 더불어 사는 긍정적인 삶을 지키려 노력했더라도 앞으로는 '나 혼자 살 수 있으며, 그렇게 살 수밖에 없다.'는 도도한 생각을 갖도록 해야 한다.

그러면서 나만의 독특한 생존을 위한 '위기관리 시스템'을 만들어 독거노인獨居老人으로서의 '홀로 서기'를 설계하여 현재와 미래를 자신의 현실에 부합되도록 철저히 대비해야 한다.

무엇보다도 몸과 마음을 건전하게, 혼자 올바르게 살아갈 수 있는 내면의 특성과 창의력을 발전시키며, 이에 따른 나름대로의 자아비법自我秘法의 지혜를 터득하여 실행에 옮기도록 해야 한다.

늙어갈수록 일상의 생활을 나 혼자 꾸려나갈 수 있는 '생활 홀로 서기'의 복안을 마련해야 한다. 이 길이야말로 예고없이 다가올 숨가쁜 고난의 역정도, 하늘이 내게 주는 치명적인 절망의 순간마저도 슬기롭고 아름답게 극복할 수 있는 최선의 대안이 될 수 있다.

＊ 건강과 유전자의 관계

　겨울 내내 감기와 비염에 시달리면서 병원 치료와 대체 요법, 한약 등을 섭렵했지만, 어느 것 하나 뚜렷한 효과를 보지 못하였다. 심한 알레르기 비염에다 쉴 새 없이 찾아드는 감기는 정말 사람을 그로기 상태로 몰고간다. 기운이 현격히 떨어지고 마음은 항상 찌뿌드드한 상태가 지속되어 매사에 의욕마저 잃고 말았다. 날씨마저 유별나게 춥게 느껴져 집에만 있다 보니 운동량도 부족하게 되고 이에 따라 식욕도 부진하여 체중이 적지 않게 줄었다.

　병원에 다니면서 치료약을 꼼꼼히 복용하고 의사의 조언대로 건강 회복을 위한 갖가지 방법을 시도해 보았으나 신통한 효험을 보지 못했다. 종합 건강검진도 받아보았으나 결과는 이렇다 할 문제가 발견되지 않았다. 담당 의사는 '걱정하지 말고 운동을 열심히 하며 바쁘게 살면 좋아질 것'이라고 말했다. 조심하고 몸을 바르게 추스르는 방법밖에 없다고 여기면서 병치레 끝에 이럭저럭 한겨울을 보내고 말았다.

　60대 중반인데다 청・장년기에 몸을 막무가내로 굴렸으니 마땅히 나타나는 노화현상이겠거니 하다가도 건강 악화에 대한 불안감을 잠재우지 못함은 어쩔 수 없다.

자연히 '건강은 타고난다.'는 옛말이 이치에 맞는 것 같이 생각되었고 감기를 너무나 오래 앓고 나니 내게는 이 말이 더더욱 실감 있게 느껴졌다. 그러니까 자신의 건강관리가 철저하지 못한데 대한 반성보다는 약체로 낳아준 부모의 탓으로 돌리려는 속셈의 발로이다.

사람의 건강을 결정하는 요인 중 유전자는 20~30%에 불과하다는 의학자들 주장이 틀린 말로만 느껴진다.

유전자는 건강 장수의 큰 요인이라는 생각이 한결 실감 있다. 건강을 제대로 유지하고 있는 사람은 기본적 여건을 태어날 때 갖고 나온다는 생각이다. 타고난 건강의 초석이 튼튼하다는 것이다. 그렇기에 물려받은 유전자가 건강을 결정짓는 핵심적 역할을 한다는 생각이 잘못이 아니라는 확신이 서기도 한다.

환언하면 건강에 장수라는 공식은 복을 안고 태어난 탄탄한 유전자적 조건 하에서 건강을 위한 철저한 노력과 관리가 배가될 때, 비로소 성립될 수 있다는 생각이다.

사실 사람이 살아가면서 자신의 후천적 건강을 위한 여건은 얼마든지 만들고 개선할 수도 있다.

'어디서, 어떻게, 누구와, 무엇을 먹고 사느냐'라는 환경 여건은 자신의 노력 여하에 따라서 건강과 장수로 인도하는 방향으로 선택하고 만들 수 있다.

이에 더하여 여러 가지 보조 조건을 자신의 의도대로 조화시킬 수 있고 조절할 수도 있다.

그러나 타고난 유전자적 여건은 자신의 의지와 상관없는 불가항력적인 것이며 불변이다. 노력하고 정성을 다한다고 나쁜 유전자가 좋은 조건의 유전자로 변이될 여지는 전혀 없다. 이를테면 누구에게나 운명이다.

일반적으로 많은 형제 중에 막내와 장남의 유전자적 건강은 막내가 훨씬 약체다. 그리고 부모가 모두 건강한 사람과 그렇지 못한 사람 사이에서 태어난 사람도 후자가 전자보다는 허약한 체질을 타고난다. 이렇게 태어날 적부터 약골로 태어난 사람은 항상 골골하는 신세를 벗어나지 못하고 언제나 건강에 대해 노심초사하며 산다.

다시 말하면 약체로 태어난 사람이 건강하게 오래 산다는 것은 건강을 타고난 사람보다 몇 배의 노력을 하지 않고는 얻어낼 수 없는 결과이며 여기에는 일정한 한계가 있다.

유전자와 건강, 장수의 함수관계는 분명히 존재한다. 확실히 노화는 유전자적 원인에 의해 크게 좌우된다. 그러나 우리가 주목해야 할 점은 이러한 학술적 주장과 논리가 오류일 수 있다는 점이다. 인간은 아무리 훌륭한 유전자를 갖고 태어났더라도 그것을 올바르게 지속적으로 관리하지 못하면 건강이 장기간 유지될 수 없다. 타고난 유전자, 즉 운명보다는 철저한 건강 관리와 건강 유지에 적합한 환경의 융합이 더 중요하다. 다시 말하면 건강한 유전자보다 건강을 유지하기 위한 노력이 더 중요한 요인으로 작용한다는 것이다.

우리는 주변의 건강한 사람이 갑자기 유명을 달리 하는 모습을 종종 본다. 이런 건강을 과신하고 관리를 잘못했거나, 병원을 멀리 했거나, 병원을 이용했더라도 의사의 권고를 등한히 하며 무시한 것이 원인인 예가 많다. 사실 60이 넘은 사람들은 항상 조심해야 되고 조금만 이상하면 지체없이 병원의 진료를 받아 어떤 병마이든 조기에 발견하고 치료해야 한다.

　건강을 자부하는 사람들은 청·장년기의 오만한 틀과 편견
에서 벗어나지 못하고 자신감에 젖어 정신적으로나 육체적으
로 몸을 혹사시키는 것이 문제다. 노인은 주지하다시피 세포조
직이 한 번 손상을 입으면 회복이 어려우며 다소 회복이 되더
라도 상당히 느리기 마련이다. 때문에 연속적인 피로나 충격이
가해지면 자연히 병적인 상황을 피할 수 없다. 결국 병이 중해
져야 정신을 차린다.

　그래서 노인은 예방의학에 익숙해야 건강을 오래 보전할 수
있다. 병의 예방은 남이 해주는 것이 아니라 스스로 알아서 해
야 하는 조치이다. 자기 몸의 현 상태는 자기가 제일 잘 알고
있다. 병원 검사의 수치보다 정확히 가늠할 수는 없지만 현재
의 컨디션과 어떻게 해야 건강을 유지할 수 있는가에 대한 나
름대로의 정확한 정보를 갖고 있기 때문이다.

　오늘날과 같은 정보화 시대에는 누구나 술이나 담배, 음식,
운동, 여가 이용 등에 관해 어떻게 할 것이며, 어느 것을 선택
할 것인지, 무엇을 금해야만 하는지 하는 기본적인 문제에 대
해선 이미 알고 있다.

　또한 대부분이 예방 의학법을 실천하면서 작심삼일作心三日
의 과정을 여러 차례 겪지만, 간혹 상당한 효험을 보기도 했을
것이다. 그러나 문제는 실천으로 시행착오와 때때로 불필요하
다는 논리를 내세워 실행하지 않음으로서 중병에 대한 사전
예방에 만전을 기하지 못하고 있는 점이다.

　결국 노년의 건강을 합리적, 효과적으로 유지하기 위해서는
타고난 건강, 평소에 건강하다는 자만심, 각종 검사 수치를 너
무 과신해서는 안 된다. 건강에 관해서는 사실 '믿는 도끼에
발등 찍힌다'는 속담을 명심해야 한다.

　무엇보다도 철저한 건강관리가 중요하지만 최선을 다해서 건강할 수 있도록 주변 환경을 조성해야 한다. 노년기에 가장 중요한 것은 부부간의 정이 변함이 없어야 하며, 돈이나 자식에 대한 근심 걱정이 적어야 하며, 마음을 나눌 수 있는 친구가 반드시 있어야 한다.

　늙은이는 '누으면 죽는다.'는 말이 있다. 부지런히 사지를 움직여야 한다. 특히 하체를 쉴 새 없이 움직여야 건강이 유지된다. 그리고 나 혼자 잘 먹고 잘 살면 된다는 생각은 마음의 병을 안고 살겠다는 것이나 다름없다. 늙어지면 혼자는 외로워서 더 못 살고 만다.

　더불어 살고, 도움을 나누고 받으며, 욕심을 버리고 절대로 무리하지 않으며, 자신을 진정 사랑하고 아낄 때 건강은 오래 유지될 수 있다. 적당한 운동과 건전한 마음이 타고난 유전자보다 훨씬 중요하다.

✳ 소박한 밥상으로 건강을

해방 후부터 70년대 초까지만 해도 우리네 보통 사람들은 그저 매일 소박한 밥상을 마주 할 수밖에 없었다. 아니 밥상이 소박했다기보다는 보잘 것 없고 빈곤하고 남루한 굴레에서 벗어나지 못하였다. 밥그릇에 담긴 밥은 항상 그득할 수 없었고 소위 이밥을 대하기는 정말 가뭄에 콩나기처럼 어려웠다. 지겹기도 한 보리밥 위주에 반찬이라야 된장국에 김치, 깍두기 정도가 전부였다. 점심은 물에 만 밥으로 식구수에 맞추어 양을 늘렸고, 저녁은 죽으로 때우기가 일쑤였다. 그러니 그 시절엔 주변에 살찐 사람이 거의 없었고 키 큰 사람도 드물었으며 뚱뚱한 사람은 연예인 '뚱뚱이'를 빼놓고는 찾아보기 힘들었다.

지금 60대라면 1950년대의 동대문, 남대문 시장의 꿀꿀이 죽을 기억할 것이다. 그 죽이 얼마나 맛있고 영양가 많았는가를 말이다. 가격이 저렴해 적은 돈으로 영양가 있는 식사를 할 수 있는 데다 허기를 일시나마 잠재울 수 있었다. 큰 가마솥에 가득 찬 죽을 이리저리 젓는 아주머니의 손길도 따듯하고 정다웠지만, 실제로 그 죽을 한 그릇 비우고 난 후의 기분은 '금강산도 식후경'이란 말이 실감날 정도로 배고픈 사람의 허기진 식욕을 충족시켜 줄 수 있었다.

　그런데 지금의 소박한 밥상은 어떤 것일까? 근래에 들어 TV를 비롯한 각종 매스컴에서는 먹거리 문제에 초점을 맞추어 웰빙 식사를 위한 다양한 프로그램이 홍수를 이루고 있다.

　좋은 식품이 어찌나 많은지, 어디서 갑자기 그렇게 좋은 식품이 새로 생겨났는지, 전에는 그런 식품에 관해 전혀 모르고 있었던 것처럼, 마치 자기만 비밀스럽게 좋은 식품과 요리에 관한 정보를 숙지하고 있는 것처럼, 전문가들을 동원하여 경쟁적으로 소란스럽게 호들갑을 떨며 떠벌리고 있다. 하지만 이들의 주장은 엄밀히 따지고 보면 소박한 밥상과는 거리가 먼 내용이 대부분이다.

　사실 소박한 밥상은 유식한 말로 조식粗食이라고 하는데, 우리가 정성만 들이면 큰돈 들이지 않고 가정에서 쉽게 즐길 수 있는 음식이다. 시중 식당의 메뉴판에서 찾아본다면 시골 밥상이나 가정식 백반으로 말 그대로 소박한 음식을 차린 밥상이 아닐까 생각된다. 그저 시골 밥상은 우리가 늘 집에서 먹는 잡곡밥에 된장국, 김치, 나물, 굴비 한 마리, 한두 가지 조림 정도이다. 물론 누구나 하루 세 끼 밥을 시골 밥상 차림으로 계속 먹는다면 싫증이 날 것이고 이에 따라 식사 양이 적어진다면 영양에도 다소 문제가 발생할 소지가 있기는 하다. 그러나 영양학자들의 말을 빌면 이 정도 식사면 절대 영양 부족이 오지는 않는다고 한다.

　어떻게 보면 소박한 밥상은 곡물, 야채, 해산물 등을 위주로 한 가장 한국적인 우리 고유의 식사를 가리키는 말이다.

　게다가 이들 농산물이 농약과 화학비료를 쓰지 않은 유기농 제품이라면 더할 나위 없는 건강 상차림이 될 것이다. 예로부터 우리 조상들이 늘 먹어왔던 음식들이 바로 소박한 밥상의 주빈이며, 이것들이 바로 내 몸에 약이 되어 건강을 지켜준다 해도 과언이 아니다. 이를테면 밥, 김치, 된장국, 생선구이, 김, 나물 등을 올리고, 육식을 비롯한 기름기 많은 식품은 거의 제외하고, 양적으로도 과식이 아닌 소식을 일컫는다.

학자들의 견해를 종합해 보면 건강을 위해서, 무엇보다도 성인병 예방을 위해선 우리 전통 음식을 상식하는 것이 최고라고 한다. 환경적 측면에서나 풍토학적으로도 내 나라, 내 고장에서 생산된 농축산물, 해산물이 수입품보다는 양질이다. 그리고 모든 식품은 제철의 그 지역 산물이 최고다. 특히 채소와 과일은 살고 있는 고장에서 생산한 것을 그때그때 바로 먹어야 맛과 영양의 질을 100% 보증할 수 있다.

사실 우리 노인들은 내 집에서 만든 이밥에 김치와 된장국은 매일 먹어도 질리지를 않는다. 그러나 밖에 나가 사 먹는 맛있고 비싼 음식은 두 끼만 먹으면 질리고 만다. 괜찮은 식당 밥을 피치 못할 사정으로 매일 먹는 처지가 되었을 때 메뉴가 매끼 바뀐다 하더라도 금세 냄새에 질리고 장과 조미료 맛에 질려 입맛을 잃고 만다.

노년기에 접어든 사람들은 대부분 성인병 환자 신세를 면치 못한다. 고혈압, 당뇨, 고지혈증, 심장병, 만성 위장장애 같은 어느 한 가지 병에 시달리거나 여러 가지 병을 복합적으로 앓고 있다. 이들은 대부분 양방의 치료약을 상용하고 있으며, 혹자는 민간요법에 의존하는 경우도 있다. 정기적으로 병원에 가서 검진을 받고 의사로부터 세심한 주의 사항을 듣는다. 대부분 어떻게 해야 건강을 유지할 수 있는 지에 관해서는 상세히 숙지하고 있다.

그래서 노인이면 누구나 성인병 치료를 위해서는 모름지기 음식 섭취와 운동, 마음가짐의 3가지가 가장 중요하다는 것도 익히 알고 있다. 특히 먹거리에 관해서는 어느 것을, 얼마나, 어떻게 먹어야 하는지에 대한 지식과 정보는 넘치고 있다.

첫째로 노인에게는 소식이 건강을 위한 최선의 방책이다. 노인의 장기는 대부분 노화되어 소화력이 약해졌기 때문에 식사량이 많을 경우 각종 장기에 부담을 주게 된다. 식사량도 포만감이 80% 정도에서 끝내야지 과식을 하면 혈압, 혈당, 콜레스테롤 등 성인병의 위험인자가 몸을 상하게 한다.

다시 말하면 노인들이 배불리 먹다간 각종 성인병을 부르거나 기존의 병을 더욱 악화시키며, 이는 노화와 노쇠는 물론 수명을 크게 단축시키고 만다.

결국 노인에게 소식은 건강의 길로 인도하는 장수의 바로미터가 된다. 소식을 습관화하되 가급적 저녁을 소식하도록 한다. 그러나 조금 먹는다는 것이 말처럼 그렇게 쉬운 일이 아니다. 먹고 싶은 욕망, 즉 식욕이나 식탐食貪을 억제한다는 것은 어쨌거나 어렵다. 그러니 어느 학자는 '먹는 만큼 뛰고, 뛰는 만큼 먹어라'고 할 만도 하다. 어쩌다 배불리 먹고 싶고, 정 먹을 수밖에 없어 많이 먹었다면, 열량 소모를 위해 반드시 이에 상응하는 운동을 하라는 것이다.

둘째로 소박한 밥상이라도 영양소를 골고루 섭취해야 한다. 예로부터 정월 대보름이면 오곡밥에 각종 나물로 상을 차린다. 그리고 땅콩, 호두, 잣 등을 곁들여 먹는다. 옛날엔 겨울에 싱싱한 야채가 없었고 지방을 함유한 음식이 부족했기 때문에 이를 보충하기 위한 지혜로운 음식 처방이라 하겠다.

우리가 정월 대보름뿐만 아니라 가끔, 아니 늘 이에 준해서 밥상을 차린다면 가족의 건강은 물론 자신의 건강을 위해서도 아주 훌륭한 상차림이 될 것이다.

잡곡밥을 위주로 야채, 해산물, 육류를 골고루 갖추어야 한다. 잡곡밥은 오래 씹어야 하므로 치아나 골격이 건강해지고 위장병도 예방한다. 육류는 가급적 소량으로 일관하고 야채는 제철에 나는 싱싱한 것을 선택하도록 하며, 해물은 생선과 해초류를 상식하도록 한다. 여기에다 제철에 나는 과일도 먹되 절대로 야식으로는 먹지 않도록 한다. 노인이 저녁에 과일을 먹는 것은 독을 먹는 것이나 다름없다 한다.

골고루 먹되 김치와 된장은 매일 먹어야 한다. 김치는 세계적으로 공인을 받은 5대 건강식품으로, 김치 100g에 100억 마리의 유산균이 들어있다니 가능한한 여러 가지 김치를 상식토록 한다. 된장국은 매일 적당량을 한 끼만 먹으면 인류 최대의 적인 암을 예방할 수 있고 노화도 지연시킬 수 있다 하니 이 또한 하루라도 빼놓을 수 없는 식품이다.

셋째로 식사 시간을 최대한 길게 잡아 되도록 천천히 먹어야 한다. 우선 혼자 먹는 고식孤食이 되지 않도록 한다.

가급적 아내를 비롯한 가족과 같이 먹도록 최대한 배려하면서 식사 중에는 아주 즐거운 대화가 이루어지도록 하여야 한다. 식사를 하면서 아내나 자식들을 나무라는 일은 절대로 삼가하며, 맛있는 식사가 되도록 분위기 조성에 솔선수범하는 배려가 중요하다.

치매를 예방하려면 잘 씹어 먹으라고 했다. 씹는 운동이 뇌활동과 밀접한 관계가 있다는 것은 과학적으로 증명되었다고 한다. 씹는 동작이 뇌세포를 활성화시켜 머리를 맑게 해주고 특히 봄철에는 춘곤증을 예방하는 탁월한 효과가 있다고 한다.

그러니까 한번 입에 넣은 음식은 최소 30~50회 정도는 씹어 천천히 넘겨야 소화에도 좋고 뇌운동에도 좋다는 말이다.

그리고 음식을 입의 한쪽으로만 먹지 말고 좌우 번갈아가며 먹어야 치아와 턱, 그리고 뇌의 건강을 유지할 수 있다.

건강은 올바른 생활습관에서 온다고 한다. 올바른 생활습관 중 가장 중요한 것이 식사습관임은 두말할 나위가 없다. 그 식사는 소박한 마음가짐의 식사이며, 소박한 밥상의 일상화가 바로 건강을 지키는 관건이다.

항상 옆에 있는 우리 음식, 매일 접하는 우리의 고유한 전통 음식이 1등 건강식품이다. 소박한 밥상을 늘 즐기되 가능하면 유기농 식품을 섭취하도록 최대한 노력함이 바람직하다.

노인에게 좋은 간식

1. 호두: 불포화 지방
2. 감자, 고구마: 염분 축출
3. 우유: 칼슘 보충
4. 곡감: 비타민 A, C 풍부
5. 녹차: 피를 맑게 해줌
6. 머숫가루: 비타민 및 영양 보충
7. 다시마: 식이섬유 풍부
8. 대추: 소화 촉진
9. 식혜: 장운동 활성화

＊ 보약, 건강식품의 허와 실

　　우리 나라 사람들은 세계에서 보약과 건강식품을 가장 많이 애용한다. 도처에 한의원이 즐비해 있고 한의사의 인기는 하늘 높은 줄 모르고 치솟고 있다. 모든 대학의 한방의대가 양방의대보다 선호도가 높아진지는 이미 오래 되었고, 젊은 여성들의 신랑감 후보 선택 시에도 한의사의 인기가 최고라고 한다.

　　또 강장식품에 대한 잘못된 속설과 이상한 보신문화의 발전으로 인해 우리의 야생동물은 극도의 수난을 겪고 있는 가운데 어떤 종은 멸종 위기에까지 이르렀다 한다. 때로는 이러한 상황들이 서방 외신의 주요 뉴스로 둔갑해 보도되기도 하며, 이로 인해 한국 사람들이 범세계적으로 비하되기도 한다. 그래도 우리의 보약이나 건강식품 제조회사는 연일 신문, TV 등 언론 매체에 인기 연예인, 대학 교수 등을 동원하여 상품 판매에 열을 올리면서 선량한 국민을 현혹시키고 있다.

　　그래서 그런지 노인치고 보약이나 건강식품을 구입해 보지 않은 사람이 거의 없다. 특히 독버섯처럼 생겨나는 다단계 판매회사들은 지역마다 노인들을 모아놓고 각종 선물 공세와 온갖 미사여구美辭麗句로 이들 제품에 대한 사기성 홍보와 속임수를 동원하여 노인들의 주머니를 턴다. 결국 병약하고 노쇠한 노인들은 마음을 바로 잡지 못하고 이들의 홍보 술수에 넘어가고 만다. 사실 어느 집 안에서는 이런 약이나 건강 보조 식품들을 연이어 구매하는 어른과 돈을 대야 하는 자식들 간에 경제적 문제로 심한 갈등과 분란이 일어나기까지 한다.

물론 보약이나 건강식품 자체가 어떤 경우에는 유용한 효과를 볼 수도 있어 권장할 만한 제품이 있다. 그러나 판매회사가 광고와 홍보에 열을 올리는 제품일수록 효능이 떨어지는 부실한 제품일 가능성이 크다는 점에 유의할 필요가 있다.

예상을 초월하여 터무니없이 고가에 판매하는 수법으로 제품의 우수성을 과시하려 하지만 제품의 질과 가격과는 상관이 없는 경우가 많다.

사실 시중에 난무하며 홍수를 이루는 보약이나 건강식품의 광고 문구를 살펴보면, 무병 불로장수나 만병통치萬病通治가 별 것 아니고 수월한 것임을 알려준다. 이들 제품을 판매하는 회사는 대략 두 가지 효능이 있다고 광고하는데, 첫째는 병을 치료하고 병후의 몸을 회복시켜 준다는 것이며, 둘째로 평소에 건강을 지키기 위한 각종 영양 보충은 물론 오장육부의 기능 보강과 키를 크게 해주거나 살을 빼는데도 효험을 볼 수 있다고 주장한다.

하지만 우리 주변에서 이들 보약이나 건강식품을 먹고 뚜렷한 효험을 보았다는 사례를 거의 접하지 못한다. 오히려 그 효과나 안전성에 의문이 있는 듯 이를 장기 복용하고 부작용을 겪었다는 사례가 종종 언론을 통해 보도되곤 한다.

만일 이들 제품이 광고와 홍보대로 효험이 있고 과학적으로 확실하게 검증되었다면, 아마 그 회사는 일약 세계 일류기업이 되었을 것이다.

어떤 사람은 보약이나 건강식품을 늘 입에 달고 살다시피 하는 경우를 본다. 물론 건강하지 못하니까 이를 자주 복용하는 사람도 있지만, 우리 주변엔 그보다는 건장한 사람이 정력만 더 보강하겠다는 유일한 목적으로 이를 과용하고 남용하는 경우가 흔하다.

어떻게 보면 건장한 사람이 보약이나 건강식품을 과용하는 것은 건강한 몸에 독을 퍼붓는 꼴이다. 아무리 건장한 몸이라도 고단백 식품이나 고성능 약을 장기 복용하면 정상적인 몸의 기관이 결과적으로 비정상으로 변하는 것은 정한 이치다.

결국 돈은 돈대로 낭비하고 몹쓸 병마를 스스로 불러들이는 셈이다.

무엇 때문에 우리 나라 사람들이 이렇게 보약과 건강식품을 애용하는지 그 원인은 확실치 않다. 예로부터 잘못 전해져 온 보신의 풍습에 크게 기인할 것이다. 그 외의 요인이라면 우리 나라의 사계절이 뚜렷하여 성격이 매우 열정적이고 가무를 좋아하는 데다 남녀간의 연애 감정도 드높아 정력면의 소모가 유별나게 큰 지도 모른다.

아니면 생태학적으로 정력에 대한 과대망상증誇大妄想症이나 결핍증후군缺乏症候群 등에 시달리는 작자들이 절대 다수여서 그런지도 모르고, 아무튼 한의사의 처방에 의한 보약도 때에 따라서는 권장량 이상인 경우가 많음은 잘 알려진 사실이다. 장기 과로 등으로 쇠진해진 몸을 보한다는 면에서 녹용이나 인삼이 든 한약이 어느 정도 효과를 볼 수는 있을 것이다.

이를테면 기운이 좀 나는 가운데 식욕도 차차 증진되어 식사와 통변에 어느 정도 도움을 줄 수 있다는 점을 부인할 수는 없다.

　그러나 '하루 밥 세끼 밥 잘 먹으면 그것이 보약'이라는 말이 있다. 무릇 사람에게는 보약이나 건강식품보다는 좋은 공기를 마시고 좋은 물을 먹으며 좋은 식사를 하면 이것이 바로 최상의 보약이다.

　특히 노인은 누가 뭐라 해도 욕심을 버리는 일이 가장 중요하다. 모든 것을 긍정적으로 생각하면서 남에게 진정으로 감사하는 마음을 가질 때, 이것이 바로 자신의 건강에 둘도 없는 값진 보약이 되는 것이다.

✻ 무리한 운동과 디스크 발병

어느 날 아침에 일어나니 갑자기 오른 쪽 다리가 참을 수 없을 정도로 몹시 당기면서 저리고 아팠다. 인근의 한 통증클리닉 병원을 찾아 다리와 발의 힘과 신경에 관한 진단과 함께 허리 부문의 X-ray 검사를 받고나니 의사는 '경증의 디스크(추간판 탈출증) 증세'인 것 같다며 물리치료(열 및 초음파 찜질, 전기 자외선 안마)만 해주었다. 2~3일 치료하였으나 병세는 더 악화되어 다리의 통증과 함께 다리 전체에 힘이 빠지는 증세가 나타났다. 의사는 중증 디스크로 파악된다면서 즉각 허리에 대한 견인치료와 약물치료 처방과 MRI 촬영을 권하였다.

초기엔 매일 물리치료와 약물복용을 병행하였다. 20여 일 지나니 통증이 많이 완화되어 그 후부터는 2일에 한 번 물리치료를 했다. 여러 선배 디스크 환자들의 경험담과 치료 안내를 받으면서 디스크라는 병이 쉽게 치료가 되지 않는 고약한 병인데다 주의를 소홀히 하면 재발하고 만성으로 발전하기 쉽다는 것을 알았다. 물론 정보의 대부분은 익히 알고 있는 내용이긴 했지만 직접 당하고 보니 내가 왜 이런 몹쓸 병에 걸렸느냐는 깊은 회의감과 자책감에 사로잡혔다.

허기야 당장 생명이 위험한 암이라든가 뇌졸중, 심장병 등

과 비교하면 디스크는 아무 것도 아니다. 그러나 매일 병원을
다녀도 차도가 그리 신통치 않을 뿐더러 한 달 동안 치료해도
완치가 되지 않고 계속 고통을 느끼게 되니 병을 다스리는 마
음이 편치는 못했다. 더욱이 육신을 움직이는 것이 불편하고
좋아하는 운동을 할 수 없어 노화된 신체 기능이 더 저하되었
으며, 정신적 스트레스까지 겹쳤다. 자연 머리도 아프고 입 속
이 다 허는가 하면 소화력도 퍽이나 약화되었다.

한 달 정도 지나니 오른쪽 다리의 통증이 많이 가라앉고 걷
는데도 불편함이 덜 하자 의사는 약물 복용을 끝내고 하루에
30분 정도 조심해서 걸으며 아침, 저녁으로 체조 정도는 가능
하다고 권했다. 다음 날부터 이를 실행에 옮기니 밥맛도 다시
나고 몸의 활기도 조금은 되살아나는 듯 했다.

의사의 권고대로 발병 한 달 만에 종합병원에서 MRI 검사
를 했더니 초진대로 다리의 통증이 척추의 파열에 의한 것임
이 판명되었다. 종합병원 의사는 요추 4~5번 중간에 약간 돌
출된 부위를 가리키며 '통증이 가라앉았으면 수술은 안 해도
되니 재발하지 않도록 주의해야 된다.'고 하였다. 일단 증상이
심각하지 않다고 하니 한결 다리가 가볍게 느껴지고 다 나은
듯한 기분도 들었다. 그러나 재발이 쉬운 병이고 항상 조심해
야 한다는 의사의 경고에 노령의 환자로서 겁을 먹지 않을 수
없었다.

디스크 관련 질병은 몸을 움직이는데 여러 가지로 불편을
주는 데다 허리와 다리의 통증이 동반된다. 끈기를 갖고 열심
히 치료하면 대부분 호전될 수 있지만 초기에 잘못하면 만성
화되어 짧게는 4~5년 길게는 10여 년 고생하며, 재발의 연속
으로 평생 병을 갖고 지내는 사람도 많다. 그러면 이러한 디스

크는 왜 발병하는 것일까? 나의 경우로 생각해 보면 대략 다음 세 가지 요인 때문인 것 같다.

첫째로, 디스크에 대해 너무 무지했다. 허리에 이상 증세가 처음 나타났을 때 나이와 건강을 감안하여 발병할 가능성을 예상하고 만반의 예방책을 강구했다면, 아마 디스크라는 최악의 상황은 방지할 수 있었을 것이다. 허리에 몇 번에 걸친 경고성 증세가 있었음에도 이를 무시하고 오히려 운동을 열심히 해 왔다는 자만심에 사로잡혀 더 혹사시켰던 것이다. 결국 결정적인 증세가 발생하고서야 부랴부랴 수습에 골몰한 꼴이 되었다. 자연히 치료도 어렵게 되었고 병세가 호전되는 기간도 상당히 지체될 수밖에 없었다.

둘째로, 지나치게 무리한 운동의 결과이다. 젊었을 때는 허리 무리한 운동이나 노동을 해도 척추 연골의 파열까지는 가지 않는다. 척추 부위의 염증이나 근육 응고 정도가 고작이고 이것이 심한 통증을 수반하더라도 적절한 치료를 하면 금세 정상으로 회복되곤 한다.

그러나 노년에 뼈 등 신체의 각종 조직이 노화된 상태에서 일시에 무리한 힘이 한 곳에 가해지면 십중팔구는 균열이라는 병적 상황을 맞고 만다는 것이다. 거의 매일 등산을 하고 텃밭에서 힘든 농사일에 열중했던 것이 디스크 파열의 큰 요인으로 작용한 것이다.

셋째로, 컨디션 호전을 너무 과신했다. 사람이 늙어가면서 컨디션이 좋을 때 중병에 걸릴 수 있다는 사실을 간과했다는 점이다. 강철이 어느 순간에 잘 잘라지듯이 주변에서 보면 노년에 아주 건강한 사람이 갑자기 유명을 달리 하는 경우가 많다. 골골하는 사람이 오래 살면서 급사를 하지 않는 것은 이들이 평소에 조심하면서 몸을 보살피고 병원을 자주 애용하기 때문이다.

그렇지만 건강하고 컨디션 좋은 사람은 병원 가기를 잊고 과로, 과음, 과식 등으로 몸을 함부로 굴리며 무엇이든 무리를 마다 않고 하기 때문에 일거에 큰 탈이 나는 것이다. 건강은 타고나기도 하지만 건강을 유지하려면 철저한 관리가 이루어져야 한다는 이치가 여기에 있다.

나의 디스크 발병은 이상의 3가지 요인을 철저히 외면한데서 비롯된 것으로 보인다. 물론 운명적인 요인도 무시할 수 없지만 운보다는 사필귀정事必歸正에 더 비중을 두고 싶다. 어떻게 보면 처음 허리를 삐끗(별로 불편하지 않았지만)한 후 무거운 짐을 들고 등산에 이어 과음이라는 무리한 수를 두었기 때문이다. 운명적이기 보다는 다분히 몸관리를 소홀히 한데서 온 결과일 뿐이다. 그러나 내 자신이 디스크의 위험이라는 병적 요인을 사전에 충분히 인지하고 있었다면 연이은 일과 등산을 피하여 최악의 상황을 예방할 수도 있었을 것이다.

따라서 나의 디스크 발병에 관해서는 철저한 자기 반성의 토대 위에서 원인의 확고한 차단과 그 인자의 재발 요인을 과감하게 사전 제거하는데 주력해야 했다. 금주나 금연에 관한 결심이 작심삼일로 끝난 전례처럼 디스크의 대처에도 미진하다면 여생의 건강과 삶의 전망이 어두움으로 점철될 것이 자명하다. 무엇이 옳고 효과적이며 어떻게 해야 디스크를 바르게 다스릴 지는 내 스스로 익히 알고 있기도 했다.

디스크 발병을 전화위복轉禍爲福의 계기로 충분히 활용할 수 있다. 무엇보다도 건강상태를 분명하게 가늠하고 이에 걸 맞는 마음가짐과 운동을 선택해야 한다. 중요한 것은 식이요법도 철저하게 병행해야 효과를 얻을 수 있다. 여기서 가장 중요한 것은 디스크 재발 방지를 위해 무리한 운동은 금하며 성인병 예방을 위한 먹거리 선택에도 좀 더 신중해야 한다. 그리고 취미 삼아 하는 텃밭 농사가 노동이 아니라 가벼운 운동으로 끝나도록 해야 한다.

그리고 너무 병에 연연하지 않는 것도 중요하다. 무슨 병이든 정신이 치료의 50% 이상을 지배하기 때문에 진다면, 즉 사후 대책에 대한 포기와 단념이 이어진다면 인생이 다 끝장 나고 만다. 병을 이길 수 있다는 신념이 가장 중요하기 때문에 완치와 재발 방지에 대한 확고한 결심과 그에 따른 철저한 실천이 이루어지지 않는다면 이내 병에 지고말 것이며 재발이 자연스럽게 이어질 것이 자명하다.

항상 감사하고 긍정적이며 낙관적인 생각을 갖도록 한다.

이것이 가장 효과적으로 병을 원상으로 치유할 수 있는 길이 될 것이다. 병은 나로 인하여 생겨났지만, 내가 싸워 이길 수 있는 정복의 대상이다.

✳ 성인병에 대한 소고

　인생 60을 훌쩍 넘겨 살다보면 '나이는 못 속인다.'는 말이 실감 난다. 몸의 기와 힘이 현저히 약화됨을 느낀다.

　게다가 마음마저 불안과 걱정의 너울에서 헤어나지 못해 밤잠을 설치기도 한다. 간혹 혈압, 혈당, 콜레스테롤 등의 수치가 정상이 아님을 발견하고는 늙고 병들어간다는 사실을 다시금 절감한다. 느닷없이 관절이나 허리에도 통증이 보행에 불편을 느끼기도 하며 과식이나 과음을 감당하지 못하고 이내 소화불량이나 복통에 고통스러워하기도 한다.

　환절기만 되면 친구처럼 찾아오는 감기는 오래 지속되기 일쑤이고, 어떤 때는 중병의 먹구름이라도 덮인 듯하여 지레 겁을 먹고 병원 이 곳 저 곳을 섭렵하면서 몸에 안 좋은 약을 두루 남용하고 만다. 2~3일 또는 1주일이면 사라지던 감기 증세가 보름 아니면 1달이나 지속되기도 한다. 당연한 순리 같기도 하지만 어이가 없기도 하려니와 감기에 순응하려는 자세마저도 이내 지치고 만다.

　아직도 친구들 중에는 '일년 내내 감기 한 번 안 걸리고 약 한 번 안 먹고 지낸다.'고 건강을 자랑삼아 뽐내는 이도 있기는 하다. 보기에는 노인이 분명한데 얼굴에 건강미가 넘치고 술도 잘 하고 담배도 변함없이 즐긴다. 어떻게 보면 건강을 타고난 것도 같고 유달리 건강관리를 잘 해서 그런 것도 같다.

어쩌다 마련된 술자리에선 '술 먹던 사람이 술 끊으면 끝장이라'고 으름장을 놓으면서 아직도 친구들에게 술을 강권하기도 한다.

항상 약골이라 건강 문제로 전전긍긍하는 나는 건강을 자신하는 친구가 마냥 부럽기만 하다. 거울에 비친 나의 쭈글쭈글해진 얼굴과 허옇게 물든 머리카락에 지난 날의 건강에 대한 무관심, 무절제 등을 후회하기도 한다. 속절없이 먹은 나이를 이제는 기억하기조차 싫다.

하지만 약골도 유리한 점이 있기는 하다. 건강에 세심한 배려를 남들보다 더 하게 되어 적당한 운동도 꾸준히 하고, 건강에 좋다는 먹을거리도 열심히 챙겨 먹으며, 항상 즐거운 마음을 가지려고 노력한다. 아내를 돕는 가사일도 마다 하지 않고 얼마되지 않는 돈이나마 제법 쓸 데 쓰려고 애쓴다. 아마도 몸이 건장하고 혈기가 왕성했다면 생각과 행동이 이와는 달랐을 것이다.

그런데 우리 주변에선 건강하게 보이는 친구들이 갑자기 쓰러져 유명을 달리 한다. 그 친구의 면면을 보면 신체상 별 하자가 없어 보였는데, 너무나 믿어지지가 않고 안타까운 생각에 내 자신을 다시 돌아보게 된다. 평소에 빌빌하던 나는 이렇게 멀쩡하게 살아있는데 그 친구는 '왜 그렇게 되었을까' 나름대로 원인을 분석해 본다.

첫째로, 건강을 너무 과신한데서 문제가 발생한다. 아무리 신체검사상의 각종 수치가 정상을 유지하고 있고 기력이 좋다 하더라도, 나이 60이 지난 몸은 이미 써 먹을 대로 써 먹어

마치 덜컹거리는 중고차와 같은 고물에 불과하다. 이 중고차의 성능이 겉보기엔 제 기능을 발휘하는 것 같지만 고속도로라도 과하고 심하게 달리면 언제 어디서 사고가 날지 아무도 모를 일이다. 이를테면 늘 갈고 닦고 조이지 않으면 사고를 면키 어려운 중고차 같이 노인의 몸은 항상 위험한 상황에 놓여 있다.

혹자는 말하기를 '늙어서 병원 가는 일밖에 더 있느냐.'고 한다. 우리가 이 말을 새겨 듣는다면 노인은 병원 가기를 즐겨야 한다. 누구나 환자가 득실거리는 병원에 가기 싫은 것은 인지상정이다. 사실 병원을 자주 애용하는 사람도 가급적 병원에는 안 갔으면 하는 것이 바람이요, 소망이긴 하다. 하지만 늙어서 병원을 멀리 하다간 별것 아닌 병을 중병으로 키우게 되고 쉽게 치유할 수 있는 병도 완치의 시기를 놓칠 수 있다.

둘째로, 몸과 마음을 너무 혹사하기 때문이다. 몸은 확실히 예전 같지 않은데 물욕, 식욕, 성욕 등에선 아직도 자제와 절제를 못한다. 술과 담배의 유혹에서도 완전히 벗어나지 못하는 자가 있는가 하면 일이나 운동 중독증으로 피로와 스트레스에 시달리는 사람도 있다.

하기야 노년에도 활기 넘치게 일하고 운동하며 젊은 건강을 유지한다면 더할 나위없이 좋은 일이다. 하지만 무엇에 열중하든 도가 지나치면 무리가 따르게 되며 이에 따른 부작용이 오기 마련이다.

늙어서 돈욕심을 버리지 못해 거지가 되듯이 과중한 운동을 지속하다 결정적으로 몸을 망치는 경우도 허다 하다.

셋째로, 건강관리가 철저하지 못한데서 비롯한다. 건강한 사람이라도 늙으면 건강 악화의 적신호가 몸의 여기저기에 여러 가지 형태로 나타나기 마련이다. 건강검진과 함께 몸의 관리를 잘해 달라는 신호이다. 대부분의 사람들이 이를 무시하기 일쑤이며, 병이 난 다음에 몸 고생, 마음 고생을 한다. 조기에 발견하여 병을 예방할 수 있는 기회를 놓치고만 탓이다.

노년기엔 적절한 절제와 금기의 실천이 요구되는데 음식도 마음대로 먹고 운동도 게을리하는 경우가 허다 하다.

성인병은 노화로 인해 신체의 각 기능이 저하되어 신진대사가 이루어지지 못하고 외부의 충격에 적응하지 못해서 나타나는 질환疾患이다. 다시 말하면 성인병은 오랜 기간 사용한 내장의 각 기관이 힘들고 지쳤거나 잘못 사용하여 몸 안에 독이 쌓여 고장이 난 결과이다.

노년기에 많이 앓는 암, 고혈압, 당뇨병, 심장병, 동맥경화, 간질환 등이 대표적이다.

현대에는 문화병文化病이라고도 불려지는 이 병은 주로 과식이나 운동 부족, 스트레스 등이 발병 요인으로 지적되고 있다.

나이 들어 생기며, 늙어가며 피할 수 없는 것이 성인병이다.

흔히 우리가 오랜만에 친구들 간에 인사를 나눌 때 '요즘 어떻게 지내, 건강은?' 하고 물으면, 혹자는 '예전같지 않아'라고 기와 힘이 약해졌음을 시인한다. 그러면서 비아그라 또는 씨알에스 등에 관한 객담을 하며 성인병에 관한 정보를 나누게 된다. 복용 중인 치료약이나 음식, 건강 보조 식품 등에 관해 나름대로의 확신을 토로하기도 한다.

사실 어떻게 보면 성인병은 누구나 숙명적으로 맞이하는 것으로 대수롭지 않은 병이라고 그냥 지나칠 수도 있다. 마치 녹슬고 닳아빠진 기계가 고장 나고 성능이 안 좋아 제대로 돌아가지 않는데 기름이나 좀 더 쳐서 그대로 돌리면 된다는 생각이다. 속담에 '긁어 부스럼을 만들 필요가 없다'는 말을 연상시키듯 망가진 기계를 자꾸 만져대기만 한다던가, 시답지 않은 수리공이 손을 대면 오히려 폐품으로 변하는 속도만 높여줄 수도 있다는 것이다.

그러나 이런 안이한 생각은 위험천만하다. 문제는 주요 성인병인 고혈압이나 당뇨, 동맥경화 등은 예고도 없고 별 증상도 없이 우리 몸을 잠식한다는 점이다. 도둑처럼 몰래 다가오기 때문에 자각 증상을 느꼈을 때는 이미 병이 깊어진 후이다.

때문에 발병의 조짐을 일찍 발견하기는 심히 어려워 정기적인 신체검사를 않고서는 이상 유무를 확인할 수가 없다.

그러므로 우리는 무엇보다도 성인병에 걸리지 않도록 예방해야 한다. 하지만 일단 성인병의 징후를 발견하였다면 의사의 지시와 처방에 따라 본격적인 성인병으로 발전하지 않도록 만전을 기해야 한다. 사실 성인병 신호는 그 사람으로 하여금 이제까지 살아온 잘못된 생활습성을 고치면서 앞으로의 삶을 더 절제하고 운동도 하며 더 많이 활발히 움직이라는 경고이다.

이 경고를 올바르게 인식하고 전화위복轉禍爲福의 계기로 삼아 무병장수의 길을 보장 받아야 한다.

성인병은 병세가 악화되기 전까지는 증세도 고통도 없다.

그래서 대부분의 환자들이 환자라는 생각을 잊고, 평소 잘못된 생활습관의 획기적인 개선을 등한히 한다. 일하는 것, 먹는 것, 잠자는 것, 운동하는 것, 세상을 바라보는 눈, 사람들과의 관계 등 이 모든 일상의 습관을 뜯어 고친다는 것은 사실 어려운 일이다. 많은 환자들이 의사의 결정적인 위험 경고를 듣고난 다음에야 생활습관을 고치려고 하는데, 이 때는 이미 늦어 후회한들 소용이 없다.

그렇기 때문에 성인병은 초기에 잡는다는 각오로 차분히 의사의 지시에 따르며, 모든 잘못된 생활습관을 고치도록 노력해야 한다. 누구에게나 올 수 있는 성인병이라고 무시해서는 안 되며, 그렇다고 이를 일삼아 고민하며 불안해 해서도 안 된다. 아무튼 성인병 초기 시그널을 방치하면 불치의 중병으로 찌들 수 있다는 것을 잊어서는 안 된다.

성인병이란 일단 병세가 깊어지면 완치가 불가능하다.

그래서 성인병은 병 자체를 사랑해야 한다는 말에도 일리는 있다고 생각한다. 자기하기 나름이라는 관점에서 성인병의 경고음을 축복받은 '선물'이라는 긍정적인 사고에 초점을 맞춘다면 건강한 사람보다 오히려 더 건강하게 살 수도 있다.

혹자는 의사의 말을 믿지 않고 대체요법代替療法에 연연하다 갑자기 변을 당하는 경우도 많다.

흔히 '늙어서 누으면 죽는다.'고 한다. 이는 성인병을 두고 하는 말이라 해도 과언이 아닐 것이다. 장기臟器의 무기력, 부실, 부조화, 손상 등이 성인병의 실체인데 몸을 움직이지 않으면 이 증세들은 더 깊어만 간다. 무엇을 하든 쉬지 않고 움직이는 것이 가장 중요하다. 항상 움직일 수 있는 테마를 잡아 이를 놓치지 말고 실행에 옮기도록 만전을 기해야 한다.

성인병의 치료를 위해선 무엇보다도 운동이 중요하다. 그렇다고 지나쳐서는 절대로 안 된다. 심한 운동의 부작용으로 몸을 망치는 경우가 허다 하기 때문이다. 그러니까 자신의 건강과 체력에 알맞은 운동을 선택해야 한다.

성인병을 치료하기 위한 방법으로는 약물요법, 자연요법, 식이요법, 운동요법 등이 있지만, 병을 슬기롭게 극복하기 위해서는 무엇보다도 환자의 마음가짐이 중요하다.

일단 병이 깊어지면 죽을 때까지 지니고 살 수밖에 없기 때문에 이겨낼 수 있다는 환자의 확고한 의지와 강인한 정신이 요구된다. 끈질긴 철인의 각오와 병을 친구로 여기며 사랑하고 즐긴다는 긍정적인 마음을 지니고 항상 밝게 살아야 한다.

하늘은 스스로 돕는 자를 돕는다고 했다.

✻ 비흡연자가 보는 금연

　나는 원래 약골弱骨로 태어났음을 자인한다. 네 살 터울의 4 남매 중에 막내로 태어난 데다 어려서부터 약체였고 6.25를 겪으면서 부모님을 모두 여의어 못 먹고 자란 열악한 환경도 큰 요인이 된 듯싶다.

　그래서 그런지 체력이 남달리 약하게 느껴졌고 여러 가지 외부 충격을 잘 이겨내지 못해 잔병 치레가 많았음을 자인한다. 물론 감기도 자주 걸리고 소화 기능도 아주 약한 편이다.

　이런 신체적 악조건 하에서 내가 만일 흡연을 장기간 했다면 아마 십중팔구는 일찍 생을 마감했으리라. 그래도 지금까지 큰 병으로 입원한 적이 없고 성인병成人病에 찌들지 않고 사는 것도 담배를 멀리 한 덕이 아닐까 생각해 본다. 담배는 '만병의 근원'이라는데 나같이 약한 사람이 그 시커먼 담배 연기와 함께 살았다면 아마 큰 병을 얻었을 것이다.

　담배는 늘 접할 수 있는 대표적인 기호식품이다. 거기에다 담배가 지닌 특유한 멋과 극단의 마약성으로 인해 누구나 일단 담배와 친숙해지면서 중독이 되면 담배로부터 자신을 쉽사리 떼어낼 수 없다. 흔히 세간에는 '아직도 담배를 피우세요?'라는 말이 유행하고 있을 정도로 건강을 위해선 '담배를 끊어야 한다.'는 통념이 일반화되어 있지만 소위 골초들은 흡연의 달콤한 맛에서 헤어나지 못한다.

담배는 흡연자의 마음을 사로잡는 유익한 면면도 가지고 있기는 하다. 50~60년대에 군생활을 한 사람이라면 그 옛날 화랑담배 연기만은 잊지 못한다. 당시 군에 지급된 담배는 유난히 독했으나 군생활의 어려움이 커서 그런지 담배를 피우지 않는 사병이 거의 없었다. 전방 근무 시 심한 배고픔이 이어지는 가운데 담배는 유일한 벗이 되었고 고독한 대화의 상대자로도 충분했다. 담배를 피우지 못하는 나 역시도 맛을 모르는 체 연일 뻐끔뻐끔 피워댔으니 말이다.

확실히 흡연은 때에 따라 지치고 고달픈 마음을 잠시나마 달래 준다. 또한 심하게 흥분하거나 화禍가 치밀 경우, 마음을 일시적으로 진정시켜 주는 효과도 있다. 심오한 사고의 영역에서 실마리의 싹을 트게 해주는데도 기여를 한다. 그러니까 스트레스 해소에도, 업무 능률 증진에도, 정신적 개선에도 담배는 확실히 기능을 발휘한다. 이를테면 담배는 인간의 뇌를 마음대로, 그리고 순간적으로 위안을 주는 오묘한 신기의 마력을 지닌 것만은 틀림없다.

80년대만 해도 담배는 윗사람이나 지인간의 선물용으로 간편하게 많이 사용되기도 했다. 친구간에는 서로 한 대 주고받고 나누어 피우는 편리성과 친밀성이 있다. 담배가 한 개비 밖에 없을 때는 누가 제안을 하지 않아도 돌려가며 피우기도 한다. 모르는 사람을 처음 만났을 경우 어색한 분위기를 부드럽게 하기 위해 담배를 먼저 권하기도 했다. 이렇게 담배는 인간관계에서 나눔의 촉매제 역할을 하기도 한다. 그러니까 어느 면에서 담배는 피울 만한 가치가 있다고 여겨진다.

　그러나 이런 여러 가지 장점들은 담배가 갖고 있는 건강상의 폐해로 인해 모두 옛말이 되어 빛이 바래고 말았다. 담배가 건강을 해치는 이유는 인체에 유해한 성분 때문이다. 담배 한 개비에는 무려 69종의 발암물질과 4,000여 종의 독성 물질, 10만 종 이상의 알려지지 않은 물질이 들어있다고 한다.

　담배의 유해물질 가운데 대표적인 것을 열거해 보면, 발암물질인 페놀, 극약인 청산가리, 살충제로 사용하는 DDT, 방부성분인 나프틸아민, 중금속인 크롬, 좀약 성분인 나프탈렌 등이다. 흡연은 자연히 이들 물질을 기체화하여 마시는 행위이며, 그것도 맛있고 시원하다 하여 폐 속 깊숙이 들이마신다.

　결국 담배 연기의 흡입은 온몸의 산소 공급을 저해하고 혈액 내의 산소량을 감소시킬 뿐만 아니라 심장의 부담을 가중시킨다.

　담배를 피우는 사람은 각종 질병에 걸릴 위험이 비흡연자보다 훨씬 높다. 특히 담배 연기가 직접 닿는 구강, 혀, 식도, 기관지, 폐 등에는 치명적인 암의 발병률이 높아진다. 치아에도 설탕보다 더 나쁜 영향을 미친다. 그 외에도 소화, 배설, 순환 과정에서 담배의 유해물질이 누적되면 신체 각 기관에도 암이 발생한다. 이들 암 가운데 사망률이 가장 높은 폐암의 경우, 남성은 90%, 여성은 78%가 담배로 인한 것이라고 한다. 하루 한 갑의 흡연자가 폐암에 걸릴 확률은 비흡연자의 10배, 두 갑일 때는 25배나 높다고 한다. 담배를 피우지 않는 사람도 밀폐된 공간에서 흡연자와 같이 있으면 흡연자의 25% 정도의 피해를 입는다고 한다.

　이렇듯 담배하면 떠오르는 병이 바로 폐암이다. 유명한 코미디언 이주일 씨, 탤런트 이미경 씨도 사경을 헤메이면서 남긴 말이 '애연가들 제발 담배 좀 끊으세요!'이다. 하지만 흡연을 즐기는 사람들은 이에 아랑곳하지 않는다. 마치 흡연은 폐암이라는 등식이 자기와는 아무런 상관없는 남의 일로 치부하기 일쑤다. 오히려 30~40여 년을 담배와 같이 살아왔어도 끄떡 없는데 무슨 소리냐고 '담배는 죽어도 못 끊는다.'는 생각을 다시 아로새긴다.

그러면 흡연자들이 왜 담배를 끊지 못할까? 금연을 시도하고 반복하지만 실패를 거듭한다. 여러 가지 요인이 있겠지만 무엇보다도 담배가 지닌 중독성 때문이다. 이른바 니코틴이란 인자가 흡연자의 혈액 속에 일정한 농도를 유지하고 있다. 이 농도가 떨어지면 초조하고 불안한 현상이 나타나 흡연 욕구를 점화시키는 이 센서는 중독성이 있어 담배를 일시 끊어도 니코틴에 노출되기만 하면 재 흡연을 자극한다.

비흡연자의 입장에서 보면 금연을 실행하지 못하는 사람이 좀 이상하게 보이기도 한다. 최근 사회적으로나 가정적으로 흡연자에 대한 주변의 압력은 가히 메가톤급이다. 그럼에도 불구하고 애연가들이 숨어서 범죄자처럼 흡연을 해대는 것을 보면 한편 측은하게도 여겨진다. 과연 흡연이 저 정도의 눈치를 감수할 만한 가치가 있는지, 아니면 단순히 중독을 이겨내지 못해서 그런 것인지, 그저 대수롭지 않게 기호로 넘겨버리는 것인지… 여하튼 금연이 어렵긴 어려운 가보다.

우리 나라 성인 남성의 흡연율(2005.3 현재)은 53.3%이다. 과거에 비해 많이 낮아졌다고 하지만, 아직은 OECD 회원국 중 가장 높다. 흡연으로 인해 우리 나라에선 매년 4만 명이 숨지고 10조원 정도의 경제적 손실이 발생하고 있는 것으로 알려지고 있다. 정부는 이런 흡연 인구를 줄이기 위해 담배값 인상, 금연 지역 확대 등 강력한 금연 정책을 펴고 있지만, 이렇다 할 효과를 보지 못하고 있는 실정이다.

사실 담배를 끊을 수 있는 방법은 무수히 많다. 금연 보조제도 다양하게 시판되고 있고, 한방에서는 침술로도 금연을 효과적으로 유도할 수 있다고 한다. 그러나 금연을 결심하고 행동에 옮기는 사람들 대부분이 생각과 행동이 따로라는 것이 문제다. 자신에게 담배는 물이나 공기와 같은 절대적인 존재라는 생각을 지우지 못하고 작심삼일에 끝나기도 일쑤이고 몇 달을 이겨내지 못하고 다시 흡연 한다.

흡연은 현대사회에서 인간의 수명을 단축시키는 최대의 요인 중에 하나이다. 최근엔 흡연이 발기부전의 원인이 된다는 사실도 밝혀졌다.

노년의 남자들이여! 아직도 담배를 피우고 있는지? 늙고 병들어 아내나 자식들에게 버림받지 않으려면 무엇보다도 금연에 성공해야 한다. 금연이야말로 건강을 지키는 가장 좋은 처방임을 애연가 여러분들은 명심하시기를….

✳ 금주와 절주에 대한 각오

　성년이 되면 인생살이에서 좋거나 싫거나 술이란 존재를 외면할 수 없게 된다. 기쁘거나 슬프다고 먹고, 축하하거나 위로한다고 먹고, 외롭고 화난다며 먹고, 이래저래 술자리가 마련되어 술을 먹게 된다. 술을 좋아하거나 체질상 술을 잘 마시는 사람도 있지만, 술을 전혀 못 먹는 사람도 간혹 어거지로 마시게 되는 경우도 허다 하다.

　특히 우리의 음주문화는 술을 못 마시는 사람도 마시게 하며, 과음과 폭음을 적극적으로 유도한다. 또한 사업상 술을 거부할 수 없는 사람이 있는가 하면 술대접을 전문으로 하는 직종이라 과음을 일상의 일로 삼아야 하는 술상무도 있다.

　예로부터 술은 적당하면 약藥이요, 과하면 독毒이라 했다.

　세상을 웬만큼 살아온 사람이라면 누구나 술을 지나치게 마시면 술로 인해 자기 몸이나 인생 자체가 상하게 되고, 적당히 하게 되면 즐거움과 함께 자신의 건강에도 도움을 준다는 것쯤은 익히 알고 있다. 음주의 양을 따져 적당한 수준이나 과음이 얼마라고 단정하기는 어려우며 사람의 체질과 체력에 따라 다를 수도 있다. 그러나 술을 몇 년 마셔 본 사람이라면 어느 정도의 양이 과음인지 가늠할 수 있다. 술을 마신 다음에 말이 많아지고 지나치게 흥분하여 남에게 피해를 주거나 몸을 가누기 어렵게 되었다면, 이러한 상태는 분명 과음이다. 과음으로 인한 해독이 얼마나 나쁜 지는 설명이 필요 없다.

허준의 『동의보감』을 살펴보면 '술은 성질이 표독하여 위에 들어가면 위를 부풀게 하고, 그 기운이 치밀어 올라 가슴을 채운다. 간장을 들뜨게 하고 쓸개가 횡포를 부리게 하여 용맹스러운 사람처럼 날뛰게 하지만 술기운이 깨어 쇠퇴하면 후회하게 된다.'라고 하면서 '지나치게 취하면 독이 심장, 창자 또는 옆구리의 간을 썩히고 정신 착란증을 일으키며 눈도 보이지 않게 하여 사람의 생명을 잃게 하는 근본이 된다.'고 기술되어 있다.

최근 선진국 연구기관에서 발표한 '과음에 따른 인체 영향'이라는 연구결과를 보아도 과음의 피해가 어느 정도인지를 알 수 있다.

예를 들면 과음의 지속은 인체의 생식 기능을 저하시킴과 아울러 뇌졸중에 대한 위험을 4배나 증가시키고, 암 발생 위험도 6.6배나 증가시킨다고 한다. 또한 세포의 노화를 촉진시키는 동시에 남성 발기부전의 주요인이 되고, 뇌세포를 파괴시켜 치매 발생의 한 요인이 되기도 하며, 동맥경화를 유발하여 심장병으로 인한 사망률을 높인다고 한다. 이를테면 지나친 음주는 인간의 생명을 위협하는 만병의 근원이 되는 셈이다.

사람이 술을 마시다 지나치면 술이 술을 마시게 되고 나중에는 술이 사람의 생명을 앗아가고 만다. 누구든 지나친 과음의 습관화는 술의 노예가 되어 주사酒邪를 일삼게 되고 더 심해지면 헤어나기 어려운 알코올 중독에 빠지게 된다. 중독까지는 아니더라도 습관성 과음은 본인의 위장, 간장은 물론 뇌 세포 등을 치명적으로 해친다. 경제적으로도 막대한 손실을 초래하여 자신의 가정을 파국에 이르게 하기도 한다. 결국 술은 건강한 사람을 정신 착란의 환자나 가정폭력범으로 둔갑시켜 패가망신의 나락으로 떨어지도록 만들 수 있다. 더 나아가 알코올 중독으로 발전할 경우, 삶을 종말로 이끌고 만다.

과도한 음주의 만연은 개인은 물론 국가적으로도 그 폐해는 상상을 초월한다. 2000년도 우리 나라의 음주로 인한 사회, 경제적 손실 규모가 무려 14조 9000여 억 원에 달하였다 한다.

이는 국내 총생산의 2.86%에 달하는 것으로 일본(1.9%), 캐나다(1.09%), 프랑스(1.42%) 등에 비해 월등히 높은 수치이며, 음주로 인한 피해 규모가 생각보다 심각함을 보여주고 있다.

'음주망국飮酒亡國'이라는 옛말이 있다. 전 국민의 음주화가 만연된 국가는 그 사회가 자동적으로 병들게 되며, 국가 전체가 황폐화되기도 한다. 비근한 예로 러시아의 보드카는 구소련뿐만 아니라, 현 러시아의 사회, 경제 혼란의 상징적인 주범으로 지목되고 있다. 러시아의 이혼율은 세계적인데 이혼한 여성들에게 '결별의 배경과 가장 싫어하는 것'이 무엇이냐고 물어보면, 대부분은 서슴없이 보드카와 이로 인한 남성들의 잦은 '폭력'이라고 대답한다.

옛날 우리 나라의 성군聖君인 세종대왕께서도 백성들의 지나친 과음을 계도할 목적으로 「계주교서戒酒敎書」를 발표한 바 있다.

대왕은 이 교서에서 '술로 인한 화禍가 심하다. 어찌 곡식을 없애고 재물을 허비할 뿐이냐, 안으로는 마음과 뜻이 흐려지고 밖으로는 위신과 예절을 잃는 일이 허다 하다. 고금의 예를 들어 깨우쳐 주는 바이다. 백성들은 마시는 것으로 일을 그르치지 말고 지나치게 마셔 병이 되게 하지 말라.'고 훈시하였다.

술은 긴장을 완화시켜 주고 감성을 자극하는 최고의 기호식품이다. 그래서 모두 어우러져 축제의 기쁨을 나눌 때 최고의 동반자로 등장한다. 때로는 슬픔을 달래 주기도 하며 경우에 따라서는 찌들고 움츠러든 마음의 스트레스를 해소하는 데도 도움을 준다. 적당 양의 음주는 사람의 마음을 즐겁게 해주며, 적당한 반주는 입맛을 돋우며 위장의 소화 기능을 촉진시켜 주기도 한다. 소량의 음주는 수면 촉진작용도 하며 심장 질환이나 중풍을 예방해 주어 결과적으로 장수를 누리는데 도움을 준다고 한다.

알콜은 분명 즐거운 마음으로 시작하여 취하게 되면, 술자리를 같이 한 사람들의 여흥을 배가시켜 준다. 또한 청춘 남녀들의 사랑과 용기를 북돋아 주기도 한다. 그리하여 친구간이나 사랑하는 연인과의 술 한잔이 기대 이상으로 불가분의 인연을 창출하기도 하며 아름답고 고귀한 우정의 열매를 맺는 기폭제가 되기도 한다. 한마디로 술의 장점은 그것이 지닌 특성으로 인하여 환희와 화합의 도가니로 몰아주는 윤활유潤滑油 역할도 한다는 뜻이다.

확실히 술을 마시면 나름대로의 멋이 있고 낭만도 있고 풍류도 있다. 과거를 아름답게 장식하는 좋은 추억으로 남기도 하고, 또 잊지 못할 미련의 장章을 만들기도 한다. 혹자는 술을 미끼로 가슴에 묻어둔 화를 풀기도 하고, 세상이 다 나의 것이라는 환각 속에서 주장을 호탕하게 지껄여 댄다. 또한 만취된 자는 마음에도 없는 엉뚱한 주정을 의도적으로, 무의식적으로 뇌까려대기도 한다. 이런 경우 상대에 따라서는 술에 대한 인심이 좋은 탓인지 주정하는 사람을 이해해 주는 쪽으로 용인하기도 한다.

누구나 겪는 일이지만, 술을 오랜 기간 사랑해 온 사람이라면 음주의 양을 자신에게 알맞게 조절하여 적당량을 마시지 못한다. 사람에 따라 각기 다르지만 대부분의 주당들은 과음과 폭음에 이어지는 습관성 술병을 단절하지 못한다. 따라서 이런 사람들은 술이 지닌 장점에 득을 보았다기보다는 술의 해독에 많은 고통을 당하고 여러 가지 피해를 입게 된다.

비근한 예로 술을 지나치게 과음하며 살아온 사람이라면, 그는 직장에서나 가정에서나 그리 좋은 대접을 못 받는다. 직장의 상사는 물론 동료, 후배들에게 빈축을 사며 가정에서도 아내는 물론 자식들에게 지아비로 존경을 받지 못한다. 때로는 과음탓에 친구, 동료와 싸움도 하기 마련이며, 과음의 빈도가 잦아 아내와 심각한 분란을 야기하기도 한다.

과음한 후 몸을 못 가누어 노상 강도의 대상이 되어 폭력을 당하고, 지니고 있는 것을 모두 빼앗기기도 한다. 음주운전으로 망신을 당하고 지나치면 인명을 해쳐 살인자가 됨으로서 가정은 물론 자기의 인생 자체를 한꺼번에 잃기도 한다.

과도한 음주의 반복은 도덕적 가치판단을 파괴하고 만다. 술은 술을 더 요구하게 되고 나아가서 술에 이은 색의 탐닉이 따르기도 한다. 마음과 몸이 삭아내려가는 것도 모른 체 또 술을 찾게 된다. 이렇게 되면 그 때까지 쌓아온 사회적, 가정적 신망을 송두리째 잃고 말며, 좌절의 지속과 자기 상실의 수난을 맞게 된다. 급기야는 인생 자체를 포기하는 단계에까지 이르기도 한다. 때문에 이러한 지경에 이르지는 않았더라도 술과 더불어 살아온 사람이라면 십중팔구는 음주에 대한 후회를 반복하게 된다. 음주에 대한 지나친 집착과 이미 습관화된 자신을 수수방관함으로써 빚어지는 병적인 후과는 치명적일 수도 있다. 이 지경에 이른 자는 아무리 올바른 자기 성찰의 결심을 세우고 새로운 계획을 마련한다 하더라도 파괴된 마음과 육체를 다시 원상으로 회복시키기에 적절한 시기를 놓치고 만 것이다.

그렇지만 과음과 폭음에 대한 자기 성찰의 반복이야말로 새로운 인생항로의 수정을 가능케해 바른 길로 인도할 수 있다. 이를테면 심한 술꾼이 금주를 하거나 과음이 아닌 절주를 생활화하여 이에 성공한다면, 누구에게나 도움이 된다. 도저히 불가능하다고 포기하고 계속 마셔대는 주당들의 인생 말로는 보지 않아도 뻔하다. 우리가 주변에서 늘 보아왔듯이 그런 사람을 사망의 길로 인도하는 것이 바로 술이라는 사실은 그냥 지나칠 수가 없다.

이미 노년기에 들어서 있는 이 마당에 음주에 대한 순기능과 역기능을 따지고 있을 때는 아니다. 술을 많이 마신 사람이든 술을 안 마신 사람이든, 지나친 음주의 부정적인 면은 이미 잘 알고 있다. 더욱이 과음에 시달린 사람이라면, 수없이 생각하고, 결심하고, 반성하고, 실패하고 그렇게 반복을 거듭해 온 일이 금주다. 그러나 아직도 만취의 매력에 미련을 버리지 못하는 술꾼들이 수 없이 많다.

무엇 때문에 사람들은 취기에 의한 독특한 인간적인 멋과 술의 달콤 쌉쌀한 유혹으로부터 완전히 벗어나지 못하는 것인지? 아직도 알콜의 깊은 수렁과 계곡에서 허우적대는 주당들의 변은 과연 무엇인지? 여하튼 이 군상이 우리 사회에는 지나칠 정도로 많이 존재하고 있다는 것이 가슴 아픈 일이다.

사실 술은 일종의 마약이다. 일단 그 마약에 길들여진 사람이 술을 떠나기란 그리 쉬운 일이 아니다. 우리 사회에는 청소년 시절부터 술을 마셔대는 습관이 만연해 있다. 친구들 간에는 ‘만나면 한 잔하자.’는 것이 인사말로 상례화되어 있다. 또 거리에는 세계에서 유례를 찾아보기 어려울 정도로 술을 파는 상점들이 많다. 술집의 종류도 헤아릴 수 없고 양상 또한 변화무쌍하다. 사실 우리 사회의 어느 계층이건 남녀노소를 불문하고 술의 부름으로부터 자유스럽기란 그리 쉽지 않다.

아무튼 우리 나라는 술의 소비량도 가히 세계적이다. 최근 통계에 의하면 1인당 술 소비량이 세계 2위이며 침체된 국내 경기와는 상관없이 매년 큰 폭으로 증가하고 있다.

특히 외국에서 수입하는 위스키 같은 고급술의 수요가 폭발적으로 늘어나고 있다. 술 소비량은 OECD 국가 평균 소비량의 5.7배로 29개국 중 가장 높은 수치다. 왜 한국 사람들은 소주, 위스키 등 독주를 앞뒤 안 가리고 계속 마셔대는 것일까? 그 이유는 알다가도 모를 일이다.

순전히 국민성 탓인지, 아니면 예로부터 막걸리를 그릇째 마시는 습관에서 연유한 것인지, 그것도 아니면 그토록 질타 받아온 정치권의 무능과 부패 때문인지? 아무튼 이래저래 위아래로부터 치미는 한국인 특유의 사회적 울화병의 소치인 부문도 상당히 많다.

예로부터 우리 나라 사람들은 술 마시는 자체를 사나이의 도량쯤으로 여기며 살아왔다. 남자가 술을 못 마시면 바보인 것처럼 비하되고 술 잘 먹는 사람이 무슨 능력자라도 되는 양 우쭐거리는 사회적 병리 현상이 아직도 그대로 받아들여지곤 한다.

현대 우리 음주문화의 고질병으로 외국인들의 지탄을 받고 있는 폭탄주와 잔 돌리기, 원 샷 등의 강요도 여전히 기승을 부리고 있다. 서로 축하한다고 또 위로한다고 짧은 시간에 주거니 받거니 하면서, 그것도 모자라 한 번에 잔을 비워야 한다면서 마셔대는 습관이야말로 한국인의 과음과 폭음의 주범이 되고 있다. 왜 세계에서 유일하게 술잔을 서로 앞으로, 또는 이웃으로, 그리고 한 사람 한 사람이 순번이라도 있는 듯이 전체를 상대로 돌려대는 것일까?

최근 언론에 발표된 통계에 의하면 우리 나라 사람들은 직장회식 때 61%가 2차까지 간다고 하니 이 또한 아주 나쁜 버릇에 속한다. 여성들의 음주도 뉴스의 헤드라인이 될 정도로 대폭 증가하고 있으니 참으로 놀랍기만 하다. 외국 사람들에게 얼마나 술을 마셔대는 것으로 보였기에, 포도주와 위스키의 본고장인 프랑스와 영국의 술회사가 우리 주당들을 표적으로 특별한 술을 만들고 마케팅에까지 열중하는 것인지….라는 의문을 가져볼 때, 이는 국가적으로나 개인적으로도 놀랍고 창피한 일이 아닐 수 없다.

사실 문제는 우리 사회에 술을 병적으로 탐닉하고 음주의 병적인 집착으로부터 빠져 나오지 못하는 사람들이 너무나 많다는 점이다. 물론 이와는 대조적으로 절주에 익숙한 애주가들도 많기는 하다. 진정 술을 사랑하고 즐기며 술의 해독으로부터 자신을 유효하게 방어하는 사람들도 많다. 그러나 일반적으로 우리 사회에는 절주하기보다는 그렇지 못한 사람들과 술에 절어 사는 주당들이 아주 많다. 술로 인한 우리 사회의 인본적 폐해와 경제적 손실은 상상을 초월하는 실정이다.

따라서 지금의 우리들은 술에 대한 장점에는 개의치 말고 역기능만 생각하면서 술에 대한 금기와 절제의 문제를 다시 한 번 가다듬을 필요가 있다. 술을 과음해 본 사람이라면 누구나 어떻게 해야 한다는 것쯤은 다 알고 있는 현안이기도 하지만, 정말 자신의 건강과 가정을 보호하며 남은 여생을 사회에 기여한다는 차원에서 술의 포로가 되지 말아야 한다는 결심을 가져야 한다. 여기에는 사실 음주에 지친 사람들의 절박함이 있으며 사회적, 가정적인 책임감도 깊이 내재되어 있다.

우리는 과음, 폭주가 자신에 대한 크나 큰 범죄 행위라는 인식으로부터 출발해야 한다. 나이가 60을 지났음에도 과음과 폭주의 습관에서 헤어나지 못한다면, 이는 이성을 저버린 패륜에 해당되며, 나아가 자아의 존재 의의를 전면 부정하는 모습이다.

바꾸어 말하면 이는 자기 멸망을 촉진하는 테러 행위라고 말할 수 있다.

따라서 이는 일종의 자기 학대이며, 마치 자기 심장에 비수를 연이어 꽂아대는 것과도 같다. 의학적으로 보아도 60을 넘은 사람의 각종 장기臟器가 한국적 과음과 폭음의 습관에는 도저히 견딜 수 없다. 노년의 주당들은 이제라도 술에 대한 후회와 미련을 홀연히 떨쳐 버려야 한다. 음주의 습관화와 과음의 반복에서 과감히 탈출해야 하며, '금주'가 어렵다고 생각되면 이성을 바로 세워 '절주'로의 합의점이라도 찾아봐야 한다.

절주란 적당량의 음주다. 건강 음주의 한 방편이라고 할 수 있다. 보통 성인의 적절한 건강 음주량은 하루에 소주 3잔, 맥주 1병 정도라 한다. 물론 술을 늘 마시는 사람이 이 건강 음주량의 선에서 절주한다는 것은 대단히 어려운 일이다. 아예 술을 입에 대지 않거나 술자리(회식, 친목회, 동창회, 결혼식 등)를 적극적으로 피해야지, 어떻게 술 마시는 사람이 그 정도에서 그칠 수 있느냐?라는 생각이 문제다.

사실 사회생활을 하는 사람이 술을 전혀 입에 안 대거나 술자리를 피하는 것도 상당히 어렵다.

때문에 술자리에서 술을 덜 마시는 습관을 슬기롭게 익혀나가는 것이 필요하다. 금주, 절주의 결심과 각오도 중요하지만 친구들이나 주변 사람들의 인정과 협조도 절대적으로 필요하다. 예를 들어 '그 자는 정말로 술 안 먹는 사람이지, 그에게는 술을 권하지 말아야지.'라는 인식이 언제 어느 자리에서나 확실히 자리잡도록 꾸준히 노력해야 한다. 그 동안 지녀온 술의 맛과 멋으로부터, 그리고 술의 달콤한 유혹으로부터 완전히 멀어질 수 있도록 노력해야 한다.

사실 음주에 대한 의사의 심각한 경고가 있으면 때는 이미 늦은 것이나 다름없다. 흔히 친구들이 술을 권하면서 '어느 의사든 과음해도 좋다고 말하는 사람이 어디 있냐!'고 하면서 '술 먹던 사람이 술 안마시면 인생 끝난 것이야.'라고 말하면서 술을 권한다.

그러나 절주와 금주의 행진이 인생의 끝은 아니다. 삶의 끝은 술을 물처럼 들이키는 과음과 폭음의 중심에 있다.

이를테면 의사가 환자를 상대로 '당신은 이제 술 한 모금이라도 먹으면 안 된다'고 하였을 때, 그 때가 바로 생의 끝장이다. 다시 말해서 의사로부터 이런 경고를 받은 사람은 다시 건강을 회복하기는 어렵다는 것을 의미한다.

건강을 유지하기 위해서는 무엇보다도 질병의 예방이 중요하다. 노인이 회복하기 어려운 병에 걸려 치료를 받는다면 이는 참으로 불행한 일이다. 때문에 누구든 병원을 찾는 일이 없도록 발병을 사전 예방토록 만전을 기해야 한다. 일단 우리가 노년에 중풍, 치매, 심장마비 등 노인성 중병에 걸리면 완전한 치유가 사실상 어렵다. 물론 이들 병에 대한 예방 차원의 여러 방안이 있음을 누구나 알고 있다. 그러나 유효한 방안 중 '술과 담배'를 멀리 하는 것이 처방의 우선 순위에서 최우선이 될 수 있다는 것을 명심해 둘 필요가 있다.

우리가 부음을 받고 영안실에서 만난 친구들과의 대화에서 '아! 그 친구 술 때문이지.'라는 말을 듣는 경우가 간혹 있다. 자신이 유명을 달리 한 자리에서 똑같은 말을 친구들이 한다면 이는 참으로 서글픈 일이다. 이제부터라도 자신이 진정으로 술꾼이라고 인정한다면, 미련없이 과감하게 금주와 절주의 미덕을 슬기롭게 실천하도록 노력해야 한다.

금주와 음주의 절제가 현재의 자신의 입장에서는 실천하기 어려운 목표일 수도 있다. 또 생각하기에 따라서는 단순한 자기 욕심의 발로일 경우도 있다. 그리고 과거와 마찬가지로 또 다시 성공하지 못하고 작심삼일作心三日로 끝나는 좌절의 길을 걸을 수도 있다. 결과적으로 실패에 따른 과음의 재개가 아내나 자식들, 주변 친구들의 웃음을 또 한번 자아낼 수도 있다. 그러나 새로운 자세로 다가 서서, 금주나 절주의 실천을 위해 계속해서 노력한다면, 아마 하늘도 성공의 지름길로 인도해 줄 것이다.

우리가 늙어가면서 술의 해악으로부터 자신을 보호하며 건강한 삶을 유지하려면, 항상 금주와 절주를 좌우명으로 삼도록 해야 한다. 여기에다 특별한 용기와 추진력을 갖추고 술을 가

급적 무서워하면서 가능한한 멀리 한다면 이는 정말로 금상첨
화다.

지금 금주와 절주를 실천하지 않으면 죽음보다 더 큰 고통
이 따를 것이라는 명제命題를 절감하고 살자.

어느 날 갑자기 술을 홀연히 버리고 술의 맛을 잊기 위해
애쓰는 자, 하늘은 스스로를 돕는 이들에게 새롭고 활기 찬 삶
의 복福을 함빡 안겨줄 것이다.

✳ 새해 아침의 절주강령

새해 아침 동녘의 빛을 맞이한다. 금년에는 내 인생이 좀 더 새로운 꿈과 희망의 빛으로 어우러졌으면 좋으련만, 아무리 두리번거리며 찾아보아도 아무 조짐도 보이지 않는 것 같다.

오히려 한 해의 주름을 더하면서 덧없는 세월에 불안한 마음의 골만 깊어지는 듯하다. 불현듯 고독이 소리없이 엄습하는 분위기에 그만 소스라쳐 놀란다. 문득 '네 자신을 알라.'는 말을 떠올려 본다. 창문을 열어 저 멀리 굽어보이는 산자락에서 세차게 불어오는 차디 찬 겨울 바람에 이내 정신이 들어 내 자신을 다시 한 번 돌아보게 된다.

지난 한 해의 나를 성찰省察해 보자. 별것도 아닌 보통 인간이 불자들이 쓰시는 성찰이란 용어를 입에 올린다는 자체가 주제 넘은 짓이요, 누가 들으면 비아냥거릴 짓이다. 그냥 반성 좀 해보자는 말이긴 하지만, 사실 '별로 반성할 것도, 반성할 자격도 없다.'는 표현이 적절할지도 모른다. 하긴 그렇다. 그저 그렇게 모나지 않게 살아가고 있고, 지난 1년도 그럭저럭 주변과 더불어 즐겁게 산 것 같은데 무엇을 반성한단 말인가? 모질게 반성할 것도 실은 없는 것 같다. 뜻 깊은 일도 없었고 그렇다고 깊이 반성할 일도 없으며 남에게 내세울 만한 일은 더

더욱 없다.

최근 몇 년 동안 새해를 맞이하여 확고한 생활계획을 세운 일이 별로 없다. 한 가지 있다면 마음 속으로 늘 술을 먹지 말자는 의지와 결심을 굳히면서 이번만은 반드시 성공해야겠다고 다짐했다. 그렇다고 철저한 자기 반성에 기초하여 확실한 계획을 세우고 이를 기록으로 남겨 지속적으로 점검하지는 못했다. 따지고 보면 계획없이 의지만으로 금주나 절주를 하겠다는 자체가 잘못인지도 모른다. 결국 결심은 의지로만 끝나 작심삼일作心三日이요, 일주일을 넘기지 못하고 만다. 이런 과정이 반복되면서 절주라는 명제는 기억 속에서 쉽사리 사라지곤 하였다.

사람이 직업이 없거나 특별히 하는 일이 없으면 하루 3번 먹고, 자고, 배설하는 것이 삶의 기본이요, 중추이다. 이 세 가지가 원만하면 건강은 만사형통이다. 신체 외부의 적이든 내부의 적이든 간에 공격에 의해 몸이 망가지면 이 세 가지 기능이 제 역할을 못한다. 내부의 적은 자신의 마음가짐, 정신이 지배하지만 외부의 적은 세균, 공해, 스트레스, 술, 담배 등이 주류를 이룬다. 아무래도 나에겐 외부의 적 가운데 일등 공신이 술이라는 지적에 동의할 수밖에 없다. 이를테면 알코올은 모든 건강 부조화의 주범이다.

지난 한 해 동안 나는 4가지 병을 앓았다. 연 초에 심한 감기에다 안구 건조증, 봄부터 초여름까지 지속된 소화불량, 늦가을부터는 알레르기성 비염이 차례로 이어졌다. 모두 심각한 병은 아니었지만, 일년 내내 시달리다 보니 마음과 몸이 지칠 수밖에 없었고 기력이 소진되어감을 느꼈다. 아니나 다를까 신체의 여기저기에는 우후죽순雨後竹筍 격으로 늙음의 상징들이 유별나게 많이 나타났다. 무심히 거울을 볼 때마다 마음은 서글퍼지고 이내 초조와 불안으로 이어져 급기야 무기력증이 심화되곤 했다.

이 모든 현상이 술의 탓은 아닐 것이다. 그러나 분명 술이 주요 원인이었다는 점은 부인할 수 없다. 왜냐 하면 감기, 건조증, 비염이 노화의 일환으로 주독酒毒에 의한 후유증일 수 있기 때문이다. 모두 늙어가면서 생길 수 있는 병들이지만, 방치하면 중병으로 발전할 수 있는 요소들이다. 사전에 주의하면 예방할 수 있고, 치료 후 사후 관리를 철저히 했다면 다른 병이 생기지도 않았을 것이다. 그런데 사후 관리를 잘 하지 않았다는 것은 몸이 회복되어 컨디션이 좋아졌다 싶으면 또 과음을 했다는 말이다.

전신에 힘이 솟고 기력이 충만하며 정력도 넘칠 때는 분명 술이 직접적으로 건강을 그렇게 해치지는 않는다. 그러나 환갑을 넘은 나이에 유별나게 건강하지 않은 사람이라면 술의 독소毒素를 이겨내기는 사실상 어렵다. 설사 먹은 술을 이긴다 하더라도 이 과정이 반복되면 후유증을 앓게 되며, 술독에 지고 말면 죽음으로 이어지는 중병을 맞고 만다. 집안 내 어른이나 주변의 선배, 친구의 경우에서 보았듯이 이는 당연한 결과이다.

감기는 만병의 근원이라 했다. 그런데 음주에 집착하는 사람들의 감기는 거의 과음으로 인한 과로에서 온다. 문제는 이를 알면서도 계속 과음하는데 있다. 이들이 자신은 알콜 중독이 아니라고 하지만, 우리 나라 성인 가운데 몇 십 년을 과음해 온 사람치고 알콜 중독이 아니라면 이는 거짓말이며 자기 기만이다. 때때로 술이 먹고 싶고 과음 후 정신을 잃은 경우가 여러 번 있었다면 중독자임이 분명하다.

이런 사람들은 나를 포함하여 술에서 완전 격리되어야 마땅하다. 만일 의사로부터 '당신은 건강상 술을 조금이라도 마시면 안 된다.'는 경고를 받았다면 때는 이미 늦었다고 보아야 한다. 그러므로 스스로 음주 습관과 싸워서 이겨낼 수 있는 특별한 자구책自救策을 강구토록 해야 한다. 술은 이성과 의지로 억제가 가능하다는 점에 유의해야 한다.

금주한다면 더 바랄 것 없지만, 우선 실현 가능성이 있어 보이는 절주를 목표로 하자. 새해에는 어떻게든 '절주'라는 표어를 가슴에 새기고 이의 실천을 구체화한 행동강령을 정하고 다시 시작해 보자. 그리고 이 강령을 실천하는 마당에 아무리 훼방꾼의 꼬임이 드세더라도 절대로 넘어가지 않도록 한다.

또다시 절주가 구호로만 끝나고 실패하여 좌절하고 실망하는 일은 절대 없도록 인생의 마지막 투혼을 여기에 분연히 발휘토록 해보자.

절주를 위한 행동강령

1. 술자리는 철저히 피한다.
2. 피치 못할 경우라도 소주 2, 3잔이 마지노선이다.
3. 친구는 점심 때 만난다.
4. 과음하는 친구는 가급적 피한다.
5. 만나는 친구마다 절주와 금주에 대한 각오를 알린다.
6. 잘 보이는 곳에 '절주·금주'라는 표어를 부착한다.
7. 집에는 어떤 술도 비치하지 않는다.
8. 집에서 과일주 담그기를 금한다.
9. 음주는 병病이라는 인식을 항상 갖는다.
10. 술의 병폐적 해악을 연구한다.

＊ 숙면을 위한 바른 습관

　사람이 살다보면 이런 저런 이유로 '불면不眠의 밤'을 경험한다. 특히 60세 이후부터는 몸의 컨디션이 예전같지 않으면서 잠도 확연히 적어지며 잠을 설치는 날의 빈도가 잦아진다.
　때로는 한밤중에 잠을 온전히 이루지 못하는 경우도 비일비재하며 심한 경우엔 밤새 이리뒤척 저리뒤척거리기도 한다.
　이런 때는 온밤을 뜬눈으로 지새우게 되며 어느 새 날이 훤해질 무렵 새벽이 왔음을 감지하게 된다.
　잠 못 이루는 사람들의 행태는 다양하다. 잠을 전혀 자지 못하는 사람이 있고, 잠을 푹 자지 못하는 가운데 깜박깜박 자는 둥 마는 둥 하는 사람이 있으며, 자다가 자주 깨는 사람도 있다. 깊은 잠을 못 자고 건성으로 자는 사람이 있고 온밤을 꿈으로 도배를 하여 잠을 못 잔 듯한 느낌을 갖는 사람도 있다. 어느 경우이든 이들은 모두 불면의 습성에서 자유롭지 못한 사람들이다.
　누구나 잠이 안 올 때는 잠을 자려고 노력한다. 하지만 잠이란 자려고 애쓰면 쓸수록 불면에 대한 강박관념에 옥죄여 잠은 점점 더 안 오기 마련이다. 이럴 때일수록 머릿 속은 더욱 명료해지고 눈동자마저 말똥말똥해지면서 신경까지 예민하고 날카로워짐을 막지 못한다. 자연히 한밤중의 여러 가지 소리가 고물 다된 귓전을 소란스럽게 울린다. 늙은이의 청각이 좋아졌을 리 만무한데 의식하지 못했던 탁상시계의 초침소리가 소음으로 확대되어 들리는가 하면, 옆에 자고 있는 아내의 작은 숨소리조차 아주 성가실 정도로 크게 느껴진다.

어느 새 잠결은 고슴도치같이 변질되어 잡히지 않는 도망자처럼 멀리 달아나고 만다.

심하지 않은 불면이면 보통 2~3일 지나 정상으로 돌아오곤 한다. 그러나 잠 못 이루는 불면의 연속이 자신도 모르게 마음의 불안으로 이어지면 밤이 오는 것 자체가 무섭고 두려워지는 지경에 이른다. 이렇게 불면의 밤이 반복되면 병적인 '불면증'이 찾아오는 징조이며 정도가 지나치면 우울증으로 빠져들게 된다. 의사의 도움과 약에 의지하지 않고는 불면의 늪을 빠져 나오기가 어려워지고 만다.

잠을 이루지 못하는데는 여러 가지 요인이 있기 마련이다. 젊어서는 설사 피치 못할 사정으로 불면이 오더라도, 이것이 병으로 이어지는 경우는 드물다. 하지만 늙으면 별로 할 일이 없는 데다 먹는 것도 부실하고 운동도 적절치 못한 상황에서 불면이 연속되면 심한 마음의 고통과 함께 장기화될 가능성이 크다.

불면도 노인들이 겪는 질병 중의 하나이다. 무엇보다도 노년기에 들어 부쩍 늘어난 근심이나 걱정, 불안 등이 잠을 듬뿍 듬뿍 잘라먹어 생기는 병이다. 사실 노인들은 건강이나 돈, 자식 등 부질없는 걱정을 하고, 이것이 쓸데없이 사서하는 걱정이며 소용없는 일인 줄 뻔히 알면서도 욕심의 꼬리를 자르지 못한다.

　　물론 사람에 따라 특이한 성격의 소유자나 갑작스러운 환경 변화 등의 이유로 어쩔 수 없이 불면의 질곡을 면치 못하는 경우도 있다. 그러나 대개는 너무나 무사안일주의에 연연하면서 바쁘게 살려고 하기보다는 편안함을 선호하기 때문에 불면이 찾아드는 경우가 많다. 어떻게 보면 개개인의 불면은 개인의 성격에 근원을 두어 겪게 된 고통이나 난관에 슬기롭게 대처하지 못하고 소심하여 주저하고 머뭇거림에 연유함이 크다.

　　불면의 여부는 자신이 겪고 있는 스트레스의 강도에 따라서도 크게 좌우된다. 이를테면 노인이라도 타인과의 갈등이나 감정의 대립을 극복하지 못하고 분통을 짊어지고 살던가, 본의 아니게 자신을 학대하면서 심한 콤플렉스에 빠지거나, 또는 부질없는 욕심으로 도가 지나쳐 허우적대며 헤어나지 못하면, 잠을 잘 이루지 못하는 습성을 지니게 된다.

　　신체적으로 몸의 부조화가 심해져도 잠을 설치게 된다. 또한 심한 운동이나 과로 등으로 너무 피로해도 숙면에 자유롭지 못하고 반대로 몸을 너무 움직이지 않아도 신체조직의 연동작용이 순조롭지 못하여 단잠과 멀어진다. 생활 리듬이 일정치 못한 사람도 수면 장애를 갖게 된다. 아울러 관절염, 치통, 위궤양 등 각종 질병에 따른 심한 통증이나 고열 등으로 신체적 장애가 있을 때도 잠 못 이룬다.

　　잠은 우리가 매일 먹는 음식이나 기호식품과도 밀접한 함수관계를 갖고 있다. 고기, 튀김 등 단백질과 지방이 많은 식품이나 햄버거, 도넛, 피자 등 패스트푸드 식품도 잠을 못 자게 하는 요인이 된다. 또한 설탕이나 당분이 많은 식품도 혈액순환 장애를 일으켜 숙면을 방해한다. 그리고 커피나 콜라 등 카페인이 많이 든 음료를 즐겨 마시는 습관도 숙면에 좋지 않고

음주를 자주 하거나 과음하는 것도 잠을 내쫓는 주 요인으로
작용할 수 있다.

어떻게 보면 불면의 밤도 살아가는 과정의 한 단면이라 할
수 있다. 간혹 찾아오는 불면이 자신을 뒤돌아보게 하는 삶의
유익한 손님 역할하는 경우도 있다. 그러나 불면이 잦아지면
결코 반가운 손님은 아니다. 하지만 불면이 싫다고 안 오는 것
도 아니고 피한다고 면할 수 있는 것도 아니다. 생각지도 않았
는데 느닷없이 찾아올 수 있는 불청객이며 뚜렷한 요인이 없
는데도 불면이 이어지는 경우가 허다 하다.

누구든 잠을 잘 못 자면 피로해진다. 피로가 누적되면 자연
히 불면에 집착하게 되고 식욕도 감퇴하여 몸의 전반적인 컨
디션이 저하된다. 이러한 피드백의 연속은 멀쩡한 사람이라도
금세 정서가 불안해지면서 삶의 의욕마저 현저히 약화시키고
만다. 왜 그런지를 스스로 깨닫지 못하면서 밤이 오는 자체가
불안하고 초조하다고 느끼게 되어 마침내는 고독과 번뇌의 밤,
후회와 절망의 밤을 연이어 겪게 된다.

어떻게 하면 잠을 푹 잘 수 있을까? 불면의 고통을 받는 사
람들의 간절한 소망이다. 물론 숙면을 방해하는 요인을 제거하
는 대신 숙면을 유도하는 요인을 극대화하면 될 것이다. 그러
나 이러한 처방으로 그렇게 쉽게 해결되는 문제가 아니며 일
단 불면에 빠져들게 되면 그로부터 벗어나기에는 결코 용이한
일이 아니다.

인생 60을 지나다보면 누구나 보통의 상식선에서 단잠을 자
기 위한 잡다한 지식에 관해서는 어느 정도 숙지하고 있고 여
러 가지 방법을 통해 경험도 해본다. 여기에다 숙면에 관한 각

종 문헌과 정보를 종합해 보면, 수면에 관한 전문의는 아니더라도 숙면을 위한 다음의 몇 가지 답안을 제시해 볼 수는 있다.

첫째로, 잠의 일반적인 속성屬性에 대한 올바른 인식이다. 잠은 심신의 피로를 풀고 새로운 에너지를 충전하기 위한 휴식의 한 수단으로 자연이 주는 귀중한 선물이다. 사람에 따라 다를 수 있지만 잠은 자고 깨는 주기가 일정한 리듬이 있는 것이 특성이다. 때문에 잠의 가장 중요한 본질은 잠의 양量이 아니라 질質이며, 잠 자고 깨는 시간이 일정할수록 좋다. 그래서 잠은 장시간 자는 것이 능사가 아니라 짧은 잠이라도 어떻게 어느 시간대에 어디서 잤느냐가 아주 중요하다. 좋은 잠을 자기 위해서는 잠자리가 편안해야 하고 잠을 자는 곳의 환경도 소음이나 공기 등 주변 조건이 쾌적한 수면에 적절해야 한다. 그리고 아침에 일어나는 시간은 해 뜰 즈음이 가장 적합하므로 잠드는 시간을 계절에 따라 적절히 조절할 필요가 있다.

잠은 잘 자려고 너무 집착해도 안 좋으며, 잠이 안 오는 것을 너무 걱정해서도 안 된다. 잠자는 데 신경을 집중하면 할수록 잠은 오히려 더 멀리 달아나기 때문이다. 다시 말하면 '잠을 자야겠다.'고 작심하는 것도 피해야 하지만, '잠이 안 오면 어떻게 하나'라는 불안한 강박증에서 해방되는 것이 급선무다.

결국 잠을 생각지 않고 잊어버려 자연스러운 것이 곧 숙면의 시작이다.

둘째로, 건전한 정신 관리가 긴요하다. 늙어가면서 몸과 마음이 점점 쇠약해지는 것은 피할 수 없다. 그렇지만 이를 극복하기 위해서는 매사에 긍정적이고도 열린 마음으로 즐거움을 갖고 열심히 살도록 노력해야 한다. 유머를 즐기고 항상 웃고 산다는 신념을 갖도록 함이 긴요하다.

무엇보다도 끝없는 소유욕을 버리고 비록 가진 것이 보잘것 없더라도 항상 남과 나눌 수 있다는 마음가짐이 중요하다.

아직도 마음 한구석에 존재하는 '남을 원망하거나 자신을 비하하는 버릇'을 과감히 버린다. 그리고 언제 어디서나 마음만 내키면 조용한 기분으로 참선과 명상을 통해 자신을 성찰하는 습관을 익히도록 한다.

항상 잠자기 전 5~10분간 하루 동안 찌들고 거칠어졌을 마음을 맑게 다스릴 수 있는 명상의 시간을 가져보도록 한다.

여의치 않으면 평소에 자기가 좋아하는 책이나 음악을 접하는 방법도 좋다. 그러면 마음의 평안과 함께 스스럼없이 잠이 찾아올 것이다. 몸이 정신적인 스트레스로부터 자유로워지면 잠은 저절로 온다.

셋째로, 매일 먹는 음식 선택에 유의토록 한다. 평소에 잠이 잘 안 올 경우, 숙면을 도와주는 '락투신' 성분이 다량 포함된 상추나 파, 양파 같은 채소류를 많이 섭취토록 한다. 또한 소화 흡수와 배변을 순조롭게 해주는 식물성 식품과 해조류를 많이 섭취하여 내장 기능이 원활하도록 한다. 아울러 혈액 순환에 좋은 포도주 한 잔이나 호흡에 도움을 주는 식품의 섭취도 적극 고려할 필요가 있다. 따뜻한 우유 한 잔이나 바나나, 초콜릿 등이 숙면에 이로운 대표적 식품으로 알려져 있다.

넷째로, 적절한 운동요법의 실천이 요구된다. 노인의 몸은 많이 움직이고 햇볕도 충분히 쬐어야 혈액순환이 잘 이루어지고 신경도 다소 무뎌진다. 단전호흡, 요가 등은 복식호흡에 의한 심신단련으로 마음을 반듯하게 해준다. 따뜻한 물의 가벼운 샤워나 반신욕, 족욕 등은 쇠퇴한 하반신의 기능 복원과 함께 전신의 혈액순환을 순조롭게 해준다. 체조, 걷기, 달리기 등 무리 없는 유산소 운동의 생활화는 몸에 생기를 북돋아 준다.

매일 잠자기 전 10여 분간의 가벼운 전신 마사지와 함께 머리, 목, 손, 발 등의 가벼운 지압은 몸의 이완과 시원한 느낌을 주고 단잠을 유도한다. 아울러 편안한 베개를 사용하며 머리는 차갑게 발은 따스하게 하고 자도록 한다.

사람마다 불면에 대한 처방은 다르다. 명심할 것은 '불면은 마음의 병'이라는 점이다. 대부분의 사람들은 이 병을 스스로 만들고 키우면서도 치유하는데는 자신의 내부적 요인을 극복하려 하기보다는 외부적 요인만 탓하기에 실패하는 경우가 많다. 또한 평소에 숙면을 위한 바른 습관에 유의치 않고, 불면의 습성이 굳어진 다음에야 개선하려고 노력하므로 난관에 봉착하기도 한다.

아무튼 노년에 매일 단잠을 자면서 개운한 아침을 맞는다는 것은 참으로 행복한 일이라 하겠다. 하지만 노인이 잠에 대한 걱정과 고민없이 숙면의 나날을 보내는 행운은 그냥 찾아오는 것이 결코 아니다. 숙면의 습관을 잘 유지하기 위해서는 무엇보다도 하루하루가 지루하거나 따분해서는 안 되며 무료해서도 안 된다.

비록 노인이라도 항상 바르고 지혜롭게, 또한 바쁘게 열심히, 그리고 웃음을 안고 살도록 한다면 숙면은 저절로 이루어질 것이다.

숙면을 위한 10가지 습관

1. 일정한 시간에 자고 일어난다.
2. 낮잠은 가급적 피한다.
3. 침실은 어둡고 조용하게 한다.
4. 숙면을 유도하는 베개를 장만한다.
5. 자다가 일어나 시간을 확인하지 않는다.
6. 카페인 음료, 과음은 적극 피한다.
7. 저녁 식사 후 2~3시간 이내에 잠들지 않는다.
8. 취침 전 간단한 스트레칭이나 심호흡을 한다.
9. 걱정, 불안, 스트레스 등에서 벗어나도록 한다.
10. 가급적 수면제는 복용치 않는다.

숙면을 위한 10가지 습관

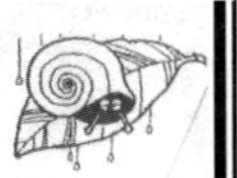

제3부
자식, 아내 사랑의 진정한 의미

✽ 아들의 결혼과 전셋집

　1968년, 우리가 결혼할 당시에는 신접살림으로 전셋집이란 생각할 엄두도 내지 못했다. 그만큼 경제적 여유도 없었거니와 전세방조차도 얻기 어려운 처지였다. 그래서 결혼 후 사글셋방으로의 전전이 고작이었고, 설사 돈의 여유가 좀 있어 전셋방을 구한다 하더라도 부엌도 없는 좁디 좁은 문간방이 대부분이었다. 부엌이 달려 있다 해도 그것은 추녀 밑에 판자 쪽으로 얼기설기 얽어 놓아 하늘이 훤히 보이는, 한 사람 정도 드나들 수 있는 좁은 공간에 불과했다. 문간방이라면 그저 툇마루에 찬장 하나 댕그랑 놓고 간이 부뚜막 또는 네루식 연탄 아궁이가 부엌의 전부였다.

　대부분의 방은 왜 그다지도 작은 지 혼수로 마련한 장롱이 들어가기도 어려웠다. 자연히 캐비닛과 벽에 붙이는 일자형 옷걸이로 신혼방을 꾸미기가 일쑤였다. 거기에다 온돌식 연탄난방이니 겨울에 온기가 제대로 있을 리 없었고 가스의 배기가 안 되는 데다 통풍마저 제대로 안 되어 연탄가스에 중독되기 십상이었다. 물론 당시에 TV, 냉장고, 세탁기 같은 것이 있을 리 없었고 조그마한 라디오 하나가 유일한 가전제품이었다.

　사실 그 시절, 대부분의 신혼부부들은 거처할 방은 있어도 만족하였다. 그 방이 어느 곳에 있고, 부대시설이 어떻고, 난방이 무엇이고, 교통 사정이 어떻고 등등의 문제에 관해 따져볼 여유를 갖지 못했다. 사실 이러한 조건들을 갖춘 좋은 셋방은 없었고 설사 있다 하더라도 이른 바 부자 동네에 간혹 있을 뿐이니 당시의 서민들은 가볼 엄두도 내지 못했으며, 아예 접근할 기회조차 없었다. 가난과 궁핍에 쪼들리던 시절에 의식주에서 주住는 먹을거리, 옷 다음의 단계이므로 필요 조건이지 충분 조건은 되지 못하는 상황이었다.

그로부터 40여 년이 지난 작금의 셋집 사정은 많은 변화를 가져왔다. 60년대의 상황과 비교하면 아주 다른 세상으로 변했다고 해도 결코 지나친 말은 아니다. 그 시절의 단칸방이 지금에 와서는 아파트 한 채로 탈바꿈하고 말았으니 말이다. 그 아파트도 몇 평이냐, 어느 곳에 있느냐, 언제 지은 것이냐에 따라서 전세값의 차이는 하늘과 땅 사이를 오간다. 물론 지금도 각자의 경제 사정에 따라 다세대 주택, 다가구 주택, 원룸, 오피스텔 등이 신혼 살림집으로 널리 이용되고 있으며, 소위 빈민층이 살고 있는 달동네의 현실은 예나 지금이나 별 차이가 없는 곳도 많다.

문제는 그 놈의 아파트다. 요즘 신세대들의 신혼 꿈은 어떻게 하면 아파트 30평대에, 그것도 자기들이 선호하는 지역에 자기들만의 호젓하고 알뜰한 신접살림을 차리느냐는 것이라고 한다. 고생을 모르고 자란 현 젊은 세대들은 그저 아파트만 선호한다. 일부이기는 하지만 아파트도 강남이나 신도시만을 고집하기도 하며, 강북이나 수도권은 싫다고 기피한다. 이는 일반적으로 살고 있는 아파트가 곧 자신의 신분을 나타내는 바로미터가 되기 때문이기도 하지만, 결혼할 때 부모로부터 한

번에 가급적 많은 돈을 타내야 한다는 이기주의적 욕심도 크게 작용하고 있다. 결국 결혼을 시키는 부모들은 자의반 타의반으로 자식에게 주택 마련으로 거액의 돈을 빼앗기고 마는 것이다.

이러한 현상은 그 누구의 잘못도 아니다. 다만 이 사회가 안고 있는 낡은 유교문화의 풍습과 잘못된 관행으로부터 지속되어 온 병폐로 가정의 일그러진 자화상일 뿐이다.

언제까지 이러한 관습이 이어질지는 모르겠지만, 아무튼 현재 자녀를 결혼시키는 부모들에게는 결혼식이 집안 내의 가장 중요한 축하연이지만, 다른 한편으로 보면 어쩔 수 없이 겪는 고난과 고통의 분수령分水嶺이 되고 있는 것 또한 틀림없는 사실이다.

우리 아이도 2002년에 결혼을 시켰는데 분당 신도시의 27평 아파트를 전셋집으로 마련해 주었다. 한창 아파트 가격 상승기여서인지 전셋돈으로 당초 예상보다는 큰 금액을 지불하였다. 후에 아파트 가격이 너무나 급등하여 전셋돈의 액수가 별 것 아닌 것으로 치부되었지만, 봉급생활자에게는 사실 어마어마한 재화에 속한다. 그렇지만 자식은 당연한 것으로 여기면서 오히려 더 큰 것, 더 좋은 것, 그리고 전셋집보다는 구입을 희망하는 눈치를 보이는데는 아연 실색하고 말았다.

정말 어처구니 없는 자식의 얄팍하고도 계산적인 속셈에 심한 허탈감에다 일종의 좌절감마저 느끼기도 했다.

왜 그럴까? 부모는 자식에 대한 부담보다는 순리를 택하였고 남들이 하는 보통 수준의 범위를 지켰다고 자부할 수 있는데, 정말 이 정도로 부모로서의 도리와 책무를 다 하지 못한 것일까? 무엇이 부모의 충분한 도리이고 책무란 말인가? 알다가도 모를 일이다. 아니다. 자식에 대한 가정교육의 잘못에서 오는 당연한 결과인가? 지금도 우리 주변의 어느 자녀는 부모에게 경제적 도움을 충분히 받을 수 있는데도 애초부터 결혼 준비를 스스로 하고 있는 모델케이스도 얼마든지 볼 수 있는데 말이다.

미국의 거부 휴렛패커드는 죽을 때 자식에게 '평생 먹을 만큼의 재산'만 물려주고 모든 자산을 사회에 헌납했다고 한다.

먹을 만큼이 어느 정도인지는 몰라도 평생 공무원을 한 처지로 아들 장가가는데 아파트 30평대 전셋집이란 분수에 넘치며, 힘에 버거운 상속이 아닐 수 없다. 하기야 얼마 전 고향 친구 하나가 딸을 시집 보내기 위해 평생 벌어 장만한 개인택시를 팔아치웠다니 실로 놀라운 일이다.

친구의 예를 하나 더 들어보자. 재산이 좀 있는 친구인데 근검절약의 신조를 지닌 사람이다. 큰 아들 장가 보내는데 자기 나름대로 생각한 바가 있어 전세 아파트를 구해 주었다.

아들놈은 본래 착해서 그런지 총각 시절부터 아버지 용돈으로 얼마씩을 통장에 넣어주었는데 결혼 후에도 지속되었다고 한다. 그런데 어느 해 아버지 소유의 토지가 아파트 부지로 편입되어 많은 현금이 일시에 들어오니 자식놈이 엄마를 졸라 집을 사 달라고 시도 때도 없이 보챘다 한다. 엄마가 아들과 같이 졸라대어 할 수 없이 아버지도 양보했다 한다. 아들은 기뻐하면서 아버지에게 '제가 이제부터는 아버지 용돈 많이 드리지요.'라고 몇 번이고 다짐했으나 집을 사준 후 아버지 통장에 아들의 돈이 들어온 일은 한 번도 없었다고 한다.

옛날 명언에 '자식에게 재화를 물리는 것은 독毒을 주는 것.'

이라 했다. 결혼하는 자녀에게 집을 사 주었다면 부모로서의 역할이 100점이라는 점수를 자식은 받을 지 모른다. 그러나 그 자녀는 결혼 후 십중팔구는 저축보다는 소비에 큰 비중을 두는 살림을 꾸려 나갈 것은 분명하다. 자연히 그들은 후손도 늦게 갖기로 할 것이며 주 5일제를 만끽하는 낭비 위주로, 소위 그들만의 문화생활에 몰두할 것이 자명하다.

그러니까 여가를 어떻게 하면 유흥과 레저로 즐길 수 있느냐에 모든 역량을 집중시키려 할 것이다. 결국 따지고 보면 집을 사 주는 것이 결코 자식을 위하는 길은 아니다.

인생은 결혼 전보다 후가 더 중요하다고 한다. 직장에서나 가정에서나 모든 것이 새롭게 시작되는 새로운 출발점이기 때문이다. 만일 이 중요한 시기에 자기 발전, 자기 개발을 소홀히 하면 인생항로의 첫 나들이에서 남에게 뒤질 수밖에 없다. 학창시절에 못한 것, 부모의 울타리 안에서 안주하여 생각하지 못하고 실천하지 못한 것, 이러한 모든 것들에 대한 극복의 길을 자기 나름대로 새롭게 설정해야 할 시기이다. 놀자판 생각에 돈마저 흥청거릴 수 있는 여건을 부모가 만들어 주어서는 안 된다.

아들과 며느리의 말을 빌면, 그들은 결혼 후 내 집 장만 3개년 계획을 수립하고 이를 실현하기 위해 허리띠를 졸라매겠다는 다짐을 자랑삼아 하는 이야기를 들었다. 만일 내가 집을 사 주었다면 큰 집으로 늘려간다고 계획하기보다는 백화점 쇼핑이나 여행 계획, 스키 등에 더 큰 신경을 쓰고 친구들 만나 한 잔하는 일도 빼놓지 않았을 것이다.

우리 사회에선 부모가 평생 어렵게 살면서 모은 재화를 흔히 자녀들 결혼에 거의 모두 빼앗기곤 한다. 이러한 선례가 결혼 행사로 끝나고마는 것도 결코 아니다. 결혼 이후에도 음으로 양으로, 이 핑계 저 핑계로, 시도 때도 없이 부모에 대한 자식들의 경제적 수탈(?)은 거리낌없이 지속된다. 물론 부모가 죽어서 땅 속에 묻힌 다음에도 이러한 상황 전개는 다른 형태로 이어진다.

원죄를 따진다면 모두 부모의 탓이지만, 이러한 무한정의 병폐적 굴레에서 벗어나기 위해 보다 슬기롭고 지혜로운 방안을 강구한다면, 그것은 무엇일까?

그것은 자식에게 부모로서 할 일은 하되 도에 넘치지 않고 자기 분수에 맞는 길을 선택하는데 주저해서는 안 된다는 충고를 하고 싶은 것이다.

　　서울 강남의 불패 신화를 창조하고 있는 아파트 가격의 폭등이 우리 부모들의 자녀 교육열과 무관치 않다는 것은 잘 알려진 사실이다. 자녀들 사교육비 마련을 위한 궁여지책窮餘之策으로 가정 주부들이 파출부는 물론 노래방 도우미와 대리운전도 마다 하지 않는 풍조가 만연하고 있는 곳이 바로 이 나라다. 더하여 미국으로 유학 간 어린이들의 뒷바라지 때문에 '기러기 아빠'들의 연이은 비애의 절규가 여기 저기에서 들려오는가 하면, 소위 8학군으로의 진출을 위해 많지도 않은 재산을 모두 처분하여 강남에 전셋집을 마련하는 어느 당찬 부부의 이야기도 당연시되고 있다.

　　이들 부모 모두가 바라는 간절한 소망은, 아니 욕심은, 하나같이 자기 자식만은 성공의 길로 가는 이른바 '출세한 자식'을 만들겠다는 처절한 '꿈'을 안고 있다. 어떻게든 내 자식만은 남보다 뛰어난 인물이 되어야 하며, 무엇보다도 유명인사로 이름을 날리던가 돈 잘 벌어 부자가 되어 달라는 것이다. 그렇기 때문에 이들의 욕망이 갖는 목표는 사람다운 인간, 인간적인 사람이라는 의미의 범주와는 궤도를 달리 하는 것으로, 이를테면 자식을 제대로 된 사람으로 만들겠다는 의지는 없다 하겠다.

　문제는 우리 사회에 이러한 꿈을 꾸는 군상群像들이 일부가 아닌 절대 다수이며, 다수이기보다는 ‘모두’에 가깝다는데 있다. 다만 이들 무리에 포함되지 못하는 것은 욕심이 부족해서가 아니라 능력이 그에 미치지 못해서일 뿐이며, 혹은 그들에 휩싸이기에는 기회가 닿지 않는다든가, 천성의 게으름이 몸에 배어있기 때문일 것이다. 그렇지 않으면 일말의 도덕적 양심이라는 가느다란 오랏줄에 묶여있거나 지나치게 남의 눈치를 벗어나지 못하는 약간의 순진성이 남아있는지도 모른다.

　어느 유명한 여류 소설가가 한 신문 칼럼에서 ‘나의 아버지는 무력하고 소시민적인 그저 그런 보통의 한국 아버지일 뿐이었다.’고 과거를 회상하면서 자신은 아버지와는 전혀 다른 무지개 꿈을 가짐으로써 보통 사람이 아닌 유명인이 되었음을 자랑스럽게 늘어놓은 글을 보았다. 이 글은 어떻게 보면 부모가 나를 특별한 인간이 되도록, 말하자면 한국적 교육열에 자신을 옭아매어 채찍질하지 않았지만, 자기 스스로 그 꿈을 실현하여 유명 소설가가 되었다는 주장이다.

　우리가 60을 넘게 살다보면 세상에는 참으로 훌륭한 사람도 많고 존경할 만한 사람들도 수없이 많음을 본다. 자신의 어려움은 아랑곳하지 않고 남을 위해 봉사하며 희생하는 사람이 있는가 하면 남몰래 사회의 그늘진 곳만을 찾아 도움의 손길을 주는 천사 같은 사람들도 많다. 사회의 올바른 정의를 위해, 어려운 이웃을 돕기 위해, 도덕적 양심의 바른 길로 인도하기 위해, 도처에서 소리없이 베풂과 나눔을 주는 뭇 사람들의 따뜻한 이야기가 우리들의 마음을 감동시키기도 한다.

　그러나 이 각박한 세상에 헌신적으로 이웃돕기에 나서는 후원자나 자원봉사자들은 우리가 익히 보아왔듯이 대부분 성공한 사람이나 유명인사가 아님을 본다. 그저 하루 하루를 성실하게 살아가는 평범한 사람들, 즉 보통 사람들이 주류를 이루고 있다. 우리 주변에서 흔히 볼 수 있는 독거노인, 장애인, 소년소녀 가장, 노숙자 등에게 끊임없이 자비의 손길을 드리우는 사람들, 고아원이나 양로원을 자주 찾는 사람들은, 말하자면 우리 사회에서 출세한 유명 인사들이 아니다.

일반적으로 보통 사람들은 어려운 삶의 소용돌이 속에서 처세술이나 돈 벌기 같은 재주를 부릴 줄 모른다. 비록 남을 돕는데는 알게 모르게 앞장 서더라도 이들은 자신의 이름이 세상에 알려지기를 꺼리는 것 또한 상례적이다. 그러나 소위 성공했다고 자부하는 사람들과 돈과 권력을 잡은 사람들은 혹 기부를 하더라도 자기 홍보에만 치중함을 숨기지 못한다. 더욱이 이들은 개인적 야심이나 욕심의 굴레에서 벗어나지 못함은 물론이려니와 온갖 거짓, 사기, 위법, 탈법 등에 능수 능란함을 보여준다.

사실 우리 사회 각계 각층의 화려한 교육을 받고 돈과 권력으로 무장한 지도자급 인사일수록 비양심적이며, 비도덕적인 사람이 많다. 설사 이들 중 여러모로 남보다 뛰어난 사람이 있더라도 그들은 실력보다는 아첨과 비리에 밝고, 화합과 융화보다는 기만과 분열을 남달리 중시하는 자들임이 분명하다.

보다 양심적이며 도덕적인 사람들은 아예 지도자급 대열에 서기 어려운 사회 풍토가 작금의 현실이다.

자식을 성공으로 이끈 부모와 그 자식간은 부모에 대한 자식의 효孝와 정情이 더 두터울 것이라고 생각할 수도 있다. 그러나 실제로 여러모로 따져보면 정반대의 현상이 나타남을 알게 된다. 부모의 자녀교육에 대한 극성과 열정이 결코 자녀의 인성교육에 보탬이 되지 않을 뿐만 아니라 자식으로선 오히려 성공의 길에만 집착한 나머지 부모나 사회로부터 효를 알차게 배울 기회가 적었을 것이다. 또한 그 자녀는 성공에 이르기까지 오직 자신만을 위해서 살았기 때문에 제대로 된 삶을 살지도 못했으며 참다운 삶의 의미를 경험하지도 못했을 것이다.

비근한 한 예를 들어보자. 어느 홀어머니가 달동네에서 조그만 구멍가게를 하며 아들 둘에 딸 하나를 열심히 키웠다. 경제적으로 어려운 가운데 큰 아들과 둘째 딸은 일류 대학에 진학했고 마침내 아들은 행정고시, 딸은 사법고시에 합격하였다.

막내는 형과 누이에 치이기도 하고 본인도 그렇게 공부에만 연연하지 않아 고등학교 공부만 마쳤다. 형은 부자집 딸과 결혼하여 살림을 냈고, 누이는 고시 출신의 엘리트와 결혼했다. 막내는 조그만 구멍가게를 운영하며 홀어머니를 모시고 살았다. 그러던 중 어머니 생신날이 돌아왔는데 형과 누이는 바쁘다는 핑계를 대며 두둑한 봉투만 보냈다고 한다.

요즈음 신문지상을 보면 이 사회가 더 발전하지 못하고 일인당 국민소득 일만 달러대에서 이만 달러로 도약하지 못하고 있는 것이 마치 엘리트 교육(이것을 교육개혁이라고 하면서)이 안 되어서 그렇다는 양 아우성치고 있다.

물론 우리의 중·고등학교의 평준화 교육이 문제점이 많다는 것은 자타가 공인한다. 그러나 사회가 잘못되고 소득이 오르지 못하는 것이 잘못된 엘리트 교육 때문이라고 하는 것은 잘못된 지적이다. 그보다는 이 사회 각 분야를 이끄는 지도층의 모럴해저드가 더 큰 문제이다. 실로 이들 지도층 인사들이 엘리트 교육을 못 받아 지적 수준이 모자라는 것이 아니라 그들에게는 양식과 도덕에 대한 올바른 가치관이 결여되어 있는 것이다.

엘리트 교육을 받은 인력이 부족해서 이 나라가 이렇게 시끄럽고 혼란스러운 꼴을 보이고 있는 것은 결코 아니다. 노력하고 실력있는 사람, 양심적이며 최선을 다 하는 사람, 그리고 도덕적인 사람이 합당한 인정과 대우를 받지 못하는데 문제가 있는 것이다. 이런 사람들은 전문가는 될 수 있을지언정 바른 지도자가 되기는 어렵다.

다시 말하면 노력과 정의가 통하지 않고 비리와 아부가 지도자를 만드는 이 사회의 풍토가 바로 제일 큰 문제라는 것이다. 실로 우리 사회의 지도층 인사들은 거의 모두가 누가 누구를 탓할 수 없을 정도로 부패로 오염되어 있고 질식할 정도로 더러운 냄새를 내뿜고 있다.

가령 직장에 다니는 아들이 다음과 같이 물어온다면 나는 무엇이라고 답할까? 만일 '성공으로 치닫기 위해서 무슨 짓이라도 할까요?'라고 물었을 때 '그래, 나는 지금까지 이 사회에서 보통 사람으로 밖에 살지 못했으니 너만은 우리 사회가 알아주는 유명인이 되어야 하지 않느냐.'라고 강조하면서 '성공으로 가는 첩경은 다름 아닌 바로 이 길이니 이리로 가라.' 그리고 '자식 교육을 위해 너도 강남으로 이사 가도록 해라. 내가 도와줄 것이니.'라고 할 것인가, 아니면 '안 된다. 너도 나같이 절대로 불의와는 타협하지 말고 바른 소리를 하는데 주저하지 말고 오직 정의를 모토로 살아가라.'고 하면서 '그래, 보통 사람으로 산들 어떠랴. 그것이 행복의 길이다.'라고 할 것인지.

아무튼 답이 어려운 것만은 사실이다.

하지만 인생을 살만큼 살아온 나는 이렇게 답하고 싶다.

'그래도 우리 사회의 질서 유지는, 그리고 이 사회가 발전하
고 있는 것은 절대다수를 차지하고 있는 보통 사람들의 양심
과 도덕이 살아있고 그들의 삶이 건전하기 때문이다.'라고. '절
대로 보통 사람, 보통 시민이 무능하다는 등식은 성립하지 않
는다.'라고 말하겠다.

첨언하여 '제대로 된 사람, 인간으로서의 가치를 창조하는
사람, 바로 이런 사람이 성공한 사람이다.'라고.

✳ 아들·딸과 재산상속 문제

　재산이 많고 적고 간에 현 사회에서 노부모의 재산 상속문제는 누구에게나 현안으로 제기될 수 있다. 여기에서 논의의 대상으로 삼고자 하는 범위는 물론 재벌을 비롯한 부자는 예외로 하며, 소위 중산층에 속하는 평범한 일반인의 경우를 대상으로 말하고 싶다.

　사실 이들 중산층으로 여겨지는 사람들 가운데 자기가 갖고 있는 재산의 규모나 내용으로 보아 '상속相續'이라는 단어가 걸맞지 않는 남의 일로 느껴지는 사람이 더 많을 것이다. 그렇지만 비록 현재 작은 규모의 집 한 채 달랑 남아있더라도 어떻게 보면 그것이 우리에게는 큰 재산일 수 있고, 많지 않은 액수의 예금통장이라도 현금이라는 매력 때문에 이것들이 종종 우리 가정사의 저변에서는 상속이라는 아젠다의 핵심으로 문제화되곤 한다. 때로는 부모와 자식간에 또는 부모의 타계 후 자식들 간의 극심한 대립이나 갈등을 일으키고 이로 인해 인간의 도리를 저버리고 의절하는가 하면, 끝내는 법정사건으로까지 몰아쳐 세인의 주목을 받기도 한다.

　우리 나라 재벌 총수들 가족간에는 흔히 많은 재산을 슬기롭게(?) 상속하여도 죽기 살기식의 재산 다툼이 벌어진다. 별반 재산이 많지 않는 사람들은 평소에 상속에 대한 준비를 거의 하지 않고 있거니와 설사 약삭빠르게 대비를 했다 하더라도 분쟁의 소지를 사전에 예방치 못함으로서 자식들 간의 다툼이 야기된다. 물론 부모와 자식간의 사랑이 더없이 깊고 형제간의 우의가 아주 두터우며 자식들 모두가 양심적이고 정직하다면 상속에 전혀 문제가 제기되지 않을 수 있다. 하지만 우리가 숨쉬고 있는 현 사회는 '황금만능주의黃金萬能主義'와 '배금사상拜金思想'이 만연되어 있는 데다 젊은이들의 이기주의적 성향마저 두드러져 항상 재산 분쟁의 위험성이 도사리고 있음을 부인할 수 없다.

예를 든다면 우선 어느 집안에서 아버지가 갑자기 타계하면 어머니와 자식간에도 재산 배분의 문제가 야기된다. 그리고 두 부모가 불의의 사고로 함께 유명을 달리 했을 경우, 장성한 자식들 간에 상속 문제를 둘러싸고 극한의 대립이 벌어지기도 한다. 또한 부모가 생존 시 소유 재산을 일정량 자식들에게 배분하려고 할 때에도 부모와 자식간에, 그리고 자녀들 간에도 심한 갈등과 살벌한 싸움이 벌어지기도 한다.

한편 부모가 별로 물려줄 재산도 없는 형편인데 그마저 자식들이 사업자금이다, 전세자금이다 하는 등등의 이유를 달아 거의 반 강제로 수탈해 가기도 한다. 죄 없는 부모는 뻔히 알면서도 이리저리 자식들에게 당하고마는 것이다.

이들 분쟁들은 각기 유형이 다르지만 내면의 본질을 들여다보면 모두가 돈에 대한 욕심에서 발생하고 있다. 여기에서 어떤 부모라도 내 자식만은 절대로 그럴 리가 없을 것이라는 안이한 판단을 해서는 안 된다. 누구라도 장담할 수 없는 일이려니와 설령 어떤 우연한 기회에 상속문제로 자식들에게 긍정적인 답을 들었더라도 혹은 그에 대한 확고한 다짐을 받은 일이 있더라도 이는 전적으로 믿을 수 없다. 돈이 관련되는 일이라면 자식도 형제도 아내까지도 믿음이 가지 않는 어려운 문제다. 때문에 노년기에 들어선 부모는 상속에 대한 사전 준비를 서둘러 마련할 필요가 있으며, 준비를 하더라도 철두철미하게 확고한 대안을 만들어 놓아야 한다.

요즈음 항간에 떠도는 우스갯소리가 자식들의 돈 욕심을 아주 적나라하게 풍자하고 있어 어떻게 보면 자신에게 바로 해당되는 말이 될 수도 있다는 점에서 노년에 들어선 사람은 주의 깊게 한 번쯤 음미해 볼만한 가치가 있다.

'아들은 강도요, 며느리는 바람잡이라, 딸은 도둑이요,
사위는 장물아비라, 손자는 좀 도둑이니라.'

이러한 말들을 곰곰이 새겨보면 한낱 객담으로 들리지 않고 비중있고 설득력 있는 진담으로까지 느껴지기도 한다. 사실 우리 사회는 노령화가 급속히 다가오고 있다. 그런데 나이 많은 부모들 대부분이 실제로 노후 준비를 갖추지 못하고 있다.

이들은 자식과 따로 살고 싶고 자식보다는 돈이 더 중요하다는 것을 뼈저리게 인식하고 있다. 하지만 자의든 타의든 자식들에게 다 빼앗기고 오갈 데 없어 전전긍긍하는 부모들이 예상 외로 많다.

자식에게 준 돈을 후회한들 아무 소용없는 노릇이다. 부모가 돈 없다고 자식이 선뜻 부모에게 많은 돈을 내줄 리 없고, 현실은 자식이 많을수록 부모 돕기를 서로 미루기가 십상이다.

늙고 병들어 처지고 돈마저 없다면 자식들이 십중팔구는 부모를 외면하고 팽개치는 것이 자연스러운 인간사로 비쳐지고 있다. 이는 너무나 보편화된 사회상으로 부모에 대한 자식들의

죄의식은 그 어느 곳에서도 찾아볼 수 없는 것이 오늘날의 현실이다.

주변에서 부모가 아들, 딸에게 강도나 절도에 버금가는 재산 강탈을 당하는 것을 보게 된다. 또한 그 과정에서 실제로 며느리와 사위가 마치 바람잡이, 장물아비 같은 악역을 해대는 어이없는 행패에 부모가 시달리는 경우도 있을 것이다. 아직도 우리 부모들은 마음 약하고 가족 중심주의에 젖어 있어 아들에 대한 지나친 사랑에 집착하며 '대를 이어야 한다.'는 생각에 절박하게 매달리는 듯이 처신하고 있는 사람도 많다.

그들 부모는 재산을 떼어 달라고 보채지도 않는 자식들에게 어느 날 많지도 않은 재산을 뭉텅뭉텅 나누어 주고마는 못난 이도 의외로 많다. 자식이 원하는 대로 재산을 많이 주었다고 그 자식이 부모에게 더 많은 사랑과 부담을 느끼지는 않는다.

오히려 부모에게 재산이 상당량 남아있어야 자식들이 그것을 일종의 먹이(?)로 보고 그나마 부모를 찾아보고 인사도 오게 된다.

재산 좀 있는 부모가 갑자기 사망했을 경우, 자식들 중 제일 먼저 달려오는 사람이 '사위'라고 한다. 이는 사위가 아들보다도 먼저 기선을 제압하여 배분될 재산의 형평을 유지하자는 속셈이겠지만 돈에 대한 욕심이 친자식보다는 강하기 때문에 행동이 앞선다는 것이다.

이때 자식들 간에는 처절한 상속 싸움이 벌어지기도 하며, 심지어는 재판에 이은 형제, 자매간의 의절에까지도 이르는 경우가 허다 하다. 또한 어느 집안의 특별한 예이기는 하지만, 부모상을 치르고 나서 부조금의 사용과 배분 문제로 자식들 간에 심한 다툼을 벌이는 경우도 있다.

결국 우리는 자신의 입장에서 무엇을 어떻게 해야만 내 재산을 효과적으로 보호하며, 올바르게 상속하는 것인가를 알아야 한다. 무엇보다도 우선시해야 할 항목은 '노후 생활은 절대로 자식에게 의지하지 않는다.'는 확고한 결심과 함께 '나와 아내를 위한 최선의 방안'이 되어야 하며, '상속은 다음이며 최종'이라는 인식이 전제되어야 한다. 또한 '재산을 자식에게 물려주는 것은 독毒을 주는 것과 다름없다.'는 선인들의 말을 똑똑히 기억하고 지켜나갈 필요가 있다.

그러나 우리 주변에는 온갖 고생 다해 가며 악착같이 번 거액의 돈을 불법으로 아들에게 상속하고, 군대도 안 가게 하고, 사업자금마저 대주는 졸부들도 많이 존재한다. 다른 한편으로는 많지도 않은 부모 재산을 모두 빼앗기 위해 호시탐탐 기회를 노리는 자식들도 많다. 우리는 부모로부터 돈을 빼앗아야 한다는 자식들의 욕심이 지속적이며 때로는 전투적이라는 점에 유념해야 한다. 왜냐 하면 우리 보통 시민들은 많지도 않은 재산을 자식에게 상속하기보다는 빼앗기는 경우가 더 많기 때문이다.

때문에 현 상황에서 자신의 재산을 어떻게 효과적으로 지킬 것인가, 또 자식에 대한 상속을 긍정적으로 고려할 수밖에 없다면 어떻게 대응할 것인가에 대한 답을 철저히 고려하고 이에 대한 준비를 해야 한다.

돈이 없으면 노년의 생활은 죽음이라는 답을 항상 머릿 속에 지녀야 한다. 내 돈은 내가 철저히 지켜야 한다.

ㅇ 기본적으로는 남아 있는 재산은 죽는 그 날까지 지니고
   간다는 정신으로 무장한다.
ㅇ 남자가 먼저 죽을 경우, 모든 자산이 아내에게 가도록
   사전 준비한다.
ㅇ 자식들에게 상속에 대한 기대감을 불식 시킨다.
ㅇ 부동산을 현금화하여 비밀로 보관토록 한다.
ㅇ 만일 상속을 한다면 배분은 민법에 규정한 내용에
   충실토록 한다.
ㅇ 상속이 불가피할 경우, 최소한의 범위를 설정하는 방법
   을 선택하되 가급적 자식들 간에 분란의 소지가 없도
   록 한다.
ㅇ 불의의 사고에 대비하여 미리 상속에 대한 '유언장'
   을 작성해 보관토록 한다.

✳ 사위·며느리에 대한 사랑

　큰 딸은 시집 보낸지 7년이 되었고 며느리 본지는 3년이 지났다. 사위는 미국에서 살아 거래가 뜸할 수밖에 없고 며느리와는 가까이 있는 터라 자주 마주 하는 편이다. 며느리 정은 시아버지요, 사위 정은 장모라고들 하지만 그 구분에 지금까지 딱 부러지게 수긍하고 납득할 만한 일도 없었기에 이 시점에서 사위·며느리를 생각하면 실질적으로 미흡한 점은 있다.

　그렇지만 나름대로 그 동안 사위와 며느리를 보고 그들이 처가집, 시집이라는 생각을 갖고 우리에게 처신해 온 모습과 그 가운데서 자식으로의 입장을 지키려는 아들, 딸의 움직임을 고려한다면 어느 정도의 비교는 가능하다 하겠다.

　우선 사위는 사위라는 생각이 든다. 이는 분명 내 머리 속이 아직 진보적이지 못하고 구시대적 인식을 청산하지 못한데서 오는 낡은 사고인지도 모른다. 사위도 자식이고 며느리도 자식이라는 생각에는 전적으로 동감하는 바이지만, 그래도 사위는 며느리보다 '한 치 건너 두 치'라는 말이 일리 있다는 생각을 해보곤 한다. 집사람도 사위는 왜 그런지 어렵게 느껴지는데 그래도 며느리는 우리 집, 내 식구 같다는 말을 되풀이한다. 물론 사위나 며느리 모두 사람 따라 다르기는 하겠지만,

둘이 다 피를 나누지 않은 남남이라는 사실은 틀림없다.

우리 사위와 며느리는 우연하게도 모두 초등학교 교장 선생님의 아들, 딸이라는 점이 무엇보다도 이색적이다. 결혼 말이 오갈 때 교육자 집안이라는 장점에 압도되어 우리 부부는 무조건 후한 점수를 줄 수밖에 없었으며 혼사의 결정도 쉽게 내렸다. 예상한 대로 결혼 후 사위와 며느리는 둘 다 예의 바르고 검소하고 부지런한 생활 태도에 우리는 흡족해 하고 있다.

거기에다 둘은 최고의 명문 대학을 나왔으며 직장도 특별한 전문직에 종사하고 있어 더 바랄 나위가 없다. 이 또한 우리가 주변 사람들의 부러움을 사는 주 요인이 되고 있다.

사위는 여동생 하나를 둔 외아들인데도 불구하고 남자답고 의젓하면서도 아주 꼼꼼하다. 컴퓨터 과학도로서 일처리를 완벽하게 하는 능력을 갖고 있으면서도 필요하면 나사가 풀어질 수 있는 여유작작한 면도 지니고 있다.

부모님 두 분이 모두가 평생 교사로 지내서인지 좀 보수적인 면이 강하고 꼬장꼬장하긴 하지만 스포츠를 즐기는 모던한 감각도 겸비하고 있다. 그러나 옥에 티라고 한다면 융통성이 부족해 답답할 때도 있다는 점이다. 사실 머리 좋은 사람들이 일반적으로 주변 살필 줄 모르고 자기 중심적이며 자기 주장만 옳다는 고집 센 면이 있다. 우리 사위도 이런 결점을 완전히 극복하지 못하고 있는 것은 좀 아쉬운 일이기도 하다.

한편 며느리는 5녀 1남의 막내딸로 시골에서 유년 생활을 보냈다. 어려운 가정의 많은 형제 중 제일 막내로 자랐으니 무엇인들 자기에게 돌아올 것이 있을 턱이 없었을 것이다. 따라서 남에게 지지 않으려는 경쟁심이 강하고 공격적인 면이 있다. 하지만 남달리 형제간의 우애가 두터운 가운데서 자라서 그런지 아들과의 만남이 얼마되지도 않았는데 유난히도 부부 간의 정이 많은 것 같다. 항상 교사로서의 언행과 품행이 바르 며 시부모와의 전화를 통해서나 만남에서도 예의 바른면이 두 드러지게 나타나고 있다. 다만 부모와 떨어져서 고생을 많이 하고 자라서 그런지 모르겠지만 소극적인 면이 엿보이며 개방 성도 조금은 뒤지는 것 같아 보인다.

아무튼 현재는 사위와 며느리의 올바른 가정생활 태도와 그 들의 인생관, 바른 처신에 만족할 뿐이다. 다만 그들에 비해 내 아들과 딸이 상대적으로 부족한 면이 많다는 것을 자인하 지만 그들이 갖추지 못한 장점들을 우리 자식들이 갖고 있기 때문에 부부가 부족한 점을 서로 보완해 가면서 살아나가는 데는 천상배필이라는 생각도 든다. 아마도 우리 아들, 딸의 보 다 개방적이고도 진취적이면서 정직을 모토로 하는 삶의 방식 이 사위, 며느리의 장점을 한층 빛나게 해주고 있음은 틀림없 다 하겠다.

오늘날 우리 나라는 무엇보다도 사회적으로 젊은 사람들의 이혼 사태가 만연되고 있다. 통계에 의하면 3쌍 결혼에 1쌍 이혼한다니 실제로 걱정이 아닐 수 없다. '뚱딴지 같은 생각 말고 지레 겁먹을 필요야 없지 않느냐.'는 논리도 내세워보지 만 하도 여기저기서 북 치고 장구 치는 격으로 난리들이니 조 금이라도 아이들 부부간에 대립, 갈등의 조짐이 보일라치면 큰 일났다는 생각이 앞섬은 어쩔 수 없다.

밥먹듯이 벌어지고 있는 우리 사회의 이혼 풍조가 결코 남 의 일이 아닌 동시에 우리에게만 금단일 수도 없는 일이기 때 문이다.

그러나 우리 사위나 며느리의 기본적인 인간 됨됨이나 언어,

행동에서 풍기는 인상으로 미루어 볼 때 염려는 안 해도 좋으
리라는 확신이 선다. 한마디로 사위는 아내를 사랑하고 아끼는
품성이 어느 누구보다도 강하다는 사실을 감하곤 한다.

특히 딸아이의 조리있고 계획적이며 사회적 경험이 풍부함
에 대하여 인정하기를 사위는 마다하지 않는다. 상호 존중과
이해가 앞서고 있음을 때때로 보여준다. 한편 며느리는 남편에
대한 내조가 이를 데 없고 남편 알기를 하늘같이 우러러보는
듯하다. 며느리의 마음부터가 아름답고 맑음이 여기저기서 배
어나오고 있다.

결국 시어머니는 시도 때도 없이 사위, 며느리 칭찬 일색일
수밖에 없다. 아직은 사위나 며느리에게 이렇다 할 섭섭함을
당해 보지 못해서 그럴 수는 있겠지만 냉정히 말해서 '아무리
잘 해도 사위는 사위고, 며느리는 며느리'라는 말을 기억해 둘
필요가 있다.

남의 자식이니 남남간인데 언제 어느 순간에 아주 남보다도
더한 물과 기름의 관계로 변할지 모른다는 점을 간과해서는
안 된다. 사위와 며느리도 자식이긴 하지만 친자식과는 아무래
도 다르다. 자식과의 갈등은 어려서부터 있어왔고 그것이 심지
어는 싸움으로 또는 응어리로 남아있기도 하지만 부모와 친자
식간의 문제는 사실 칼로 물베기이다.

그러나 며느리와 사위와의 관계에서 시아버지, 시어머니가
돌이킬 수 없는 잘못을 했다든가, 또는 그들의 심장에 한을 심
을 정도의 폭언을 한다면 전혀 해소할 방안이 없다. 이럴 경우
에는 아들, 딸도 부모보다는 남편과 아내의 편에 서서 부모를
책하려들 것이라는 사실을 반드시 명심해야 한다. 그러니까 아
무리 사위와 며느리가 밉더라도, 지나치든가 영 참을 수 없다

면 우회적으로 잘못을 스스로 깨우치도록 하는 치밀한 전술적 대응을 강구해야 한다.

따라서 사위에게도 그렇지만 며느리에게도 어느 특정인 또는 일반적인 사회상과 비교하여 꾸짖는 일이 있거나 자존심과 모멸감을 느낄 정도의 문책성 힐난은 삼가도록 노력해야 한다.

다시 말하지만 고부간은 한 번이라도 어긋난 궤도가 형성되면 다시는 화합의 길로 들어설 수 없는 것이 그들의 관계이다.

그렇다고 사위나 며느리를 부모처럼 떠받들 수는 없는 노릇이다. 잘못이 있으면 딱 부러지게 나무라지 않고는 도저히 넘어갈 수 없는 경우가 있다. 이때 무조건 참자는 이야기는 아니다. 나무라되 개선할 수 있는 적절한 최선의 방법을 연구해야 된다는 것이다.

인간 만사가 다 그렇지만 자식과 부모간에도 나눔과 베풂의 미덕이 있어야 한다. 때때로 서로 간에 고마운 마음과 함께 감동을 줄 수 있는 계기가 있어야 허물이 녹아지고 잘못이 덮어지기도 한다. 누가 누구를 나무랄 것이 아니라 누구든 서로를 아끼고 사랑하는 마음으로 끈끈하고도 후덥지근한 베풂의 선물을 안겨 줄 필요가 있다. 많이 줄 필요는 없다. 한 번에 뭉텅뭉텅 보다는 조금씩, 조금씩 잊지 않을 정도가 아주 좋은 방법이다.

사위나 며느리의 생일 날, 혹은 크리스마스 이브에 그들이 내 친자식보다 더 귀하다는 인식을 전제로 그들은 생각지도 못할 뜻밖의 선물을 한 번 안겨주어 보자. 그 다음에 사위나 며느리가 즐거워하고 마음 속으로 진정 감동하는 모습을 멀찌감치에서 즐겨 보도록 하자. 그들은 부모의 선물을 당연시하고 전혀 감동하지 않을 수도 있다. 돈의 액수나 물건에 대한 선호도 또는 품질을 놓고 '이까짓 것을'하며 비아냥거릴 수도 있다.

그러나 그들이 감동을 하든 안 하든 오히려 내 쪽에서 마음을 상하고 말더라도, 이제는 베푼다는 것의 아름다움과 주는 자의 즐거움만으로 끝나도 좋다는 생각을 갖도록 하자. 인생사에 나눔과 베풂에는 결코 손해가 없는 법이다.

어떻게 늙어가면서 자식들에게 베풀기만 할까?

마음은 쪼그라 들어서 받는 편을 더 바라기만 할 텐데…. 아무래도 노인들은 받는 쪽을 좋아할 것이다. 아무튼 어렵고 난해한 일이긴 하다.

※ 딸 산후 조리를 위한 미국행

　　부모는 딸의 출산이 며느리의 경우보다는 더 신경이 쓰이고 경제적 부담과 더불어 육체적 고통도 훨씬 심한 것 같다.

　　사정이 각기 다를 수도 있지만 대체로 딸의 해산을 앞두고 친정 엄마는 이것저것 준비하느라 힘도 들지만 바쁘게 돌아가는 일도 한두 가지가 아니다. 더욱이 딸이 외국에라도 거주하는 경우엔 우선 경제적 부담이 훨씬 커지고 엄마 혼자서 딸네 집 가기에는 힘에 버겁다고 부부 동행을 하게 된다.

　　우리 부부도 예외가 아니어서 큰 딸의 둘째 아이 순산과 산후 조리를 위해 미국을 방문하였다. 미국 텍사스 주 오스틴 시에 거주하는 큰 딸 내외는 장인, 장모가 첫째 아이에 이어 또 산후조리를 하러 기꺼이 미국에 간데 대하여 아주 고맙게 생각하는 눈치였다.

　　사실 우리 부부는 첫아이 때 미국에 머물면서 다시는 이런 일하러 안 온다고 몇 번을 다짐하고 각오를 한 것으로 기억된다. 하지만 ‘딸 가진 것이 죄’라는 말이 있듯 때가 되니 옛일은 다 잊어버리고 미국행 비행기에 오르게 되었다.

　　미국 남부의 오스틴 시는 멀기도 멀었다. 텍사스 주의 달라스까지 비행기로 12시간여나 비행한 다음, 그 곳에서 자동차로 3시간을 달려 오스틴에 도착하였다. 집에서 출발하여 딸네 집에 당도하기까지는 24시간, 꼬박 하루가 걸렸다. 오스틴 시 교외의 나지막한 언덕배기에 자리한 딸의 아파트는 아담하고 조용해서 좋았다. 주변 공기가 어찌나 맑은지 옛날에 거주한 바 있는 러시아의 시베리아보다 더 좋은 청정지역 같았다. 넓고 넓은 공간의 대자연에다 정부의 철저한 관리와 높은 시민 의식이 합쳐져 모든 환경이 청결하게 유지되고 있었다.

둘째 외손자는 2주 정도 조산으로 우리가 도착하기 이틀 전 세상에 태어났다. 사위 혼자 병원 일 보랴, 큰 손자 돌보랴, 집 안일 돌보랴, 몹시 힘들었는지 사위와 큰 손자 둘다 심한 감기에 걸려 있었다. 동료 부인이 잠시 틈을 내 보아주기도 했지만, 모든 사정이 여의치 못해 딸은 아주 힘들어 하고 있음이 역력했다. 우리를 마주한 딸의 표정은 '이제는 살았다.' 하는 안도의 숨을 길게 내쉬는 듯했고 기쁨을 감추지 못했다.

딸의 환호하는 모습에 아내는 장거리 여행의 피로도 잊은 듯 쉴 사이도 없이 팔을 걷어붙이고 딸의 간호와 음식 장만, 집안 청소 등에 혼신의 힘을 기울였다.

우리 부부는 시차와 현지 기후에 적응하기도 힘들었다. 일기마저 불순하여 낮과 밤의 기온 차가 심하였고, 전례없이 비와 진눈깨비가 자주 내려 추위와 더위가 반복되었다. 더욱이 태어난 손자 녀석이 유아 황달 기운이 있어 병원에 입원도 하고 퇴원 후에는 매일 치료를 받으러 병원을 다니자니 힘이 더 들 수밖에 없었다.

밤에는 잠을 이루지 못하고, 낮에는 마냥 졸음에 쫓기면서도 손자 돌보고, 밥 짓고, 빨래 하고, 청소하고, 병원 다니고, 시장을 다녀야 하니 노인의 몸으로 힘에 겨운 것은 당연했다.

그런데 내가 아내의 일을 도울 수 있는 몫이란 겨우 청소와 병원 다니기 뿐이었다. 결국 얼마 안 되어 아내가 저녁이면 몹시 힘 들어 하는 말을 내뱉기까지 했고, 나는 이런 아내의 말에 맞장구를 쳐주지 않을 수 없었다.

아내는 '내가 파출부로 온 것은 확실하지만, 이렇게 힘들어서야 정말 못해 먹겠다.'고 노골적으로 푸념조의 넋두리를 해댔다. 그러면서 아내는 '당신은 파출부 보조로 왔으면 보조 노릇을 좀 똑똑히 하라.'고 나무랐다. 그로부터 밥하기, 설겆이, 애보기 등의 일부가 나의 일로 넘어왔으며 기꺼이 아내를 도왔다. 아내는 입맛이 없어 거의 식사를 못하는데도 뼈 빠지는 일의 연속은 아내를 그냥 놔두지 않았다.

나의 좁은 식견으로는 아내가 적잖이 걱정되었지만, 어쩔 도리가 없이 막연할 뿐이었다.

딸의 집은 나에게는 한마디로 '감옥'이었다. 다람쥐 쳇바퀴 돌 듯하는 하루의 일과가 아무런 변화없이 지속되는 가운데 매일 반복되는 일에 스트레스만 받는 것 같았다. 밤에 잠이 안 들 때는 한국으로 돌아올 날짜를 세면서 지새우기도 했다.

한 보름 지나니 마음과 몸이 적응이 되었고 잠도 잘 오고 밥맛도 되살아났지만, 미국을 떠나고 싶은 마음은 한결 같았다. 그래도 손자는 귀여웠다. 이 맛에 돈 들이고 사서 고생하며 산바라지를 하는 것이 틀림없구나 하면서도 다시는 안 하겠다는 생각이 앞서는 것은 어쩔 수 없었다.

왜 손자가 이 세상에 태어나는데 친정 부모들만 이 고생을 해야 하는지? 만약 시어머니라면 이 곳에서 며느리를 이렇게 장기간 도와 줄 수 있을까? 의문을 가져보면서 답을 찾아보았다. 시부모는 도저히 불가능하다는 판단이 선다. 요즈음 젊은 이들이 결혼을 하면 무슨 이유로 친정집 근처에 살림을 장만하는지는 여기에서 답을 쉽게 찾을 수 있다. 딸의 입장에서는 친정이 가까이 있어야 모든 것이 편하기 때문일 것이다.

쉽게 말해서 딸은 친부모라야 무엇이든 어려운 사정을 말할 수 있고, 이것저것 필요한 것을 두루 요청할 수가 있다.

조금 몸이 불편하면 엄살도 부리고 꾀도 부릴 수 있으며 때에 따라서는 아주 몸져 눕는 시늉까지도 할 수 있다. 그러나 만일 시어머니가 산바라지를 한다면 핑계나 엄살, 꾀부림 같은 것은 아예 생각도 못할 뿐더러 시어머니 눈치 보느라 스트레스만 받게 될 가능성이 크다는 것이다.

다음으로 딸은 친정의 도움을 듬뿍 받아내야 남편을 비롯한 시집 식구들에게 낯이 선다는 이면도 있는 것으로 보인다. 만일 딸이 남편에 비해 여러모로 부족하다고 할 때는 이를 만회하여야 된다는 딸의 보상심리報償心理도 여기에 내포되어 있는 것이다. 또한 어떻게든 딸은 친정 것은 가져가야 내 것이 된다는 예쁜 도둑(?) 심보도 크게 작용하고 있는 것 같다.

사실 부모는, 특히 어미는 딸이든 아들이든 간에 자식에게 주는 것이 무엇이든 아까울 리가 없다. 못 주어서 한이지 넉넉하다면 무엇이든 주겠다는 생각이 우리 부모들의 솔직한 심정일 것이다. 하지만 여기에서 주고 안 주고를 떠나서 무엇이 나와 내 아내에게 도움이 되고 유리한가를 꼼꼼히 따져 볼 필요는 있다.

한국의 부모들은 누구나 아이들을 결혼시키기까지 이어지는 희생(?)을 마다 하지 않는다. 그런데 자식의 결혼 후에도 이렇게 계속 착취 아닌 수탈收奪에 버금 가는 경제적 손실을 감내

해야만 하는 것이라면, 그것이 과연 잘 하는 일인가? 아니면 냉정하게 뚝 잘라 '이제 너는 너, 나는 나'라는 식의 논리로 무조건 주고, 도와준다는 마음은 거두어들이는 것이 옳은 일인지 확실한 결론을 내기는 어렵다.

그러나 한 가지 분명한 것은 미국까지 가서 한 달여 동안 고생하면서도 성심성의를 다해 딸의 산바라지를 아무런 탈없이 마침으로서 딸과의 끈끈한 정이 더욱 두터워졌음은 물론 사위와의 새로운 정도 많이 들게 되었다.

더욱이 사돈집과의 관계도 더욱 돈독해졌음을 부인하지 못한다. 다시 말하면 집으로 돌아와서 딸의 산바라지를 위한 미국행을 점검하고 그 대차대조표貸借對照表를 작성해 보니 결코 손해 보는 장사는 하지 않았다는 것을 알았다.

남을 돕는 일도 득인데 하물며 내 자식, 딸의 해산을 돕는 것은 당연히 득이다. 부모로서 직계 가족의 일을 놓고 손익을 계산한다는 것이 인륜을 도외시하는 일이 아닐까 싶다. 아무튼 타산이 맞지 않더라도, 또 어느 쪽이 득을 보고 손실이 적다 하더라도 가족간의 일에 섣불리 경제적 득실을 따져 처신하는 것은 결코 옳은 일이 아니다.

노년의 부모와 자식간에는 현재의 일반적인 풍습이라든가, 고유의 전통을 존중하는 것이 아주 중요한 일이라 하겠다. 이러한 인식과 이에 따른 적극적인 참여야말로 우리 가족의 변함 없는 화목과 건강한 미래를 보장해 주는 정도이다.

가족간에 서로 사랑하며 존중하는 자세가 바로 남은 여생을 슬기롭게 살아가는 인간의 도리이며 순리이다.

✳ 자식 다 소용 없다는 푸념

얼마 전 가까운 친구 A와 점심을 하는 자리에서 자식 이야기를 하던 중에 친구는 '자식들 다 소용없다.'는 강한 불만을 털어놓아 나를 놀라게 했다. 여간해서는 자식 흠을 말하지 않았는데 아들의 행동을 나무라는 걸 보니 꽤나 섭섭했던가 보다. 그 친구의 아들로 말하면 고등학교 시절 미국에 유학하여 대학까지 나오고 귀국하여 병역을 마친 후 국내 대기업에 당당히 취직함으로서 아들에 대한 아버지의 긍지와 자랑은 대단했다. 더군다나 아들은 훌륭한 집안의 규수와 결혼도 하여 신접살림을 낸지 얼마 되지도 않았다.

그런데 친구 A는 최근에 지병인 디스크가 악화되어 수술을 하려고 병원에 입원을 하게 되었다. 아들 녀석이 아버지의 병원비용 일부를 부담하면서 '아버지는 왜 그 동안 입원, 수술 등에 대비한 별도의 보험을 들지 않았느냐.'고 다그쳐 묻더란다. 하도 어이가 없어 '이럭저럭 살다보니 못 들었는데, 나이 60이 넘으니 보험가입이 잘 안 되더라.'고 궁색한 답변을 하면서도 아들의 태도에 씁쓸하다 못해 불쾌한 감정까지 일어남을 억제할 수 없었다고 한다.

친구 A는 아들이 건네준 돈 봉투를 펴보니 액수도 자기가 생각한 수준에 훨씬 못 미쳤다고 한다. '내가 저를 어떻게 키웠는데, 겨우 이 정도야. 이건 부자지간에 인사 치레나 하자는 것인가.'라는 생각이 들었던지 마음 속으로 몹시 섭섭함을 금치 못했던 모양이다.

다른 한 친구 B의 얘기다. B는 원래 좀 보수적인 경향이 짙어 아들을 결혼시켜 며느리 교육을 한다는 목적 하에 1년을 한 집에 같이 살다가 조그만 아파트를 구입해 살림을 내주었다 한다. 처음에는 고마워하는 빛이 역력했고 결혼 전부터 주던 소액의 어머니 용돈도 변함이 없었다고 한다. 엄마는 돈이 없어서 받는 것이 아닌데다 자식에게 받아서 기분 좋고 이런 저런 이유를 달아 자식에게 더 얹어줌으로써 주는 기쁨도 함께 느껴 좋았다고 한다.

그런데 몇 달 못 가서 어머니의 용돈이 아무 소식없이 끊겼다고 한다. 집까지 사 주었는데 어떻게 몇 푼 안 되는 용돈을 끊으니 어머니는 섭섭해서 며느리 대하기가 어쩔 수 없이 냉랭해지고 말았다 한다. 아들로서는 '집도 있으니, 5일 노동의 주말을 즐기자.'는 등등의 심리가 작용하여 이리저리 낭비하고 나니 매달 봉급이 모자라 어미에게 가는 돈을 끊을 수밖에 없었던 것이다.

또다른 예를 들어보면, 연로한 선배 C는 살림이 넉넉하지도 못한데 벌이도 시원찮은 작은 아들과 함께 산다. 작은 아들이 아버지 집에 들어와 사는 이유는 물론 먹고 사는데 보탬이 된다는 당면적인 계산과 부모가 사는 집을 차지하겠다는 장기적인 타산이 자리하고 있다고 한다.

C선배는 당장 작은 아들의 도움으로 여러 가지 불편한 점을 해결할 수 있어 고맙지만 '저 놈이 돈을 보고 내 집에 와 있

다'는 것을 생각하면, 한편으로는 불쾌하기 짝이 없다는 것이
다.

그런데 문제는 큰 아들이라는 것이다. C선배는 두 아들 중
공부 잘 하고 착한 성품을 지닌 큰 아들에게 목숨 걸 정도로
모든 정성을 쏟아왔다. 큰 아들은 일류대학을 나와 대기업에
취직도 하여 집도 사 주어 장가를 보냈다고 한다. 그런데 작은
아들이 같이 살려고 집에 들어온 다음부터는 집에 잘 오지도
않고 전화도 뜸하고 집안에 무슨 일이 있어도 마지 못해 응하
는 태도를 보이더라는 것이다.

세상에 어느 부모가 노년에 덕을 보겠다고 자식의 성공을
위해 온갖 정성을 쏟겠는가? 그러나 막상 노년에 들면 대부분
의 부모들은 자식들의 삶의 모습과 특히, 부모에 대한 자녀들
의 태도를 보면서 자신을 다시 한 번 뒤돌아보며 자식에 대한
아쉬움과 섭섭함을 못내 감추지 못한다.

때로는 내가 이런 대접을 받으려고 그 고생을 해가며 저놈
들을 키웠나 하는 일그러진 마음에서 어쩌다가 나만 그런 것
같은 착각에 사로잡히기도 한다.

현재 노년에 들어선 사람들은 어려운 시대에 힘들게 살면서
도 부모에 대한 공경심은 그래도 지키면서 살아왔다. 또한 자
식에 대해서는 나처럼 고생하게 하지 않겠다는 일념 하에 자
식에 대한 정성 또한 지극했다. 그래서 그런지 위 아래로 전통
적인 가족 문화를 지켜야 한다는 보수적인 사고의 집착에서
자유롭지 못했다. 그렇다고 자식에 대하여 가부장적인 권위를
세우고 자신이 부모를 모셨듯이 자식에게 동일한 대접을 요구
하는 것도 아니다.

어쩌면 그래도 자신은 모던하다고 하면서 자식으로부터의

독립을 강력히 바라고 있음을 부인하지 않는다.

자식들 다 출가를 시켜놓고 달랑 둘이 남은 부모들은 아비나 어미 공히 무엇 때문에 '자식 다 소용없다'는 푸념을 해 댈까? 여기에는 부모나 자식의 어느 일방의 책임이 아니라 쌍방에 대한 인식의 차이, 변화에 대한 미숙한 대응, 철저한 자기 중심적 이기주의 등이 작용하고 있다.

사실 자식이 부모의 보호로부터 자립의 위치가 굳어지는 순간, 부모와 자식간의 상호의존 관계는 단절될 수밖에 없다.

그럼에도 불구하고 자식 다 소용 없다는 푸념을 하는 몇 가지 주 요인을 찾아보면 다음과 같다.

첫째로, 부모가 자식을 자신의 영향권 하에 두려는 생각을 포기하지 않기 때문이다. 우리의 가족 문화에선 아직도 아들에 대한 아버지, 딸에 대한 어머니의 영향권은 출가 후에도 계속 유지되고 있음이 상례다.

현재의 자식들이라고 이를 전적으로 거부하거나 외면하려 들지는 않는다. 오히려 앞의 예에서 보았듯이 부모의 영향권 내에 들어가 안주하려는 자식들도 개중에는 있다.

그런데 문제는 부모의 태도이다. 자식에 대한 부모의 영향권을 슬기롭게 보호하기 위한 다양한 술책과 기술이 뒤따라야 하는데 기득권에 안주하려는 부모들의 무사안일에서 탈이 나는 것이다. 자식들의 사고와 능력은 어떻게 보면 부모의 생각 그 이상으로 변화되어 있고 발전하고 있는데 부모들이 이를 모르거나 무시하기 때문이다. 사실 자식들은 내심으로 자기들의 변화에 상응하는 부모와 자식 관계를 원하고 있다.

예를 들어 집안 내의 대소사(제사, 생일, 친목 모임 등)를 둘러싼 갈등 관계에서 굳이 집안의 전통을 고집할 필요는 없다. 자식들과의 충분한 대화와 협의를 통해 자식들의 의견을 최대한 수용하는 쪽으로 개선 내지는 개혁할 필요가 있다.

가령, 어떤 행사의 일정을 잡는데도 자식에게 일방적으로 통고하기보다는 부모는 시간이 많다는 선에서 자식들의 사정을 가급적 반영하는 지혜를 보여야 한다.

둘째로, 부모가 자식에 대한 기대를 접지 않기 때문이다. 적어도 부모는 자식을 결혼시키기 이전에 걸었던 모든 효의 기대를 조금씩 포기해야 한다. 이미 자식에 대한 기대를 포기했다고 다짐하면서도 마음 속으론 '누구의 자식은 어떻다고 하는데, 내 자식은' 하면서 남의 자식과 비교하려 든다.

부모를 찾아보는 자식의 태도나 횟수 또는 부모에게 건네는 용돈의 유무, 액수 등을 머릿 속에 넣고 계산을 하기도 한다. 이런 기대나 계산을 하게 되면 마음이 편할 리 없다. 왜냐 하면 이는 자식의 의도와는 동떨어진 부모만의 기대요, 계산일 수 있기 때문이다. 노인이 된 부모는 자식이 가진 사회적 인식과 효에 대한 변화의 정도를 인지하지 못하고 있다.

셋째로, 자식들이 부모와의 관계에서 지나칠 정도로 이기주의적인 성향을 보임으로써 부모를 실망시키기 때문이다. 사위와 며느리는 피붙이가 아닌 남이다. 이들은 장인과 시어머니와의 관계에서 아무래도 정보다는 실리를 원하고 대접보다는 취득에 더 신경을 쓰게 된다. 또한 이들은 어떠한 연유로 형성되었든 부모와의 관계에서 오해나 갈등의 소지를 발견하면 이를 사전에 제거하려고 노력하기보다는 더 확대 재생산하여 아예 거리를 두는 계기로 삼으려 한다.

만일 부모가 자식에게 경제적으로 신세라도 지는 입장이라면 자식의 태도는 더할 나위없이 타산적으로, 또는 배타적으로

급변한다. 노골적으로 부모에게 불쾌감을 표시하는가 하면 부모의 어려움을 대놓고 나 몰라라 외면하는 사람도 많다. 며느리 사랑은 시아버지라는 옛말이 무색할 정도이며, 근래에는 고부 갈등 못지 않게 시아버지와 며느리의 갈등 관계도 부모와 자식간의 현안으로 제기되고 있는 상황이다.

부모는 자식 다 소용없다는 생각에 속병을 앓을 필요는 없다. 모두가 세상 돌아가는 이치이겠거니 하고 잊도록 애써야 한다. 그래서 내 자식은 이제 친근한 타인일 수 있다는 마음을 갖고 자식을 좀 멀리 한다고 해서 손해 볼 것도 없다는 생각을 갖도록 한다. 사실 부모가 너무 일방적으로 자식을 가까이 한다고 해서 크게 득볼 일도 별로 없다. 어차피 누구나 혼자 살다 가는 것이라고 생각하면 일치감치 홀로 서기 위주의 생활방식을 터득하여 이에 적응함으로써 자신의 건강이 한결 좋아지도록 추슬러야 한다. 자식은 자식, 나는 나라는 기본적인 인식에 자연스럽게 다가가는 마음을 갖도록 노력해야 한다.

그러면서 때때로 자식들에게 가족의 소중함을 일깨워주도록 하자. 전통보다는 혁신으로, 위신과 체면보다는 사랑으로, 잔소리보다는 격려로 모범을 보이면서 모든 일에 조화와 균형을 이루도록 한다면 자식도 변화를 가져올 것이다. 어떻게든 자식 쪽에서 스스로 지켜져 온 가족 내의 전통을 무시하지 않고 소중하게 여기는 지혜를 갖도록 인내심을 갖고 기다려 주는 아량도 필요하다. 부부 갈등이 없도록 최대한 노력하는 것도 매우 중요하다. 친자가 아닌 사위와 며느리가 처가나 친가의 부모님들 가정의 일상을 보고 진정으로 감동할 수 있을 때, 집안 내의 전통과 혁신이 문제가 되지 않으며, 비로소 부모와 자식들 간에 끈끈한 정이 쌓이는 화목한 관계가 이루어질 수 있다.

＊ 아내의 목소리는 점점 높아만 가는데

　　노년이니 집에 있는 날이 많아질 수밖에 없다. 자연히 아내와의 접촉이 빈번해 지면서 정의 관계보다는 갈등의 표출이 나타남을 피하지 못한다. 이런 가운데 아내는 정말 옛날의 아내가 아니라는 사실을 느끼고 확인하며 놀라게 된다. 아내의 머리나 얼굴, 몸매 등이 몰라보게 늙어가는 것은 나와 별반 차이가 없으며, 체력도 예전 같지가 않음이 분명하지만, 어느 때는 힘과 기가 의외로 하늘로 치솟는 듯 시퍼렇게 살아있음을 보게 된다. 어느 면에서는 나보다 더 용기도 있고 정력적인 면에서도 아주 힘센 면모를 과시하기도 한다.

　　그러니까 여자는 늙어가면서 점점 남성화되고 남자는 여성화되어간다는 것이 여기저기서 느껴진다. 이를테면 나와 아내는 어느 새 남녀의 성을 구별짓는 관계가 완전히 뒤바뀌고 있음을 적나라하게 입증하고 있는 셈이다. 물론 이러한 현상은 요즈음의 여권신장이라는 우리의 사회적 분위기와도 무관치 않음을 실감한다. 남자 노인은 갈 곳이 거의 없는데 반해 여자 노인들은 어디 그렇게 갈 곳이 많은지… 아내의 잦아진 외출은 정례화되고 씀씀이도 대담해진다. 어떻게 보면 남편은 저녁의 지는 해요, 아내는 아침 해인 양 의기양양하고 활달하기만

하다.

노년기에 들어선 남자들이 그것도 한 직장에서 끝장을 보고 만 대다수의 백수들은 어떻게든 가정이라는 굴레 속에서 나머지 말년을 안전하게 끝내려 시도한다. 사업은 두려워 엄두도 나지 않으며, 주식도 부동산 투자도 이제는 속절없는 남의 일로 느껴진다.

왜 그런지 자신만 처진 것 같고 못나 보이며 서글퍼짐을 달래길 없어 애태우기도 한다. 앞으로 살아갈 세월이 얼마 남지 않았다는 것을 절감하면 할수록 공연히 일을 저질러 놓고 속썩는 일은 없어야 하겠다는 생각이 온몸을 지배한다. 결국 애써 문제를 일으키기보다는 사전에 문제의 소지가 생기지 않도록 조심하고 조용히 지내야 한다는 대단히 소극적이고 여성적인 마음가짐의 소치라 하겠다.

사실 회사원으로 일했든, 공무원으로 봉직했든, 평생을 한 직장에서 보낸 많은 선량한 남자들은 이를테면 직장에 대한 마마보이 특성을 고스란히 지켜온 사람들이나 다름없다.

이들은 과거에 직장이라는 울타리를 뛰쳐 나갈 용기도 없었고 미지의 세계에 대한 도전은 더더욱 꿈도 꾸어보지 못한 자들이다. 살기 어려운 시절에는 그저 자신의 직장이 더없이 고마웠고, 때로는 지옥같이 한스럽고 지겹더라도 참고 견디면서 직장을 어머니 품으로 여기고 안주해 온 사람들이라 하겠다.

결국 이들은 은퇴 후에도 가정이라는 울타리를 평생 직장으로 여기면서 아내의 품안을 안식처로 삼아 평안을 유지해 보려는 마마보이에 불과한 사람들이다.

그러나 은퇴 후 아내가 주인인 안방의 분위기는 남편의 휴식처가 아님을 실감 있게 보여준다. 마마보이를 가차없이 다그치는 사령탑의 목소리는 어느 새 카랑카랑해지고 힘이 실려 있음을 느끼게 한다. 봉급 봉투가 없어진 남편의 늘어진 어깨와는 달리 그래도 예금 통장이 두둑해진 아내는 남편을 대하는 위세가 날을 세우고 당당해 보인다. 심한 자격지심에서의 선입감이 작용하기도 하겠지만, 아내는 남편을 무시하고 경멸하는 모습도 종종 비치곤 한다. 과거에 남편으로부터 심한 학대를 받은 전례가 있는 아내라면 빚이라도 갚는 양 남편을 학대하고 심지어는 폭력까지 구사한고 한다.

대부분 기력이 약해진 백수 남편들은 마치 초등학생 마마보이가 학교 시험 성적이 뚝 떨어져서 집에 들어갈 일에 불안해하듯 아내 눈치 보기에 전전긍긍하며 살아간다. 그 옛날 위세 당당했던 아버지의 자리는 온데간데 없어진지 오래임을 절감한다. 게다가 잘라 말하는 아내의 당찬 다그침에 자신이 지켜온 중심을 잃기도 하며 이내 복종하고마는 족쇄의 완고함과 아픔을 견디고 지낸다. 이것이 '내가 걸어야 할 또 하나의 인생길이구나.' 하고 절감하기도 하지만, 때는 이미 늦었고 탈출할 수 있는 해법도, 힘도 기력도 찾지 못하고 만다.

경제권도 아내요, 집안의 주요 대소사 결정권도 아내에게 있음을 뼈아프게 느낀다. 물론 그 옛날 직장에 다니던 시절에도 아내는 그러한 면이 강했음을 기억하지만, 지금의 전후 사정은 유달리 강화되었고 절대적이라는 점에 절박함이 있다.

어느 친구의 이야기이긴 하지만 친목 모임 회비나 결혼 축의금 등을 매번 아내에게 손을 벌려야 할 처지인데, 아내는 돈을 줄 적마다 짜증 섞인 말투와 함께 요구 금액을 깎으려 한다는 것이다. 그 친구는 상호 동등한 부조라는 차원에서 기만 원은 봉투에 넣어야 하는데 '돈도 못 벌면서'라는 힐책과 함께 뚝 잘라 이 정도만 하라고 명령조로 말한다는 것이다.

　이럴 경우 내가 평생 일하고 나서 얻은 결과가 이 꼴로의 전락이냐는 한탄조의 자괴감에 빠지고 만다는 것이다.

　명퇴나 정년을 앞둔 사람들 끼리 흔히 주고받는 말들이 있다. 남자는 퇴직해서도 상당액의 비자금을 확보해 두어야 살아가는데 낭패를 면할 수 있다는 것이다. 그 금액이 많으면 많을수록 좋겠지만 적어도 10여 년은 쓸 수 있는 용돈이 있어야 퇴직 후 운신이 부드럽다는 것이다. 그렇지만 평생 봉급 생활자가 그것도 평범한 수준에서 끝난 사람이라면, 그리고 투자와 투기에 능숙하지 못한 사람이라면, 또 조금 여유가 있었더라도 마누라 사랑(?)이 지극하여 그나마 아내에게 바보처럼 모두 헌납한 사람이라면, 이들은 퇴직 후 비자금에 관한 한 사실상 무일푼일 수밖에 없다.

　하기야 정년퇴직해서도 연금을 자기가 관리하고 그 연금을 수입으로 잡아 일정량의 용돈을 제하고 나머지를 현금으로 월급 봉투처럼 만들어 아내에게 매달 건네는 계산파 인사들도 간혹 있기는 있다. 자신의 상실된 힘과 위치를 최소한 확보해 보려는 한 방편이긴 하지만, 이러한 술수가 얼마나 효과를 발휘하며 언제까지 지속될 수 있을지는 의문이다. 아내가 상대적으로 힘이 강화된 입장에서 이를 계속 지켜만 볼 리 없고 실제로 그 봉투의 효력도 계산만큼 아내에게 먹혀들지는 않을 것이 뻔하기 때문이다.

　그러면 내 자신을 지키며 보호할 수 있는 최선의 방안은 무엇일까? 가장 좋은 방법은 뭐니뭐니해도 긍정적인 사고의 출발이라 하겠다. 우선 자신의 역량, 능력, 여건 면에서 현저하게 약화된 현실을 100% 인정하는 태도가 가장 중요하다. 그렇다고 해서 기마저 죽어서는 절대로 안 된다. 현실을 인정하되 약해진 자신을 더더욱 사랑해야 한다. 자신이 초라해졌다고 자신을 버리고 포기하면 만사는 거기서 끝장나고 만다. 때문에 자신이 약해지면 질수록 자신에 대한 존경심과 자존심을 지키면서 다시 도약할 수 있는 새로운 용기와 희망을 가지도록 해야 한다.

인간의 능력은 사실 무궁무한하다. 60이나 70에서부터 시작해도 얼마든지 새로운 분야에서 또다른 자기를 발견하고 발전시킬 수 있다는 점이다.

노년기에 시작해서 위대한 업적을 이룩한 달인과 철인들을 우리는 수없이 보아왔다. 내 자신이 그들과 같은 경지에 이를 수는 없다 하더라도 무엇이든 노력하고 애쓰는, 힘겹게 투쟁하는 모습이라도 보인다면, 이것만으로도 얼마든지 아내를 감동시킬 수 있다. 설령 창조적인 일이 아니더라도 나와 가장 밀접한 생활습관만이라도 건강을 위해 건전한 방향으로 완전히 개선시킨다면 이는 분명 아내를 감명시킬 것이다.

다음으로 아내를 더욱 더 사랑하는 일이다. 아내를 사랑하는 방법도 이제는 천번만번 말만으로 해결할 수는 없다. 젊은 시절에는 마음가짐이나 말만으로도 어려운 난관을 수없이 극복할 수 있었다.

그러나 이제는 무엇이든 아내의 마음을 돌릴 수 있는 가시적인 행동이 앞서야 한다. 말로서는 효력이 나타나지 않는다는 사실을 직시하고 어떻게든 실천력을 보여주어야 한다. 다시 말하면 사그라진 부부간의 사랑을 다시 소생시키는 헌신적인 노력이 선행되지 않고는 아내의 마음을 움직이기 힘들다.

 제3부 자식, 아내 사랑의 진정한 의미

하루 아침에 아내의 따스한 햇살이 기적과 같이 일어날 수는 없다. 장기적인 안목을 갖고 갈고 닦아서 기름을 치고 조이듯 철저한 대비와 성실한 실천이 뒤따르도록 노력해야 한다.

그리고 자신의 마지막 남아 있는 힘을 아내를 향해 모두 쏟아 붓도록 전력투구해야 한다. 이 나이에 아내에게마저 버림받고 외면 당한다면 내가 설 땅은 어느 곳에도 없다. 여기에서 실망은 금물이며, 포기는 더더욱 자신을 파멸의 수렁으로 몰아넣을 뿐이다. 끈질기고 끈덕지게 그리고 적극적으로 성실하고 믿음이 가도록 노력하되, 조금은 도도하게 처신하는 것도 잊지 않는다.

설사 나와 아내의 관계가 점점 둘로 갈라지는 느낌이 들더라도 이를 지우도록 순간 순간의 난관을 극복하면서 또다른 하나의 독특한 부부문화夫婦文化가 이루어지도록 노력해야 한다. 늙어갈수록 아내와 협력하며 공존하는 길만이 나의 승리요, 생을 지혜롭게 유지하는 바른 길이라는 것을 새삼 명심해 둘 필요가 있다.

노년기의 아내에 대한 십계명

1. 모든 것을 아내의 입장에서 긍정적으로 받아들인다.
2. 과거의 아내의 흠이나 약점을 절대 거론하지 않는다.
3. 아내와의 대화 시 정감이 가는 말을 골라 한다.
4. 아내를 면박하거나 핀잔는 일을 삼가한다.
5. 결혼기념일, 아내의 생일을 반드시 챙긴다.
6. 아내의 건강에 대해 철저한 관심을 갖는다.
7. 아내와 한 방, 한 침대 사용 원칙을 고수한다.
8. 가끔 정열적인 신체 접촉을 위해 최대한 노력한다.
9. 아내가 보는 책, 방송프로, 신문 내용 등을 눈여겨
   본다.
10. 집안 청소, 요리 등에 신경을 쓴다.

＊ 부부간의 갈등 관계

우리 나라는 노령 인구의 급격한 증가(2005년: 65세 이상 9.3%)로 세계에서 가장 빨리 고령화 사회(노인 인구 비중: 7%)로 접어들었다. 자연히 늘어만 가는 노부부 간의 갈등과 불화가 우리 사회 일각의 주요한 화두話頭로 부각되고 있다. 이른 바 뒤늦은 황혼이혼黃昏離婚마저 일상의 사회문제로 보편화되고 있으며, 이것이 남의 일이 아닌 어쩌면 내 가족 일, 바로 나의 일로도 성큼 다가옴을 진하게 느끼게 된다. 어느 순간에 이 문제가 우리들 노년의 인생살이에 가증스럽게도 논란의 '뜨거운 감자'로 주목되고 있음을 아무도 부인하지 못한다.

노부부 가운데 어느 정도 경제력 있는 사람들은 대부분 자식들을 모두 출가시키고 둘만 덩그라니 큰 집에 남아 산다. 어떻게 보면 자식들 없는 둘만의 생활이 홀가분해 부담이 적어 아주 좋다. 무한히 자유로워 하고픈 일을 맘대로 하면서 생활비 적게 들어 좋다고 생각할 수 있다. 그러나 이와는 반대로 주거공간은 썰렁해진 분위기에 냉기만 감돈다. 왜 그런지 허전한 기분의 연속에 못내 아쉬움만 앞서는 가운데 늦가을 낙엽 다진 마당에 싸늘한 바람만이 휘몰아치듯 이내 마음 둘 곳 몰라 서성대기도 한다.

아무튼 이러한 일련의 모습들이 늙어가면서 살아가는 과정의 한 단면이라고 애써 외면하면 별 것 아닐 수도 있다. 하지만 둘이 사는 노부부의 집안은 즐거움이나 행복보다는 서글픔이나 불안감이 앞서는 소외된 감정에서 자유롭지 못하다.

그래도 오순도순 말벗이라도 되고 서로 이해하며 감싸주는 부부 관계라면 집안이 따스한 온기로 가득 찰 수 있겠지만, 하루 걸러 티격태격 말다툼이나 하고 서로 각방 쓰는 사이라면 이들은 서로 남모르는 외로움과 소외감의 격정에 시달리고 있을 것이 틀림없다.

누가 뭐라고 해도 우리는 아직도 잉꼬부부로 깨가 쏟아지는데, 그 무슨 말 같지도 않는 '소외'냐고 항변조의 말을 되뇌는 부부도 있다. 그러나 자세히 보면 그들 내면에도 때때로 싸늘한 한기와 냉기의 흐름이 교차되고 있음을 부인할 수 없을 것이다. 길게는 30~40년을 같이 살을 맞대고 살았다 해도 부부 간에 자꾸만 멀어져가는 느낌이 들며, 이러한 감정은 남녀 모두 같을 것이다. 아니 어쩌면 여자보다는 남자 쪽이 훨씬 더 먼 거리감을 가질 것이며, 그 만큼 더 소외의 느낌도 무거울 것이라 짐작된다.

노부부는 대수롭지 않은 문제로 다투기도 하고 심지어는 싸움까지 한다. 서로 대놓고 싸우지는 않더라도 감정의 골을 숨긴 채 상대를 하나의 인격체로 인정하지 않고 적대적인 감정을 가지며 애써 외면하기도 한다. 두 사람이 서로 할 이야기도 없고 상대가 너무 변해 차라리 말을 않는 게 낫다는 생각을 한다. 그 옛날의 사랑은 물론 믿음마저 상실한 채 서로 상면하기조차 싫다는 공감대를 형성하면서 한 방에서 잠자기조차 거부하며 아예 딴 방 살림을 차린다.

　　남녀 어느 편이든 자기만의 시간과 공간을 가져보고 싶다는 생각에 훌쩍 어디로든 떠나버리기로 작정하고 하루 이틀 집을 비우는 경우도 있다. 현안 해결을 위한 화해 분위기 조성은 뒤로 한 체 상대를 무력화시키려는 약점 확보에 주력하기도 한다. 내 나이에 '이혼'이 가능할 것인가의 여부를 가려보는 어리석은 생각도 가져본다.

　　그러면 이와 같이 갈등과 불화의 늪에 빠지고만 이런 노부부간에 제기되는 문제들은 어떠한 것들이 있을까?

　　첫째로, 먹거리의 선택을 둘러싼 갈등이다. 사실 남자가 직업에 종사하고 있고 아내가 전업주부일 때 식사 메뉴는 남자의 기호 일변도로 이루어지는 것이 상례였다. 또한 그것이 그 집안의 가풍처럼 식사 습관으로 자리잡기도 한다. 그러나 남편이 노년에 백수가 된 후 부부간의 갈등이 빈발하고부터는 아내가 서서히 자기 기호를 남편에 대한 어깃장으로 내세우면서 남편의 식성을 도외시하거나 아예 외면하기도 한다.

　　집에서 요리를 해 먹을 것이냐, 나가서 외식을 할 것이냐도 문제가 되곤 한다. 물론 아내의 입장에서는 외식이 편하고 좋다고 생각하지만 둘이 단출하게 나가 마주 하는 것 자체가 싫다는 아내도 많다. 간혹 아내가 애들(며느리, 사위 등)이 집에 오면 온갖 신경을 쓰면서 남편이 감기라도 들어 입맛도 없는 현실에는 아예 모르는 체 한다. 아내가 할망구가 되더니 남편보다는 자식에게 더 큰 비중을 두는 것(사실은 그렇지 않을 수도 있지만)에 남편은 불만과 함께 배신감마저 느끼기도 한다.

　　아내의 생각 중 남편에 대한 불만은 대충 두 가지로 요약된다. 하나는 왜 그런지 미운 마음이 앞서 남편이 보기도 싫어 자리를 같이 할 생각이 아예 없다는 것이다. 어떤 여자는 남편이 '죽이고 싶을 정도'로 미운 경우도 있다고 한다. 다른 하나는 이제는 내가 신경을 쓰고 옛날처럼 남편의 뒤치닥꺼리나 할 하등의 이유나 조건이 없다는 생각이다. 이를테면 너는 너, 나는 나의 독립적인 객체로 좀 더 편하게, 그리고 나만의 보다 자유로운 삶을 갖고 싶다는 뜻이라 하겠다.

둘째로, 집안일에 대한 남편의 태도이다. 백수가 된 남편이 청소나 요리, 빨래, 손자보기 등에 자발적으로 협력해 준다면 문제가 훨씬 덜 하겠지만 그렇지 못한 경우가 실제로는 많다. 아내는 '나는 평생 애를 기르고 가사를 혼자 도맡다시피 해서 여기까지 가정을 지켜왔는데, 이제 당신은 집에서 뻔들뻔들 놀면서 왜 가사도 돌보지 않느냐.'는 주장이다. 도와주더라도 그렇게 억지로 한다든가 대충대충 건성으로 한다면 오히려 안 하니만 못하니 하려거든 제대로 하라는 요구이다.

이러한 아내의 생각과는 대조적으로 남편은 '그래 내가 평생 일하여 남부럽지 않게 처자식을 벌여 먹였고 가정도 이만큼 키워왔는데, 이제 돈 못 번다고 날더러 청소하고 빨래나 하라고 해, 어림도 없다. 죽으면 죽었지 못 하겠다.'는 강경한 입장이다. 네가 가만히 있으면 조금이라도 도와주려 했는데 허구한날 대드는 투에 핏발을 세워 지껄여대니 '나도 도저히 오기가 나서 못 하겠다.'는 배짱이다. 오히려 남편은 심통을 부리면서 아내가 하는 일에 '감차라 대추차라.'하고 간섭을 해 대는가 하면 '여자가 날마다 어딜 그렇게 싸다니기만 하느냐.'고 핀잔만 주니 아내의 마음인들 편할 리 없다.

셋째로, 부부간의 경제권의 점유 문제이다. 이는 노부부 간의 가장 심각한 현안으로 보인다. 특히 남자가 봉급생활자로 끝난 부부의 경우 경제권은 대부분 여자 쪽이 거머쥐고 있다.

간혹 비자금을 갖고 있는 남자는 그래도 좀 자유스럽겠지만 그렇지 못한 자들은 아내의 눈치 보기에 급급함은 어쩔 수 없다. 취미 생활은 물론 경조사비, 친목회 회비 등에서 아내에게 압박받는 노인의 심정을 사실상 당해 보지 않는 사람은 헤아리기 어렵다.

경제권을 아내가 쥐고 있는 경우, 자녀의 결혼, 이사, 투자, 저금 등 집안의 주요 사안의 처리에도 아내의 의사가 결정적이다. 남편이 호주머니마저 빈 상태에서 집안 대소사 결정에 연이어 소외되면 자연히 자녀들도 아버지를 보는 시각이 전 같지 않고 비중이 낮아지기 마련이다. 어머니의 목소리가 크고 힘이 실려 있는 만큼 자녀들의 시선은 자연히 그 쪽으로 쏠리는 게 당연하고, 이러한 추세는 자녀들의 결혼 후에도 이어진다. 만일 이 경우 자녀들이 경제적으로 부모에게 의지하는 성향이 짙다면, 이에 비례해서 아버지의 모습은 더욱 나약하게 비쳐질 뿐이다.

요즘 항간에 우스갯소리로 '노부부들은 60대엔 각방을 쓰며 70대엔 서로 어디서 자는지조차 모른다.'고 한다. 남의 이야기로 들리지 않고 당사자가 된 기분으로 공감하는 사람도 있을 것이다. 노부부간의 갈등과 불화가 심해졌다고 해서 서로 각방을 써서는 안 된다.

만일 부부가 각방을 쓰고 산다면 이는 이미 부부 관계를 떠나 서로 남남이 되었음을 의미하는 꼴이라 하겠다.

설사 서로 각방을 쓰는 것이 편하고 그렇게 할 수밖에 없는 분위기가 조성되어 있더라도 이를 장기화하는 것은 금물이다.

각방을 사용한다면 부부간의 불화와 갈등의 관계가 개선되기는커녕 오히려 틈새가 더 벌어지게 될 것이며, 이해와 화해를 위한 대화의 통로마저 단절될 위험성이 높다.

옛말에 '부부가 결혼 6개월은 신랑 신부로, 나머지 20년은 남자와 여자로, 그리고 나머지는 인간 대 인간으로 살아간다.'고 한다. 또한 '초혼 땐 사랑과 정열이 부부간의 갈등을 해소시켜 주고, 자식들이 태어난 후로는 가정에 대한 의무와 책임감이 이를 대신한다.'고 한다. 그러나 '노년에 들어서는 서로간에 이질감만 밖으로 나타나게 된다.'고 한다.

사실 노부부간에 표출되는 이질감이 어느 날 갑자기 형성된 것은 아니다. 그 동안 알게 모르게 감정들이 하나하나 쌓이고 쌓인 결과다. 이제는 이를 자제하고 억제하며 해소시킬 능력 자체가 소멸되었음을 의미한다.

여기에서 문제는 남편보다는 아내가 느끼는 이질감의 폭과 내용이 상상을 초월할 정도로 넓고 깊다는 사실이다. 아내 쪽에서는 남편과의 이질감을 해소하고 싶은 마음이 전혀 내키지 않을 뿐더러 어느 면에서는 이질감을 되새기며 즐길 수 있는 여유도 갖고 있다는 것이다. 더 나아가 이러한 이질감을 더욱 조장하며 확대하고픈 마음의 동요와 함께 때로는 폭파하고 싶은 충동도 느낀다는 것이다.

어느 한 설문조사에 의하면 노년에 들어선 부부들에게 '당신들 다시 태어나면 지금의 상대와 결혼하겠느냐?'는 질문에 남자들 70%가 '그렇게 하고 싶다.'고 답했으나 여자들은 동의하는 사람이 거의 없는 가운데 한 여자는 '지금의 남편과 다시 결혼한다면 다시 태어나기도 싫다.'고 첨언했다고 한다. 이 조사의 숫자에 대한 사실 여부를 떠나서 노년의 여자는 강자요, 남자는 약자라는 것이다. 더욱 분명하고 불안한 것은 노년의 내 아내가 나의 약점과 서로의 이질감을 들먹이면서 언제 소위 '이혼'이라는 문제를 거론하며 나에게 숨가쁘게 다가올지도 모른다는 우려이다.

몇 년 전 여름, 프랑스에서는 혹독한 폭염으로 인해 독거 노인들이 대거 떼죽음을 당한 것이 크게 보도된 바 있다. 이들의 사망 원인이 여러 가지로 밝혀졌지만 주범은 다름아닌 노인들의 '고독'이었다고 한다. 노인이 된 내가 만일 심한 고립감이나 상실감, 격한 소외감 등에 고통을 느낀다면 나의 아내도 마찬가지로 같은 문제로 고통을 느낄 수 있다.

여기에서 나의 문제가 곧 아내의 문제라는 인식에서 출발하지 않고 문제를 아내 쪽에서 찾아내려는 엉뚱한 심보로 갈등을 일으키고 냉대하는 쪽으로 치우친다면 이는 분명 자신에 대한 심각한 상처로 돌아오고야 만다.

부부간에는 늙어가면서 항상 갈등과 불화의 관계가 빚어질 수 있다. 그렇지 않고 끈끈한 정만 존재한다면, 사실은 그럴 수도 없지만 그래도 이런 노부부가 있다면 이들 또한 쉽게 싫증을 느낄 수 있으며 그 정마저 깨질 수도 있다. 그렇기 때문에 노년의 부부간에 갈등과 대립이 상존하더라도 이것도 정이 남아 있는 여지라고 긍정적으로 생각하고, 이를 슬기롭게 풀어가면서 이것이 서로간의 새롭고 신선한 정으로 이어질 수 있도록 대화의 폭과 질을 획기적으로 개선해 나가야 한다.

그렇기 때문에 노부부간의 오해와 갈등의 관계를 해소하기 위해서는 철저한 위기관리 차원에서 평소에 남다른 연구와 학습에 몰두할 필요가 있다. 노욕老慾이긴 하지만 적어도 나는 건강하게 80~90까지 건강하게 살다 죽는다는 확고한 의지와 목표를 갖고 있다면 이를 위해 나보다 먼저 세상을 떠나서는 절대로 안 된다. 이러한 미래에 대한 뚜렷한 인식은 나의 건강 유지에 아주 긴요한 조건이다.

항상 서로의 처지를 바꾸어 생각함으로 부부간의 차이점보다는 공통점을 찾도록 노력해야 한다. 그리하여 가급적 평등과 상호의존적인 관계에 익숙토록 애쓰고 무엇이든 감추려하지 말고, 속마음을 서로 풀며, 그러면서 솔직하게 대화할 수 있는 일상적인 통로를 마련토록 해야 한다.

이렇게 함으로서 무엇이 서로 간의 극단적인 애정 결핍을 가져왔고, 어떻게 이를 원상으로 복원할 수 있으며, 무엇으로 노년기의 새로운 애정을 쌓을 수 있는가에 대한 분명하고도 유용한 나만의 대안을 찾아야 한다.

무엇보다도 노부부가 같이 즐길 수 있고 사랑의 감정이 어우러진 두 사람만의 융합적 부부문화를 만들어 실행하면서, 이를 통해 새롭고 독특한 사랑을 일구어 내도록 한다. 그렇게 함으로서 아내를 진정으로 이해하고 아내에게 계산없이 양보하며 아내를 어떻게든 감동시켜 나간다면, 아마 이 길이 바로 아내에 대한 남편의 정도요, 나의 행복하고 평안한 황혼의 여로가 될 것이다.

앞으로 남아 있는 인생, 고독하고 불안한 고생으로 나날을 보내지 않으려면 아내와의 관계를 잘 유지해야 한다. 한평생 살아오면서 아내 이외의 무수한 여자들을 보아왔지만 실제로 가까이 가 보면 그게 그것이고 별것 아닌 것이 바로 '여자'라는 이브의 후예다.

내 아내보다 더 좋은 여자가 없다는 생각이 100점의 아내 사랑법이다.

여기에서 우리가 성공적으로 올바른 선택을 한다면, 남은 여생에 아내는 나의 진정한 친구요, 마지막 동반자요, 그리고 영혼의 반려자伴侶者가 될 것이다. 진정 노년의 행복한 삶은 미지의 먼 곳으로부터 오는 것이 아니라, 나의 가장 가깝고 친근한 '아내'로부터만 올 수 있고, '아내'만이 해결할 수 있다는 평범한 진리를 우리는 재삼 깨닫고 살아야 한다.

　아직도 내 아내에 대한 편견과 못된 고정 관념이 남아있다면 차제에 과감히 떨쳐 버려야 한다.

✱ 김장하는 아내를 도우며

　예로부터 김장은 난방용 땔감과 함께 우리 가정의 빼놓을
수 없는 겨우살이 준비의 큰 몫을 차지해 왔다. 그래서 농촌에
서는 어느 집이든 농사일을 끝낸 다음 한 해의 모든 일을 상
징적으로 마무리 짓는 김장에 온 정성을 다 쏟게 된다.

　여름 내 바쁘게 돌던 아낙네들도 집안의 큰 행사인 김장을
마치면, 일단 동면의 깊은 휴식에 잠길 수 있다는 편안한 마음
으로 집안의 한 해를 돌아보고, 다음 해에 대비하는 시간적 여
유를 갖게 된다.

　어린 시절을 돌이켜보면 김장하는 날은 온통 잔치집 같았다.
이웃사촌은 물론 가까운 집안 아줌마들이 거의 다 한 집에 모
이게 된다.

　방과 마루의 자리가 부족하면 마당도 이용한다. 주인은 김
장 외에 점심과 참을 손님에게 대접해야 하기 때문에 더욱 분
주하기 마련이다. 그 때는 난방이래야 안방 아랫목만 좀 따끈
한 정도여서 영하의 날씨면 모두 추위와 찬물에 덜덜 떨며 김
장을 할 수밖에 없었다.

　모두들 왁자지껄하게 떠들어대며 한바탕 이야기 꽃을 피운
다. 손을 분주하게 움직이면서 누구누구의 흉도 보지만 칭찬도

아끼지 않는다. 그래서 김장은 동네 아낙들이 스트레스를 푸는 유익한 통로이기도 했다. 김장도 거의가 품앗이였으니 자연히 농사일처럼 순서를 정해 돌아가며 하였다.

김장을 담그고 나면 어느 아낙이든 자기네 집 김치맛에 온 신경을 쓰게 된다. 왜냐 하면 김치맛은 장맛과 함께 그 집안의 수준을 가늠하는 한 기준이 되기도 했기 때문이다. 가령 어느 마을의 어느 집 장맛이나 김치맛이 좋으면, 그 집은 동네에서 좋은 평을 받게 됨은 물론 며느리가 잘 들어왔다는 칭찬도 함께 듣게 된다. 그렇기 때문에 아낙들 모두는 찬바람 나기 전부터 김장하는 일에 부산을 떨고 안달하기 십상이다.

김장을 잘 담그려면 주재료인 배추, 무, 파, 갓 이외에 여러 가지 재료를 하나하나 손수 준비해야 하는데 시장에서 좋은 것을 구하기란 그리 쉬운 일이 아니다. 가격이 비싸다고 품질이 좋은 것은 아니지만, 그래도 김장감을 구할 때는 싼게 비지떡이란 말을 명심해 둘 필요가 있다. 어느 해인가 배추를 사러 가락시장엘 갔는데 배추 한 포기에 500원씩 하였다. 그런데 최상품이라고 하면서 4배인 2,000원을 받는 배추가 있어 이를 구입했는데, 정말로 그 품질이 너무나 좋음을 겨울 내내 김치를 먹으면서 절감하였다.

주부들은 마음에 드는 고추를 어렵게 구해 모두를 하나하나 손으로 깨끗이 씻은 다음 방앗간에서 굵고 가늘게 적당히 빻아야 한다. 마늘도 일일이 까서 절구나 믹서로 모두 찧어야 한다. 새우젓, 조기젓, 황석어젓, 멸치젓, 까나리액젓 등 젓갈류와 함께 굴, 소금 등도 애써 최상품을 구입하려 노력한다. 그리고 재료의 가장 기본인 물맛이 좋아야 김치맛을 좌우하는 국물맛이 좋아진다는 것도 알아야 한다.

　그러니까 준비 단계부터 김장을 담그기까지 단 한 치라도 차질이 생기면 최고의 맛을 내려는 계획은 물 건너간다. 또한 김장맛은 누가 어떻게 담그느냐에 따라 맛이 달라지는데, 무엇보다도 주부의 손맛이 가장 결정적 역할을 한다. 예를 들어 손맛이 아주 뛰어난 사람이라면 다소 재료의 품질이 떨어지더라도 최고의 김치맛을 낼 수 있다는 것이다.

　김치는 담그기 못지 않게 보관이 절대적으로 중요하다. 때문에 김치맛의 장기 보존을 위해서는 김장을 어디에 어떻게 보관할 것인가에 온 정성을 다하지 않을 수 없다. 근래에는 김치냉장고가 개발 보급되어 언제든 김장을 담그고 이를 효과적으로 보관할 수 있게 되었지만, 옛날에는 대부분 땅에 묻어 겨울 김장을 보관하였다. 물론 지금도 시골이나 넓은 뜰이 있는 가정에서는 옛날 방식대로 김장독을 땅 속에 보관하여 김치맛의 향수를 느끼게 하고 있다.

　김장을 담그는 양은 세월이 가면서 점점 줄었으며 먹는 양도 줄었다. 영농 기술이 발달되어 싱싱한 배추와 무를 언제든지 시장에서 구입할 수 있고, 김치가 떨어지면 그때그때 담궈 먹을 수 있기 때문이다.

　가족이 핵가족화되고, 맞벌이 부부가 늘며 각종 김치를 대량 생산하는 공장이 생긴 데다 젊은층들이 김치를 덜 좋아해 소비가 해마다 점차 줄어든 것도 주요인이다. 김장을 안 담그는 집도 자연히 늘어났다. 최근의 통계를 보면, 김장을 담그는 가정이 절반 이하로 대폭 줄었다고 한다.

　그 중 30대 가정에서는 70%가 김장을 안 담그고 시장에서 구입하거나 부모 또는 친지들로부터 얻어먹는다고 한다. 그러나 아직도 김치를 좋아하는 가정에서는 그 규모가 적어졌을 뿐 예나 지금이나 해마다 담그고 있다.

우리 세대는 아들 딸 살림내고 둘이 달랑 남게 되어도 김장을 담그는 집이 많다. 옛날같이 주변에서 도와주는 사람이 없어 아내가 혼자서 꾸물대며 김장을 담그게 된다. 사 먹자고 누차 말해도 아내는 막무가내다. 공장 김치가 여러 가지 조미료를 첨가하여 입맛에 맞지도 않으려니와 대충하니 얼마나 지저분하겠느냐는 염려가 앞서 선뜻 마음이 내키지 않는다는 것이다. 김장하는 것은 너무 잔손이 많이 가고 힘도 많이 들어 노년의 마나님으로서는 힘겹고 벅찬 중노동에 해당된다.

고추를 다듬고 씻으면서 고질인 비염 알레르기가 뒤따르기도 한다. 재채기가 나고 콧물이 쏟아지고 한동안 고생을 비싸게 치르고야 만다. 배추를 씻고 절이는 것은 마나님 혼자 해도, 무채를 써는 일만은 오래 전부터 남편인 나의 소관이다.

큰 그릇에 가득한 무를 모두 채 썰고나면 허리도 아프고, 손등도 긁히고, 하품에 이어 짜증도 나고… 그래도 다 마치고나면 마나님의 칭찬은 의외로 다정하다. 이것이 부부의 정이구나, 할 일을 잘한 것이구나 하고 생각하니 나도 모르게 허리 아픈 것이 말끔히 사라지기도 한다.

금년은 김장하는 날이 일요일이었다. 밖에는 눈발이 조금씩 날렸다. 옛날 같으면 장모님, 누님, 형수님들이 김장을 도우러 왔겠지만, 이제는 김장 양도 적고 서로 돕기 위해 다니는 일도 사라져 아내 혼자 한다고 했다. 새 며느리라도 불렀으면 좋으련만 직장 다니는데 일요일 쉬는 며느리 부르는 것도 부담이 된다고 하였다. 나도 절인 배추에 속을 넣어 버무리는 일에 전혀 도움이 안 되었다.

김장하는 아내를 뒤로한 채 학교 동창 등산 모임이 있어 일찌감치 도봉산으로 향하였다.

11월 말의 첫눈 격인데 눈발은 굵고 아름다웠다. 산을 타는 사람들의 물결은 말 그대로 인산인해였다. 모두들 만장봉 상봉에 어우르는 눈발의 정경을 보고는 감탄한다. 매년 보는 아름다운 모습이지만 볼 때마다 새롭고 또다른 절경에 매료된다. 이내 함박눈이 되어 앞을 가려도 마냥 즐겁기만 하다. 정상에 가까울수록 바람이 세차고 살을 에이는 듯해도 그저 따사로울 뿐이다. 사람과 사람, 몸과 몸이 부대껴도 방긋방긋 웃음으로 대한다. 이 정다운 인간사의 온기를 그 언제 어디에서 다시 느낄 수 있을까….

대자연에 도취되어 집에서 혼자 김장하는 아내를 아주 잊고 말았다. 산중턱을 내려올 때가 되어서야 생각이 났다. 집에 오니 아내는 벌써 김장을 다 끝냈다. 미안한 마음이 이를 데 없다. 어떤 말로 위로를 할지 도무지 명안이 떠오르지 않는다.

아내는 아무 일도 없었다는 듯이 '오늘 등산 좋았어?'라고 지나가는 말로 물어본다. 친구에게 아프다고 핑계대고 집에 있을 걸, 그릇이라도 날라 주면서… 후회 막급이었다.

내년부터는 김장하는 날 절대로 대문을 나서지 말자고 다짐하면서 잠이 들었다. 아내에게 죄받을 행동은 이제 제발 삼가하도록 하자.

＊ 집안 청소와 요리

　　정년 퇴직을 하고 새 일터를 찾는다는 것은 아주 어려운 일이다. 또한 정년에 앞서 철저한 자기 준비를 갖추어 온 사람이라도 막상 퇴직 후에는 당면한 여러 가지 상황에 적응하지 못하고 당황하기 십상이다. 새 일을 얻은 사람도 나이 탓인지 쉽사리 그만두게 된다. 자의든 타의든 집에서 별로 하는 일없이 이리저리 소일하게 된 사람은 더 큰 곤경에 처한다.

　　일하지 않고 긴 여생을 보내야 한다는 막막한 생각이 머리를 짓누르기도 한다. 자신의 용돈도 점점 줄어들어 주머니가 썰렁해지니 자연히 주눅이 들고 마누라 눈치도 보게 된다.

　　자식들에게는 옛날의 어엿한 아비가 아님을 뼈저리게 느끼는 순간이 늘어난다.

　　어느 때부터인가 급격한 자신의 육체적, 정신적 변화가 신체의 현격한 노화현상으로 전환되고 있음을 직감한다. 일시에 온몸에서 힘이 한꺼번에 확 빠짐을 느끼는가 하면 몸 안에서부터 갑자기 열이 북받쳐 솟구침을 감지하기도 한다.

　　때로는 춥지도 않은데 한기를 맞은 듯 온몸에 오한이 덮치기도 하며 덥지도 않은데 식은땀이 줄줄 흐르기도 한다. 이런 때는 마음도 불안해지고 초조해지기 마련이다. 느닷없이 몸살과 함께 감기가 찾아오지만, 그 놈의 감기는 무엇 때문인지 유난히도 잦은 것 같고 일단 걸렸다 하면 오랫동안 떠날 줄 모른다.

급변해 가는 자신의 주변을 돌아보면서 혹자는 노화현상에 따른 여러 가지 질병에 대한 지나친 걱정에 휩싸이기도 하고, 어떤 사람은 과욕으로 인한 급속한 재산상의 손실이 궁핍으로 이어진 자신의 처지에 전전긍긍하기도 한다. 자식과 아내와의 오랜 불화로 빚어진 갈등을 극복하지 못하고 밖으로 도는가 하면 노년의 이혼을 심각하게 고려하는 자도 있다. 물론 중병을 맞이한 사람은 죽음이라는 두 글자를 앞에 놓고 심각하게 음미하며 숙연하게 대처하는 사람도 있다.

설사 자기에겐 이러한 일련의 어둡고 두려운 징후들이 없다 하더라도 노년을 맞이한 대부분의 백수들은 또 하나의 새로운 인생에 접하면서 전전긍긍하며 고통의 나날을 보낸다. 사지는 멀쩡하고 정신도 맑은데 매일매일, 또는 순간순간들이 힘들기도 하고 지겹게 느껴지는데 세월은 덧없이 지나가 버린다. 무엇 하나 내세울 것 없는 가운데 차일피일 미루고 그럭저럭 지나다 보면 짧게는 2~3년, 길게는 5년의 세월이 홀린듯 흘러가 버리고 만다. 때때로 제 정신도 좀 드는 것 같고 새로운 것을 찾아보겠다는 시늉도 하게 되며, 어느 때는 불가능하다고 여겨지지만 그 무엇을 해 보려고 꿈틀대기도 한다.

할 일이 없으면 사람은 누구나 무기력해지기 쉽다. 일을 안하면 일정한 수입이 없고 그에 따라 자신의 남아 있는 힘과 기도 현저히 위축될 수밖에 없다. 물론 신체상의 운동량도 크게 부족하여 자연히 움츠러진 마음이 쓸쓸해지고 우울해지기 마련이다.

흔히들 '인생이란 살다보면 오르막도 있고 내리막도 있다.'고 하는데, 오직 늙어가는 나에게는 내리막만 있는 듯한 기분에 휩싸인다. 뿐만 아니라, 매일매일이 아무런 변화도 없고 이렇다 할 즐거움도 맛보지 못하니 몸과 마음의 상태가 상쾌할 리 없다. 드디어 아픈 곳이 여기저기 우후죽순雨後竹筍 격으로 생겨나고 잠도 잘 이루지 못하니, 이것이 바로 마음의 병이 되어 우울증이 싹을 틔우는 꼴을 맞이하기도 한다.

아마도 어느 날, 누구인가 일자리가 있으니 오라고 한다면 하루 아침에 치유될 병 아닌 병을 앓고 있는 것이다. 구사일생이라는 말이 실감나도록 그 무엇을 찾아볼까 하면서, '그래도 조금은 도도하게 다시 살아나려면 이대로는 안 된다'는 자기 항변의 몸부림도 쳐본다.

불가능보다는 가능한 것에, 어려운 것보다는 쉬운 것에 초점을 맞추어 무엇인가를 열심히 찾아보다 급기야는 '할 수 없다.' 하면서 주변을 두루 살핀다. 바로 자기만의 취미 생활이나 여행, 종교, 행사 또는 친목 모임 등에 대한 남다른 열성을 가져 본다. 어느 한 가지 일에 집착하면서 일종의 만족감을 얻고 마치 자신의 인생이 살아난 듯 착각하기도 한다.

그러나 한 가지 사안에 열중하더라도 이내 그 일에 싫증이 나면서 다른 것으로 옮겨 본다. 그것도 잠시이고 시답지 않다고 느껴지면서 이것도 별 것 아니고, 저것도 별 것 아니고 하여 이리 왔다, 저리 갔다 하면서 모두를 두루 섭렵하는 꼴이 되지만, 어느 하나 자신에게 만족감을 주지 못한다고 생각한다.

초기의 의욕을 잃어버린 채 아예 포기하거나 모두 외면하고 만다.

사실 백수가 되면 누구나 자신의 뚜렷하고 만족할 만한 생활 목표를 세우기가 어렵다. 그러면서도 최선의 길이 무엇인가를 연구하고 어느 문제에 역점을 둘 것인가에 몰두하면서 선택에 집념하기도 한다.

주변에서 가장 쉬운 것, 그리고 보람 있고 값어치도 있는 것이 무엇인지를 집중적으로 검증해 보기도 한다. 있을 리가 없다. 없는 것을 억지로 찾아본다는 의지의 발동이긴 하지만 그래도 모든 자존심 버리고 나의 아내를 사랑하는 순수한 마음에서 큰 맘 먹고 한번 시도해 본다. 어느 날 자신이 스스로 집안 청소도 하고 요리도 해 보자는 결심을 하게 된다.

지난 시절 직장에 다닐 때는 바쁜 가운데도 토요일이나 일요일에 시간이 나는 대로 청소도 하고 요리도 종종 해 보았다.

학교 다닐 때 자취했던 경험을 살려 밥을 하고 찌개를 끓이면 아이들은 '아버지 찌개'라고 이름 짓고 맛있다고 추켜세우면서 잘 먹곤 했다. 물론 찌개에 관한한 주변으로부터 실력을 인정 받아 등산, 야유회에서 취사를 할 때 번번이 찌개 담당으로 낙찰되곤 했다. 그 실력을 이제는 백수인 때에 써 먹어보자는 것이다.

백수들의 청소와 요리가 초기에는 의욕도 있고 성과도 가시적으로 나타나면서 일정 기간 잘 이어져 나간다. 그러나 문제는 백수의 타성이 여기에도 작용되고 만다는 것이다. 이내 싫증을 느끼고 집어 던지고는 다시 해 보고 또 중단하고, 마침내는 아예 생각조차 하기 싫은 천덕꾸러기 문제로 던져 버리고 만다. 아내가 '당신이 별 수 있나?'고 조롱하는 말은 뒤로 한 채 영영 잊어버리려고 마음먹는다.

이제는 아내가 청소 좀 해 달라고 사정해도 못 들은 체 번

 제3부 자식, 아내 사랑의 진정한 의미

개같이 집을 나가버리고 만다. 요리도 청소도 내가 할 수 있는 일이 아니라는 좌절감이 작용한 셈이다.

무엇 때문일까? 그럴 필요가 없고 그래서도 안 된다는 생각을 수차례하면서도 행동은 뚱딴지같이 다른 곳으로 향한다.

싫어서, 무엇에 반발해서, 처량해서, 더 무기력해 지니까, 고작 내가 할 일이 이것 뿐인가 해서, 그렇다. 맞는 말이다. 나는 이 수준밖에 되지 않는 사람이다. 아니 그럴 리가 없다. 그래도 나는 이 집안의 가장인데, 연금을 타고 저축해 놓은 돈도 있고 해서, 지금 이렇게 어엿하게, 남에게 도움을 받지 않고 살아가고 있는데….

문제는 내가 바쁘게 살지 않은데서 야기되고 있는 것이 분명하다. 그 옛날 직장에서와 같이 바쁜 생활을 어떻게든 만들고 시작해서 집중해야 한다. 무엇을 하든지, 어떤 일을 하든지 늙어가면서도 매일매일 바쁘게 돌아가야 밥맛도 나고 소화도 잘 되며 자연히 사는 맛도 나게 되는 것이다.

물론 밖에 나가 바쁜 생활을 하는 것이 좋겠지만, 집에 틀어박혀서도 바쁘게 지내는 방법을 터득해야 한다. 무엇보다도 집안에서 보내는 것이 절대로 지루하지 않은 생활 패턴을 조성하는 것이 무엇보다도 중요하다.

사람이 늙어지면 거동이 불편하든 원만하든 자연히 집안에서 소일하는 시간이 많아지게 된다. 적당한 신체적 운동이 필수적이겠지만 지속적인 정신운동도 노인병 예방을 위해서는 절대적으로 긴요하다. 독서가 가장 좋은 것으로 생각되며, 컴퓨터에 아주 익숙해지는 것도 더할 나위 없이 좋다. 적어도 이 두 가지만은 싫증을 느끼더라도 반복해서 익히고 취미를 잃지 않도록 최선을 다할 것이 요구된다.

다음으로 요리와 청소다. 실패를 거듭했다 하더라도 보다 적극적으로 긍정적으로 다시 접근할 필요가 있다.

요리에서는 한국식, 서양식, 그리고 작금의 청소년들이 즐기는 각종 음식도 다 만들 줄 알도록 노력해 보는 것도 좋다. 전문 요리를 할 줄 알아야 요리 솜씨도 인정 받을 수 있고 요리를 만드는 일 자체에도 취미를 붙이게 된다. 재미를 갖고 요리를 만들어야지 필요에 의해서 요리를 하면 금세 부담감을 갖게 되고 싫증을 느낀다.

노인은 혼자 있는 경우가 많다. 이 때 스스로 먹고 사는 것을 챙길 줄 모르면 삶의 질은 최악으로 내달리고 만다.

그렇기 때문에 내가 직접 몇 가지 요리를 해 먹을 줄 알고, 이를 즐길 수 있도록 식도락食道樂의 습관을 평소에 길러놓아야 한다. 이를테면 마나님 혼자 여행갈 경우 집에 끓여 놓은 곰국만 계속 퍼먹고 있을 수는 없는 일이며 매끼 사 먹는 것도 금방 질리고 만다.

이 나이에 요리학원을 다니는 것도 좋은 방안이다. 요즈음 요리학원이 노인들 안식처가 되고 있다는 소문도 들린다. 요리도 배워서 좋고 새로운 친구도 생기고 혹자의 말에 의하면 이성 친구도 사귈 수 있다고들 한다. 하루가 어떻게 지나는지 모르고 만든 요리들을 먹을 수도 있어 다들 좋다고 하니 한번 시도해 볼 만하다. 어느 날 요리 실력을 아내와 자식들에게 인정 받는다면 이것 또한 자신의 정신 건강과 가정의 평화를 위해서 정말로 보람찬 일이라 하겠다.

그리고 집안 청소는 진정으로 아내를 위하고 자신의 건강을 위한다는 차원에서 실천적 문제로 고려할 필요가 있다. 적어도 일주일에 한두 번은 아니 가급적 매일 해 보도록 노력한다. 아침에 일어나자마자 운동 삼아 1시간 동안 집안 청소를 하면 우선 마음이 청결해지고 즐거워질 것이다. 운동을 하니 밥맛도 좋아지고 아내에게 고맙다는 인사도 받게 되니 그 또한 좋은 하루가 예약될 것이다. 누구도 이런 상쾌한 기분을 만들어 주지는 않는다. 진정 내가 스스로 만들고 실천하도록 노력하는 데서 모든 것이 이루어진다.

만일 늙어서 자신의 몰골이 지저분하고 추해 보인다면, 이것은 분명 게으름 때문이다. 게으름은 누구에게나 마음의 병을 생산하니 건강의 주된 적이다. 마음의 병은 외로움과 고독에서 생겨난다. 고독은 어쩔 수 없는 노인의 전유물인 것은 사실이다. 그러나 그 전유물에서 과감히 탈출하는 것도 바로 자기 자신이 할 일이요, 결코 남이 해줄 일이 아니다.

노인을 도와줄 사람이 이 세상에는 그렇게 많지 않다. 사실 노인은 이 사회에서 기피의 대상이며 혐오의 대상이 된지 오래다. 이 사회의 전반적인 분위기는 마치 청소년을 위해 존재하는 듯 온통 착각하게 만들고 있다.

실제로 가정에서조차 무능한 남자 노인은 아내나 자식들에게 귀찮은 존재로 전락하고 말았다. 우리 사회가 노령 사회 초기 단계라고 하는데 앞으로 이러한 사회 분위기가 개선되기는 어려울 것 같고, 그 농도가 점점 깊어질 것 같은 추세이다. 이에 따라 노인들은 더욱 외롭고 쓸쓸해지기만 하리라.

그렇다고 우리가 노인이라고 해서 여기에서 도망 가는 마음 가짐은 절대로 금물이다. 노화는 어쩔 수 없는 인생의 동반자이자 불가항력적이다. 때문에 기피의 대상이 아니라 극복의 복안으로 삼아야 할 문제이다. 우선 자기를 사랑하고 남을 용서하는 마음부터 길러야 노화방지의 터전을 만들 수 있다. 내 자신, 내 몸, 내 마음, 내 모든 것은 소중하고 귀한 것이다. 나를 미워하지도 말고 비하하지도 말아야 한다. 이 소중한 존재가 바로 나인데, 나를 사랑하고 진정으로 나를 용서하는 캠페인을 자신을 향해 쏘아 올려야 한다.

아무리 노력해도 하늘마저 나를 버리는 경우가 있다. 그래도 우선 나를 사랑하고, 아내를 기꺼이 사랑해야 한다.

행복은 절대로 혼자서 만들 수 있는 것이 아니다. 함께 서로를 아끼고 사랑하는 데서 행복은 잉태된다. 아내를 위해, 그리고 나를 위해, 나와 아내의 합쳐진 행복을 위해서 요리와 청소를 스스로 해 보는 습관을 갖도록 하자. 아내를 종종 감동시키는 일을 지속해 나간다면, 그것은 바로 자신의 지혜로운 삶이요, 올바른 건강 철학이요, 거대한 자산이요, 나를 감동시키는 절대적인 요인이다.

우리는 항상 '평범한 곳에 진리가 있다'는 말을 지나치곤 한다. 이 세상에 나를 위해 기꺼이 희생해 줄 사람은 오직 아내뿐이라는 점을 명심해야 한다. 이것이 분명 사실이라는 주장에 나는 정말 동감하며 이를 간직하고 살려야 한다.

외롭고 불안한 먼 노년의 길을 더불어 밝혀주고 인도해 줄 사람도 나의 부인이다. 늦었다는 생각이 들더라도 이제라도 아내를 죽도록 사랑해 보자. 밝은 미래가 나를 기다릴 테이니.

✳ 아내 사랑과 가정의 행복

　남녀가 결혼을 하면 같이 백년회로를 하기로 서약하며, 법률적으로 무촌의 관계를 상징하는 혼인신고를 하게 된다. 그러니까 결혼의 성사는 한 남자와 한 여자가 평생 함께 살기로 약속하는 법률적 계약관계가 이루어지는 것이다.

　물론 결혼에 이르기까지 두 남녀는 서로 사랑이라는 과정을 거치면서 결혼하기 위한 쌍방의 조건들을 서로 재보고 양보도 하며 합의에 이르러 결혼에 성공하게 된다.

　이를테면 결혼이란 두 남녀의 서로 넘치는 사랑과 희생, 이해와 용서가 함께 어우러져 정신적으로, 물리적으로, 또한 법률적으로 하나의 일심동체를 이루는 인간관계의 결정체結晶體인 것이다.

　남자든 여자든 결혼할 때는 적어도 저 사람과는 여러 가지 면에서 한평생을 같이 살 수 있다는 자기 나름대로의 이성적인 판단과 자신감을 갖고 인륜지 대사를 결정하게 된다.

　두 남녀는 오랫동안 같이 웃고, 즐기고, 때로는 같이 슬퍼도 해 보고, 서로 격려도 해주고, 그리고 티격태격 말다툼도 하며 끝내는 싸우기도 하면서 사랑의 결실을 이루는 것이다.

　결국은 자신이 늘 간직하고 있는 인생관, 생활관, 가치관 등

에서 서로 공감하고 있음을 인식한 다음 저 사람만은 나만을
영원히 사랑해 줄 것이라는 판단(?)에서 결혼식을 치른다.

아무튼 결혼으로 맺어진 부부는 가장 밀접하고 가깝고도 중
요한 관계이다. 그래서 부부를 일생의 둘도 없는 삶의 동반자,
또는 반려伴侶라 이른다.

부부 관계를 머나 먼 바다로 항해 중인 배에 비유해 본다면
부부는 같은 배를 탄 공동 선장인 셈이다. 때문에 항해 중에는
자기만 옳다는 계산과 판단을 내세워서는 안 되며 의견 대립
이나 충돌이 있어서도 안 된다.

태풍을 비롯한 그 어떤 어려움도 극복해야 할 사랑과 협력
의 정신만이 가득 차 있어야 한다. 서로 충돌하는 불상사가 생
기더라도 넘치는 이해와 용서, 그리고 관용과 미덕으로 포용되
어야 배는 무사히 목적지에 다다를 수 있다.

그러나 결혼이란 한 쌍의 남남의 만남이며 이성간의 결합이
다. 때문에 부부간에 서로 성격 차이가 있는 것은 당연하며,
언제나 의견 충돌이나 갈등 관계가 조성될 가능성이 충분히
있다.

물론 결혼에 이르기까지 누구에게나 어려운 난관들이 많았
을 것이며, 이러한 난관을 극복하는 과정에서 많은 어려움을
겪기도 했을 것이다. 다시 말하면 누구나 그렇게 쉽게 결혼이
라는 성공의 길을 얻어낸 것은 결코 아니라는 설명이다.

결혼 후 부부는 한 가정을 이루고 자식도 낳아 기르고 재산
도 불려가며 서로의 사회적 지위가 제고되면서 행복감에 젖는
시기가 있을 것이다.

때로는 지나간 세월이 즐겁고 고마워서 지금도 행복하다는
생각에 젖어 부부간에 뒤늦게 색다른 선물도 주고받고, 함께

외식도 하고, 영화도 감상하며, 여행도 즐기면서 부부애를 만 끽하기도 할 것이다.

아이들이 잘 자라고, 가정이 기대 이상으로 평화롭고 윤택 해질 때 '아, 이것이 바로 인생이며 가족이구나!', '나는 정말 결혼을 잘 했군!' 하며 자위도 할 것이다. 이 때 사람들은 '산 다는 것 자체가 자랑스럽고 즐겁고 보람 있다.'고 느낀다.

그러나 다른 한편에서 보면, 부부 관계가 그렇게 기대했던 대로 탄탄하고 순탄한 길만 걸어가는 것이 아니다. 부부간에는 결혼 직후부터 끊임없이 예기치 못한 변화와 불화뿐 갈등 관 계가 지속될 수 있기 때문이다.

갈등만 아니라 대립과 싸움, 급기야는 별거, 이혼이라는 문 제를 상정하기도 한다. 행복하다고 느끼는 부부간에도 대부분 권태라는 내부적 수렁과 경제적 또는 신체적 난관에 봉착하기 도 한다. 이상하게도 상대가 밉고 지겹기도 하며, 헤어지고 싶 을 정도로 보기 싫고, 때로는 분노하여 적대감을 갖고 서로 싸 운 경우도 적지 않을 것이다. 그래서 법원을 들락날락하다가 급기야는 남남의 관계로 갈라서는 사람도 많다.

노부부라서 예외가 되는 것은 아니다. 사실 노부부의 사랑 은 여러 가지로 메마른 가지에 피는 꽃에 불과하다. 정열도 식 고 열의도 미미할 뿐더러 자기 희생도 그 옛날의 것이 되어버 린 지 오래이다. 사랑보다는 떼지 못하는 정에 걸리고 자식들 과 생겨난 손자들이 얽혀서 이럭저럭 살아가고 있을 뿐이다. 헤어진다고 목 놓아 울 처지도 아닌 상 싶으며, 이제 사랑을 논할 단계는 더더욱 아니라는 점이다. 말하자면 살아가는 길 여기저기에 위험한 건널목과 함정만 깔려 있는 셈이다.

물론 '흐르지 않는 물은 썩기 마련이다.'라는 말도 있다. 노부부간이라도 그저 관계만 유지되고 있다면, 이 가정에 더 나은 비전과 발전이 기대될 수 없다. 때로는 대립과 갈등의 정다운 다툼도 필요하다.

물론 더 나은 노년의 부부애를 향한 논의와 타협, 협조와 인내, 그리고 온갖 난제를 극복하기 위한 슬기로운 사랑의 덫을 여기에서 강하게 이끌어 내야 한다. 나아가 이러한 모든 요소들이 쉬지 않고 역동적으로 이어져 나갈 때, 말년을 보내는 노부부의 가정에도 진정한 사랑과 평화의 여신이 따사로운 햇살을 드리울 것이다.

누구나 결혼을 하여 가정을 이루면 그 가정이 늘 건강하고 행복하기를 바란다. 가정은 시간적, 공간적으로 삶의 대부분을 차지하는 인생의 가장 중요한 터전이기 때문이다. 누구든 가정이 평안하면 삶의 질이 풍요로워질 수밖에 없고, 가정에서의 삶이 풍요롭다면 사회적으로 그 만큼 성공할 수 있는 힘과 용기를 확보한 것이나 다름없다 하겠다.

그러면 가정의 평화와 풍요는 어디에서 오는 것일까? 두 말할 필요도 없이 가정의 핵심인 주부의 건강과 평안에서 온다.

주부가 평안하면 남편이 편해지고, 그래서 주부와 남편이 서로 화목하면 아이들이 건강하게 잘 자란다. 다시 말해서 가정의 평온함과 행복의 조건은 한마디로 주부가 키를 잡고 있다 해도 지나친 말은 아니다.

노년에 들어선 부부가 이혼하지 않고 함께 살고 있다면 그들 대부분은 30여 년 동안 검은 머리 파뿌리 되도록 같이 산 것으로 계산된다.

그것도 한 여자가 가장 예쁘고 한창 젊었을 때 만나서, 그 여자가 주름살이 많은 할머니가 되도록 변함없이 같이 산 셈이다. 그러니까 비가 오나 눈이 오나 봄, 여름, 가을, 겨울 할 것없이 한 집에서, 한 방에서, 그리고 한 이불 속(?)에서 남남인 청년과 처녀가 노인이 되도록 함께 산 것이다.

그런데 이들 부부가 나름대로 행복하게 살아왔고 지금도 행복한 삶을 유지하고 있다고 자부할 수 있다면, 과연 이 가정의 행복을 선사해 준 장본인은 누굴까? 물론 부부가 함께 협력하여 열심히 살아왔고 서로 변함없이 사랑해 온 그들 노력의 덕이다. 그러나 앞에서도 지적했지만, 누가 뭐라 해도 가정의 행복은 주부의 노력과 덕목이 남편보다는 더 큰 역할을 했을 것이라는 주장에 아무도 거부감을 갖지 못할 것이다.

돌이켜 보면 60년대 말, 또는 70년대 초에 결혼한 사람들은 거의 대부분 단칸 셋방에 신접살림을 차렸다. 그 시대의 사람 치고 집을 장만하여 결혼 한 사람은 찾아보기 힘들다.

그 때는 셋방이라야 달랑 방 하나뿐이지 부엌이 달린 방도 드물었다. 냉장고, 세탁기가 있을 리 만무했고, 연료는 모든 사람을 빈번하게 죽인 연탄이었다.

추운 겨울에는 한밤 중에 연탄불을 갈아야 하며, 세숫물도 직접 데워야 하는 어려움이 있었다. 연탄불에 밥하고, 찌개 끓이고, 물 데우고, 빨래 삶고, 오징어 구워 먹는 것에 이르기까지 모두가 당시에는 주부의 몫이었다. 사실 그때 이 어려운 주부의 일을 남편들이 얼마나 도와주었는지? 그 시절 남자들에게 묻고 싶다.

어찌 한 집 가정 일에 주부만 고생했으랴, 남편인 나도 많이 힘들었는데…. 물론 살아온 과정에서의 모든 역경들을 부부가 같이 극복하고 그 때마다 사랑이 샘솟는 부부애를 가슴에 차곡차곡 쌓아온 것만은 사실이다.

그러나 단칸 셋방에서 두 칸 방으로, 이 집 저 집으로 전셋집을 전전, 급기야는 변두리 10여 평 내외의 내 집 마련, 시내 소형 주택으로의 이사, 다음에는 13~15평 새 아파트로 입주, 마침내 30~40평 아파트로 늘려가는 등 이렇게 빈번하게 이사 다니며 재산을 증식해 나갈 때, 누가 고생을 도맡아 했는지는 불문가지다.

이런 점에서 노년에 들어선 우리는 지금 이 순간 자신과 아내와의 관계를 깊이 돌이켜 볼 필요가 있다. 우리 부부가 지금 어떻게 여기에 서 있게 되었는지 자신에게 물어보고 과거를 하나하나 다시 한 번 점검해 보아야 할 시간이다.

그리고 현실을 냉정하게 평가한 다음, 미래도 알차게 기획해야 한다. 무작정 계획없이 살기는 우리들 노년의 세월이 너무 빠르게 지나가고 있고, 또한 흐르는 세월이 너무 빠르다.

좀 구체적으로 자신을 반성해 본다는 의미에서 '나는 부인에게 너무 무관심하지 않았나, 나만 챙기고 이기적이지는 않았는지, 따듯하고 다정하기보다는 차갑고 무정하지는 않았는지.'를 심도있게 검토해 보아야 한다.

그리고 '내가 너무나 좁쌀스럽고 변덕스럽지는 않았는지, 잔소리 일변도의 간섭형은 아니었는지, 그래서 아내에게 큰 상처만 주고 그 상흔을 제때에 치료나 해 주었는지.'라는 문제들을 진지하게 점검해 보아야 한다.

이러한 여러 가지 질문들에 미안한 마음이 들지 않는다면, 또 뉘우침도 없다면 그 사람은 아마도 다른 세계(별거나 사실상의 이혼)에서 살아온 사람일 것이다.

우리는 부부 관계에서 과거 남편의 특별한 잘못에 대해 연연해 해서도 안 되지만, 아내와 보다 행복한 노년을 지내기 위해서는 한 걸음 뒤로 물러서서 부부 관계를 다시 한 번 바르게 되돌아보는 습관을 가져야 한다. 그리하여 남아 있는 앞으로의 인생에 부부간의 사랑과 용서에 대한 신뢰성과 절대성이 한층 튼튼해지고 어떠한 경우이든 흔들리지 않도록 알찬 계획을 수립, 이를 실천하도록 노력해야 할 것이다.

아내는 여자다. 여자는 자신만이 갖는 특성이 있지만 노년의 여성이 갖는 특성은 일반론과 그 궤軌를 달리 한다. 여자는 노년에 들수록 정신적으로 남성화되어가고 그 만큼 남자, 남편을 보는 눈도 달라진다.

노년의 여자들은 대부분 지금까지 살아온 자신의 삶이 후회막급하다는 자괴심自塊心으로부터 이제는 하고픈 일을 하며 다시 살겠다는 새로운 의욕과 함께 남편보다는 내 삶이, 그러기 위해서는 내 돈이 더 중요하다는 반란叛亂을 꿈꾸기 시작한다. 바꾸어 말하면 이제는 과거에 남편한데 이리저리 치이고 끌려가며 살았던 그런 아내가 아니라는 뜻이다.

남편에 대한 지난 날의 쌓인 오금과 한恨이 앞으로는 무관심과 학대로 변질될 수 있다는 것이다.

때문에 그 누구나 자기의 부인을 그 옛날의 아내로 생각하거나 이에 준해 현재의 부인의 인생관을 아전인수격으로 가늠해서는 절대로 안 된다.

확실히 아내는 노년에 들어 달라져 있으며 앞으로도 더 달라질 것이라는 전제를 두고 아내와의 관계를 어떻게 조정하는 것이 최선인가를 슬기롭게 찾아야 한다.

노년의 부부는 대부분 여자가 남자보다는 건강한 편이고 경제권도 우위에 있다는 점을 부인하기 어렵다. 또한 집안 내의 대소사나 자식에 관련된 여러 가지 사안에서도 부인 쪽이 더 많은 정보를 갖고 있고, 그 일을 추진하는데도 큰 실력을 행사하려 한다는 것이 일반론이다.

이를 부인하고 싶은 사람도 있겠지만, 이러한 현상은 우리 주위에 현실로 나타나고 있다. 부부간의 과거의 행적이나 현실을 종합적으로 검토해 보아도 노년의 가정에서 남편의 입장이 유리한 점은 별로 없다.

따라서 불리한 여건 하에서 가정사에서의 중요한 사안들을 멋대로 설계할 수도 없는 노릇이다. 그렇다고 부인의 눈치만 보고 매사를 추진할 수도 없다. 불리하고 어렵더라도 이 상황을 가정에 유리한 쪽으로 이끌면서 가족들의 행복을 위한 대안을 모색하는 것이 최선의 방책이다.

남편의 입장에서 그 안이 조금은 수치스럽고 자존심 때문에 양보할 수 없다는 생각이 들더라도 자신의 건강과 가정의 평화 유지를 위해 일보후퇴 이보전진의 묘안을 찾자는 것이다.

한마디로 '아내를 사랑하자.'는 말이지만, 우리가 항상 염두에 두고 평소에 자연스럽게 실천에 옮겨보자는 의미에서 좀 더 구체적이고 세부적인 몇 가지 대안을 다음에 제시해 보고자 한다.

첫째로, 남편의 아내 사랑에 대한 신뢰성을 증진시킨다. 노년에 들어 아내 쪽에서 남편이 매사에 거추장스럽고 걸림돌이 된다고 느껴지면 부부 관계는 파멸의 벼랑 끝에 도달한 셈이다. 아내가 그렇게 느낀다면 부부간의 대화는 단절되고 만다.

이야기가 오간다 하더라도 핵심은 배제된 체 쓸 데 없는 주변 이야기로 빙빙 돌다가 끝내는 아내 혼자 결정하고 후에 통보 받는 형식이 이루어지곤 한다.

‘나는 언제나 아내를 사랑하고 있다.’는 그 마음을 속으로만 간직해서는 안 된다. 지난 시절 아내에 대한 밖으로의 사랑 표현을 거의 금기시해 왔고 그 표현에서 방법이 서툴렀다 하더라도, 이제는 과감하게 밖으로 표현토록 노력해야 한다.

아내와의 관계에서 ‘체면 또는 자존심이 밥 먹여주는 것은 아니다.’라는 생각에 맞추어 다소 입에 발린 소리라도 아내에게 속삭여 댈 필요가 있다. 그것이 조금도 부인에게 먹혀들지 않는다 하더라도 진심으로 표현을 반복하여 줌으로서 아내의 남편에 대한 신뢰감을 증진시켜야 한다.

그리고 말잔치로만 끝내서는 안 된다. 실제로 늙어가면서도 아내 생일, 아내와의 결혼기념일. 프러포즈한 날, 처가집 행사 등을 제대로 챙겨 주는데 신경을 써야 한다. 부부가 가급적 한 방을 쓰도록 배려하면서 집안에서의 청소나 세탁도 적극 도와주어야 한다. 아침 산책이 슈퍼, 등산, 또는 종교 참여도 혼자보다는 같이 가도록 최대한 배려한다.

‘늙어가면서 아내를 더욱 사랑해서 손해볼 것은 아무 것도 없다.’는 우리 인생사의 평범한 진리를 잊는다면, 그 사람은 결국 자기만 손해 보게 된다.

둘째로, 아내의 입장과 의견을 최대한 존중하자. 노년의 우리들은 자식들의 결혼 및 유학 문제, 며느리 및 사위와의 관계, 생활비, 용돈, 재산 이동 문제 등을 놓고 아내와 심한 논쟁을 벌이기도 하며 갈등을 빚기도 한다. 쉽게는 TV 연속극을 보고도 대립하는 경우가 있다. 우선 아내와 대립할 때 가장 중요한 것은 아내의 말을 적극적으로 들어주어야 한다.

적어도 아내와 30년 넘게 살아왔다면 그녀는 악녀는 아닐 것이다. 미운 정 고운 정 다 지나간 관계인데 늙어서 남편이

버럭 화를 낸다면 그 화는 옛 시절과는 달리 곧바로 자기에게 돌아오고 만다.

아내의 잘못이나 허물을 덮어주고 감싸주는 아량과 이해심은 크면 클수록 좋다. 아내란 상대는 내가 무찔러 척결할 적이 아니기 때문이다. 아내의 입장에 존중의 마음을 표시하면서 아내를 설득하고, 아내의 화를 풀어 줄 수 있는 틈새를 노려본다면 이 때 아내는 자연히 말을 많이 하게 되고 자신의 약점을 노출하고 말 것이다. 그래도 나는 아내를 공격하지 않고 그저 수긍한다는 긍정적 자세로 넘어간다.

'지구를 멈추는 일이 아니면 대충 넘어가라.'는 말이 있듯이 가정 대소사에서 아내의 의견을 들어주어도 손해볼 일은 없다. 현명한 부인이라면 자기의 무리한 고집에 양보하는 남편의 마음을 이해하게 되어, 아내가 양보하기도 한다. 또한 아내가 그만큼 더한 사랑의 보답으로 남편을 보필하기도 한다. 이것이 부부간에 벌어지는 자연의 법칙인 것이다.

가령 아내가 애들과 어떤 현안을 놓고 대립한다면 남편은 무조건 아내편을 들어야 한다. 아무리 효자라도 자식보다는 아내가 낫다는 옛말이 있다. 아내가 전혀 이치에 맞지 않는 주장에다 논리적으로도 무리한 억지를 써가며 큰 소리만 질러댄다 하더라도 자신이 갖고 있는 역량을 최대한 동원, 아내의 주장을 감싸고 재포장하여 아이들의 주장을 무력화시켜야 한다.

설사 나와 아이들과의 논쟁 시 아내가 아이들 편만을 드는 경향이 농후했다 하더라도 역 감정을 가져서는 안 되며 '초지일관 나는 당신편'이라는 점을 확인시켜 주고 확인시켜 주어야 한다.

다시 말해서 나에게는 아내가 중요도 면에서 누구보다도 첫째이며, 이 세상에서 당신을 헌신적으로 사랑해 줄 사람은 남편뿐이라는 인상을 깊고 깊게 각인刻印시켜 주어야 한다. 이 경우 아내는 고마운 시선으로 남편을 보고 또 보고 다시 볼 수밖에 없을 것이다.

셋째로, 아내의 건강에 대한 관심을 게을리해서는 안 된다. 모든 병의 원인은 마음에서 온다고 한다. 부부간의 관계가 불편하면 할수록 서로의 마음의 골은 깊어만 가며, 그것이 각기 몸을 망치는 육신의 병으로 발전하고 만다.

시작이 어디에서부터 왔건 부부 사이에 놓인 마음의 병은 최대한 빨리 치료해야 한다. 사랑과 용서만으로 안 된다면, 그 이상의 것을 재빨리 찾아서 문제를 해결토록 한다. 부부간의 싸움은 이에 그치지 않고 전 가족으로 번지고 급기야는 친지, 친구에게까지 폐해를 입히기 때문이다.

마음의 병이든, 신체적 병이든 아내가 병중이라면 남편은 더 더욱 최선을 다해 아내의 병을 조기에 치료토록 백방으로 노력해야 한다. 종종 아내의 병에 대한 무관심이 아내를 죽이는 길로 인도하는 꼴이 되기도 하며, 결국은 그것이 자신을 파멸의 구덩이로 밀어넣는 결과를 낳기도 한다.

부부가 다 건강하더라도 먹거리, 운동, 취미생활, 병원 이용, 종교 생활 등에서 자신보다는 아내의 입장을 항상 존중해 주어야 한다. 아내의 건강을 위해서는 어떠한 조건이든 최대한 지원한다는 남편의 확고한 결심을 항상 아내에게 인지시켜 주어야 한다. 혹시 아내가 손자들 돌보는 일에 얽매여 있다면 이를 해방시키기 위한 방안도 적극 찾아야 한다. 어린 손자를 돌보는 일은 즐거움을 주기도 하지만, 그 즐거움만큼 할머니는 폭삭 더 늙게 된다는 사실을 명심해야 한다.

한편 노부부가 건강할 때 함께 일할 수 있는 일거리 찾기를 게을리해서도 안 된다. 일은 돈벌이가 되는 일이든, 순수한 봉사든, 늙은이의 건강에는 크게 도움이 된다. 아내의 건강이 바로 나의 건강을 보장해 준다는 진리를 한시라도 잊지 말아야 한다.

넷째로, 털털한 남편이 되자는 것이다. 성실성, 책임 완수, 노력 등은 노년기에도 요구되는 올바른 삶의 길이다. 그리고 어떤 일을 정확하고 완전하게 처리한다는 것은 인간관계에서 아주 바람직한 생활 태도이다.

그러나 그것이 도를 지나쳐 상대에게 지나친 완벽주의나 결벽증으로 비쳐진다면 이는 잘못된 결과를 초래하고 만다. 부부 어느 쪽이든 집안일에 대해 완벽이나 결벽의 태도로 나온다면, 이는 상대를 숨막히게 할 수 있으며, 서로 간의 반목을 조성하는 결정적 계기가 되곤 한다.

아내를 책하는 것도 일종의 아내 사랑이긴 하다. 사랑하니까 마음에 두고 아내를 나무라는 것이다. 그러나 아내의 결점 들추어 내거나 아내의 완벽을 지나치게 요구하는 것은 아내의 숨통을 조이는 것이나 다름없다. 남편이 조금은 털털하고, 바보스럽고 어딘가 빈 틈이 있어야 아내의 마음이 편하다.

반대로 아내가 어쩌다가 남편의 잘못을 지적해 주는데 대해서는 항상 고마움을 표시하는 것을 잊어서도 안 된다. 또한 어느 면에서는 아내와의 격의 없는 대화로 자신의 결점들이 고쳐지고 있다는 것을 인정해 주어야 한다.

결과적으로 아내는 내가 남편에게 둘도 없이 필요한 존재라는 것을 자신도 모르게 인식하게 되며, 이 때 가정의 새로운 화목은 움트는 것이다.

다섯째로, 재산의 공유화다. 아내가 자기 자신의 경제력이 향상되면 이를 배경으로 남편과의 불화를 이혼으로 결부시키는 용기를 갖게 된다고 한다.

확실히 아내의 경제력 증대는 남편과의 불화 확대의 빌미가 될 수는 있다. 최근 이혼을 제기하는 부인들의 배경을 조사해 보면 경제력을 갖고 있는 경우가 많다고 한다.

그러나 아내가 돈이 있다고 해서 무조건 남편을 무시할 수 있다는 논리는 성립하지 않는다. 오히려 재산의 공유화를 남편 쪽에서 솔선하여 주었다면 아내는 그만큼 남편에게 감사하며 남편을 더 사랑하게 될 것이다.

노년의 가정에 힘없는 할머니보다는 활기 찬 할머니가 더 바람직하다. 사람은 누구나 주머니가 텅 비어 있으면 여러모로 기운이 없어 보인다. 비록 자신의 주머니 돈은 아니지만, 집안의 재산을 공유하고 있다는 자부심만으로도 든든할 수 있고 삶에 대한 만족감도 느낄 수 있다.

아내와의 재산 공유가 그 동안 고생살이해 온 아내에 대한 보상이라고 해도 좋다. 그것은 빠르면 빠를수록 부부 모두에게 좋은 결과를 가져다 줄 수 있는 것이다.

우리 나라 여자의 평균 수명은 남자보다 10여 년 길다고 한다. 아내가 그만큼 더 살 수 있다는 것을 의미한다. 남편이 일찍 죽고 홀로 남게 된 부인이 만일 재산이 한푼도 없다면 정말 오갈 곳 없는 천덕꾸러기가 되기 십상이다.

더욱이 남편이 남기고 간 재산을 놓고 어머니와 자식간에 티격태격하는 사태가 발생하기라도 한다면 이 또한 집안의 수치요, 낭패이다.

‘자식에게 주는 재산은 독약’이라 했다. 자식보다는 아내에

게 재산이 남겨지도록 평소에 최선의 방책을 강구해 두는 것
이 현명한 일이다.

부부가 정말로 반려가 되는 시기는 결혼 초도 아니요, 결혼
후 행복했던 시절도 아니다. 진정한 반려伴侶가 되는 시기는
아들 딸들 시집 장가 다 보내고 늙은이 둘만 달랑 집안에 남
게 된 때부터이다.

외롭고 지쳐버린 두 늙은이가 누구보다도 건강하고 행복하
게 오래 오래 살려면, 무엇보다도 '아내의 건강'과 함께 아내의
협조가 가장 중요하다는 사실을 명심하고 살아야 한다.

늙어가면서 남편의 사랑이 종종 아내의 마음을 감동시킨다
면 남편에 대한 아내의 태도도 그만큼 호전될 것이며, 아내의
건강도 몰라 보게 좋아질 것이다.

어느 날 둘이 같이 있다는 사실만으로도 그지없이 행복하다
고 느낄 것이다. 노부부의 아름답고 멋진 영혼의 안식처가 그
리 먼 곳에 있는 것은 결코 아니다.

제4부
여가선용을 위한 취미 생활

＊ 전원 아파트에 살면서

　　나는 서울 변두리의 단독주택에서 13년을 살다가 분당의 새 아파트를 분양 받아 10여 년 동안 살았다. 오랜 기간 아파트에서 살다보니 나도 모르게 그 편리함에 함몰된 데다 마음과 몸도 늙고 게으름에 익숙해져 다시 단독주택으로의 이사는 엄두도 내지 못하였다. 자연히 '환경 좋은 용인으로 이사 가자.'는 분당 지역 사람들의 분위기에 나도 편승하고 말았으며, 도리없이 살던 아파트를 팔고 난개발의 상징으로 부각되고 있는 용인 수지 지역 성복동으로 이사를 하였다.

　　용인 성복동은 너무나 외진 곳으로 교통 사정도 나쁘고 편의시설도 전무하여 불편한 것이 한두 가지가 아니다. 이사한지 4년이 되어가도 여건은 별로 좋아진 것이 없고 개선의 징후도 보이지 않는다. 그래도 판교 개발의 후광으로 아파트 가격은 하늘 높은 줄 모르게 치솟았고 새 아파트도 계속 들어서고 있다. 이제는 제법 대규모 아파트 단지로 자리를 잡아가고 있으나 도로 사정과 편의시설은 여전히 최악이다.

　　전철을 타려면 아직도 집을 나서서 마을버스를 타고 분당선 미금역까지 보통 3~40분이 걸린다. 마을버스는 수지지역 곳곳을 돌고 또 돌아 짜증도 나고 시간상으로도 큰 손해를 보고 사는 셈이다. 주변에는 상가도 부족하고 시장을 보려면 수지 중심가나 분당으로 가야 하는데 시도 때도 없이 도로가 막혀 차를 몰고 나가면 분통을 삭혀야 하는 어려움을 겪는다. 입주 초기에 아내는 말하기를 '사는 것이 아니라 고통의 연속'이라고 자조하면서 이 모두가 남편인 당신의 책임이라고 나를 호되게 나무라곤 했다.

그러나 차츰 이 곳에 정도 들고 불편한 사정도 면역이 생긴 데다 그저 공기 좋고 무엇보다도 시간이 나면 산에 오를 수 있어 이제는 제법 성복동을 사랑하게 되었고 남들에게 자랑하기도 한다.

아파트 단지도 여러모로 정리가 되고 하자보수도 마무리된 데다 관리사무소의 지원 노력도 적극적이다. 그래서 아파트 단지의 단점보다는 장점을 찾아 열거하고 그에 완전히 심취해 보는 마음이 생겼고, 그로 인해 입주 초기에 겪었던 극심한 실망감이라든가 후회감도 완전히 소멸되었음을 느낀다.

이 곳 성복동은 전원 아파트 단지라는 확신이 여러모로 증명되고 있다. 우리가 흔히 전원 아파트라고 하는 평가는 무엇을 두고 하는 말일까? 정확한 개념은 모호하지만 전원 아파트란 도시가 주는 여러 가지 편리함도 누리면서 자연이 주는 전원의 느낌도 함께 할 수 있는 그런 아파트일 것이다.

이에 준하는 다음의 몇 가지 배경 요인을 열거해 보면, 누구든지 이 곳 성복동이 바로 전형적인 전원 아파트 단지라는 인식이 강하게 들 것이다.

첫째로, 말 그대로 친환경 아파트 단지이다. 주변이 산으로 둘러싸여 있는 데다 서쪽으로 멀리 보이는 광교산의 느릿느릿한 산자락들이 여러 갈래로 자랑스럽게 뻗어 있다. 어디를 둘

러보아도 자연 일색이요, 어느 곳을 보아도 아름다운 산천초목
이 확연하게 돋보인다. 산에 어우러지고 있는 수목들은 대부분
청송靑松만의 푸름을 마음껏 과시하고 있다.

마을 한가운데를 가로 지르는 성복천은 생태계 보호를 위한
자연석 일색으로 예쁘게 정돈되었고, 마치 섬섬옥수와도 같은
맑은 시냇물이 쉬지 않고 흐르고 있다. 아래 쪽 개울 옆에 자
리한 거대한 느티나무의 자태는 자연보호 수목임을 자랑하듯
넓게 하늘을 찌르면서 시골 어느 마을의 입구임을 상징적으로
알리고 있다. 이 어찌 대자연의 품 속이 아니랴.

둘째로, 이 곳의 아파트 단지는 모두 천혜의 등산로를 끼고
있다. 광교산은 주봉인 고기리 쪽의 시루봉, 성복동 쪽의 형제
봉의 양대 산으로 이루어져 있다. 산세가 비교적 크고 웅장하
지만 모든 산의 능선들은 소등성이처럼 완만한 편이다. 산중에
들어서면 소나무잎과 낙엽의 풍성한 맛을 온통 한몸에 느끼게
된다. 사람들은 겨울철 눈이 수북이 쌓인 산의 절경을 수원 8
경의 으뜸이라고까지 평한다.

형제봉이나 비루봉의 정상에 오르면 성남의 분당, 수원시
전역, 용인의 수지, 죽전, 구성, 안양, 군포 등이 한눈에 내려
다 보인다. 형제봉에 이르는 등산로는 여느 등산로보다 굴곡이
없고 완만한데다 장거리라는 점이 특색이다.

이를테면 장년, 노년에 이른 사람들의 산책로는 수도권에서
는 이만한 등산로를 찾아볼 수 없을 정도이다. 누구나 이 산중
을 거닐면 우선 부드럽고 편안한 감을 느끼며, 연로한 사람이
라도 웬만해서는 피로를 느끼지 않는다. 물론 형제봉을 지나
비로봉의 정상을 모두 거친다면 4~6시간 코스가 되어 등산다
운 등산도 할 수 있다.

셋째로, 광교산으로 가는 등산로에는 3곳의 약수터가 자리하고 있다. 등산로를 따라 올라가면 20분 거리에 매봉샘 약수터가 있는데, 1급수로 먹어보면 물맛은 강원도 평창의 오대산, 경기도 양평의 용문산, 가평의 명지산 등의 물맛을 방불케 한다. 그리고 용인시에서 새로 설치해 준 각종 운동시설은 약수터의 가치를 한층 돋보이게 해 준다. 이 곳에서 운동을 하면 분당의 중앙공원, 불곡산, 맹산 등을 연상하게 되며, 맑은 공기와 산세의 아름다운 정경은 분당 쪽을 훨씬 능가한다.

매봉샘에서 40여 분간 광교산 중턱을 오르면 등산로에 바로 인접한 우측 골짜기에 그 이름도 유명한 천년약수千年藥水에 다다른다. 말 그대로 이 약수를 장기 복용하면 천 년까지는 안 되지만 불로장수한다는 이야기가 있다.

그야말로 천년약수는 물의 기세를 자랑이라도 하듯 3개의 파이프에서 24시간 내리 펑펑 쏟아지고 있다. 가뭄에도 물줄기는 절대로 마르지 않음은 물론 물맛도 이를 데 없이 빼어나다. 이 곳에도 시에서 마련해 놓은 각종 체육시설이 운동 좋아하는 사람들을 이끌어 내고 있다.

이어서 광교산 형제봉 쪽으로 10여 분간 오르면 수원 쪽에서 오르는 넓은 등산로와 만나게 된다. 그러니까 수원 사람들이 광교산을 찾는 주 등산로인 셈이다. 이 등산로를 따라 조금 오르면 좌측에 또 하나의 약수터를 만난다. 이름 하여 바로 백년수百年水 약수터이다. 사람들이 말하기를 100년까지 살고 싶으면 하루도 거르지 말고 이 곳의 약수를 마시라고 한다.

약수터 주변의 심오한 자연환경으로 보아서는 백년수 약수터의 위치가 세 약수터 중에 가장 양호하다. 수원시에서 시설도 말끔히 잘해 놓아 약수터의 품위를 한층 높여주고 있다.

　이상의 내용을 종합해 보면 성복동의 모든 아파트는 분명 전원 아파트로 손색이 없다. 사실 이 지역으로 이사온 대부분의 사람들은 산으로 둘러싸인 자연을 보고 산림 속에 푹 파묻혀 살겠다는 생각에 이 곳을 택한 것이다.

　앞으로 성복동의 미래적 자산 가치는 매우 크다. 분당은 처음 입주했을 때 이 곳보다 모든 조건이 더 엉망이었다. 교통도 강남 가는 길이 수서, 양재로 가는 길과 성남으로 가는 구도로 뿐이었다. 버스도 양재로 가는 것과 성남으로 가는 두 개 노선으로 버스를 기다리면 보통 30분은 예사였다. 그 때도 서울로 유턴하는 사람들이 많았다. 5~10년 여를 기다려서 전철도 생기고 고속화 도로도 생겼다.

　사람들이 옛날 일은 쉽게 잊어버리고 당장의 불편함만 탓한다. 이 곳은 지금 차가 많아서 교통이 막히는 정도가 심하지만 사정은 분당 초기보다 나은 편이다. 버스 노선도 안 가는 곳이 없고 수지 중앙의 편의시설도 그만하면 견딜 만하다. 문화시설의 미비를 들고 있지만 어디 이 곳 뿐이랴.

　만일 이 곳 수지에서 강남으로 가는 고속화 도로와 전철이 개통되고 성복동의 개발이 완료되면, 이 곳 전원 아파트의 경제적 가치는 순간에 바뀌고 말 것이다. 4~5년을 기다려야 한다지만, 이것은 한국적 풍토이지 누구의 잘못도 아니다. 우리나라 지방의 도로 사정은 막혀야 아우성치고 그것이 도에 지나쳐서 여론화될 때 뚫리고 만다는 것이 오래 산 경험이다.

　수도권 아파트 중 전원 아파트로서의 조건을 갖춘 최적지는 바로 이 곳 용인 수지의 성복동이다. 여기 자연으로 가득 찬 전원에서 노년의 건강을 지키며 여생을 다 하도록 마음을 가다듬고 미래를 설계하도록 하자.

✳ 무공해 채소와 김치의 맛

우리 부부는 결혼 이후 지금까지 40여 년간 한 해도 거르지 않고 김장을 손수 담구어 왔다. 원래 김치를 좋아하는 사람 끼리 만나서 그런지 김장도 해마다 남들보다는 많이 담그는 편이었다. 잘은 모르지만 아마 7~80년대에는 대략 배추 50여 포기는 실하게 담궈야 그 해 겨울을 난 것으로 기억된다. 그것도 술꾼 친구들이 연이어 집에 들이닥치는 해에는 일찌감치 김치가 떨어져서 곤혹을 치르곤 했다.

서울 변두리의 전원주택에 살아서 매년 김치독을 땅에 묻어 겨울을 났으며, 배추와 무를 작은 텃밭 한가운데에 구덩이를 파고 지붕을 만들어 씌어서 보관하곤 했다. 당시엔 텃밭이 있어도 여러 가지 사정으로 김장감 채소를 재배하지 못했다.

그런데 지난 해에도 우리는 배추 50여 포기의 김장을 담궜다. 숫자로 보면 정말 놀랍게 많은 양이다. 그러나 이 배추는 우리 부부가 아파트 단지 앞 산기슭의 유휴지에 밭을 손수 개간하여 농사를 짓고 거두어 들인 유기 농산물이다.

시장 배추의 양으로 따지면 2,30포기에 해당되겠지만 수확물에 대한 자부심은 말할 것도 없고 귀중하게 느껴지는 마음은 그 무엇과도 비교할 수 없다. 더군다나 우리 부부는 손수

가꾼 배추와 무, 갓, 파 등이 상품성에서는 다소 뒤떨어지지만 전혀 농약을 안준 무공해 채소라는 점에 자부심이 앞섰다. 또한 전문가의 말을 들어 다 자란 배추에 일부러 서리를 몇 번 맞게 해서 맛있고 연한 제품으로 만들었다는데 남다른 보람도 가졌다.

처음 밭을 일굴 때는 먼저 낫으로 우거진 칡넝쿨과 잡초를 제거하고 순전히 삽과 곡괭이로 100여 평의 땅을 아름다운 밭으로 만들었다. 매일 새벽 2~3시간씩 아내와 함께 일했지만 고작 하루에 밭 한 고랑을 만드는데 그쳤다.

10분만 땅을 파도 땀이 비오듯 전신을 적셨다. 삽으로 땅을 파서 제치면 금세 목에서 뜨거운 물이 올라오는 감을 느꼈으며 전신에 힘이 쭉 빠지기도 하였다. 가쁜 숨을 몰아쉬고 가만히 앉아 먼 산을 바라보면서 자신을 한 번 뒤돌아보았다. 농사가 얼마나 힘든 일인가를 재삼 실감하지 않을 수 없었다.

밭 농사일을 몇 날 집중적으로 하면 몸의 이곳 저곳이 아프고 쑤시고 열도 나고 몸살 기운이 도진다. 내가 왜 이 힘든 일을 사서하고 있는 것일까? 무엇을 얻겠다고? 후회도 해 보고 다시 용기를 내어 끝내기로 작정도 해 보고 이리저리 반복을 하다 마침내 밭다운 밭을 만든 것이다.

아무튼 힘이 드는 일이지만 '내가 원해서 하는 일이고, 바로 우리 부부의 공동 일이고, 일한다는 것 자체가 즐겁기 때문이다.'라고 여러 번 자문 자답하곤 했다.

그러나 농사일을 한두 달 하고 나니 땅을 파면 팔수록 다리에 힘이 저절로 솟아남을 느꼈다. 정말로 불가사의한 기분이었다. 이 곳으로 이사 오기 전까지 농사일을 하지 않았을 때는 무릎이 가끔 아파 계단을 오르내릴 때도 불편했는데, 나도 모르게 아픈 곳이 씻은 듯이 사라졌다. 정말 신기한 일이 아닐 수 없다.

채소농사가 노동의 양으로 따지자면 과로일 수도 있어 무릎이나 여타 다른 곳이 더 아플 것 같았는데 예상이 완전히 빗나가고만 것이다. 거기에다 때때로 반복되어 온 소화불량증도 알게 모르게 많이 치유되었다. 아무튼 땅은 인간에게 정말 고마운 존재임을 새롭게 느끼지 않을 수 없었다.

배추와 무를 비롯한 김장 농사는 8월 중순에 심어 11월 중순에 거두어들인다. 우선 고랑과 둑을 차례로 만들어 낙엽 썩은 자연산 거름과 농협에서 제조한 퇴비거름 등을 섞어주고 비닐을 덮어 전업 농부의 흉내를 낸다.

처음에는 시장에서 파는 배추 모종 60여 포기를 사다 심었으나 이제는 모종도 손수한다. 쪽파도 하나하나 골라 간격을 맞추어 심고 총각무, 열무, 얼갈이, 근대, 아욱 등도 정성을 들여 파종한다. 파릇파릇하게 새싹이 나면 매일 물을 주고 잡초도 뽑아준다. 간간이 거름을 준 다음, 호미로 흙을 돋아주는 일도 잊지 않는다.

채소를 가꾸는 나의 능력은 보잘 것 없는 아마추어 수준임에도 불구하고 비옥한 땅에 수분 공급을 알맞게 해주면 작물은 비교적 잘 자란다. 채소밭을 가꾸다 보면 젊은 시절 바둑 배울 때 바둑판만 머릿 속에 떠오르듯이 누으면 채소밭만 눈에 아롱거린다. 아침 일찍 일어나면 부리나케 밭으로 달려가는 것이 일이다. 얼마나 자랐을까? 궁금하기도 하려니와 그저 그냥 보고 싶은 마음만 앞서기 때문이다. 겨우 하루가 지났을 뿐인데 더 자란 작물이 한눈에 쏙 들어오는 것 같다.

배추 농사에서 가장 어려운 것은 벌레와의 싸움이다. 옛날 시골에서 자랄 때는 퍼런 배추벌레만 보았던 것 같은데, 5가지나 되는데는 놀라지 않을 수 없다. 그러니까 농사를 전문으로 하는 사람은 농약을 안 칠 수 없고 유기농의 무농약 농산물이라고 시장에서 아주 고가로 파는 야채들이 농사를 지어보니까 거의 다 거짓말이라는 사실을 알 수 있다.

배추에는 우선 처음 자랄 때 땅 속에서 연약한 배추 꼬랑대를 잘라먹는 굼벵이가 있다. 배추대를 잘라 먹으면 할 수 없이 모종을 다시 심어야 한다.

다음으로 배추가 조금 자라면 까만 풍뎅이 같은 벌레가 잎에 벌떼처럼 달라붙는다. 잡아도 어디서 오는지 자꾸자꾸 생겨난다. 그 다음에 배추잎 뒷면에 새까맣고 가느다란 벌레가 이어져 기생한다. 이 벌레 역시 잡아도 또 생긴다.

그리고 가장 보기 쉬운 퍼런 배추벌레가 이어진다. 배추잎 전면에 기생하고 몸집이 비교적 커서 눈에 잘 띄고 잡기도 편하다. 끝으로 배추 고갱이만 가려 파먹는 누런 배추벌레가 기생한다. 잡기도 어렵고 어찌나 큰지 징그러워 손이 움츠러들 정도이다.

여름 내내 자란 채소는 큰 장마를 지나고 선선한 바람이 일기 시작하면 벌레도 뜸해지고 제법 상품화되어 간다. 지성이면 감천이란 말과 같이 온 정성을 다 쏟아부은 결과임이 분명하다. 이 때는 배추를 비롯한 작물들이 마치 내 자식처럼 귀엽게 보이고 보람있게 느껴지기만 한다.

어느덧 크게 자란 아욱, 근대를 골라 처음 된장국을 끓여 먹어보니 흔히 하는 말로 '정말 둘이 먹다 하나 죽어도 모를 정도'로 입맛을 돋우기도 한다. 얼갈이와 열무로 버무린 겉절이 김치 또한 보리밥에 썩썩 비벼먹으니 이 또한 어느 맛에 비할 바가 아니다. 세상을 살아가다 보면 이렇게 즐겁고 기분 좋은 때도 있다는 것을 실감하지 않을 수 없다.

지난 해 겨울에 담근 김장도 그 맛이 예상보다 훨씬 일품이다. 직접 재배했고 그것도 완전 무공해 채소인데 김치맛이 나쁠 리가 없다. 나는 자연에 감사하고 땅에 고마워하며, 나의 노력과 그 결실에 만족할 뿐이다.

무엇보다도 김치가 아주 연하면서 맛이 새콤하고 쌉쌀하여 그 옛날 어릴 적 배고픈 시절의 시골 김치맛을 연상하기에 충분하며 햅쌀밥의 밥맛을 한층 돋운다.

옛 어른들 말씀대로 땅은 정말 거짓말을 안 한다는 진리를 스스로 깨우치는 좋은 계기가 되기도 한다. 사실 농사를 안 지어본 사람은 이 달콤한 기분을 있는 그대로 느낄 수는 도저히 없으리라.

이제 한겨울을 다 보내면서 내가 만든 무공해 김치의 고마움을 다시 한 번 느껴보려 한다. 그리고 야채농사로 인한 나의 즐거운 마음과 긍정적이며 적극적인 삶의 의지가 금년에 다시 시작할 채소 재배에 모두 심어지도록 노력할 것이다.

그래서 금년 농사에는 아마추어 티를 벗어나 좀 더 전문가다운 농부가 되도록 각종 영농기법도 배워서 도입할 것이다. 이것이 금년에 준비할 나의 중요한 인생 과제라는 점에 나는 정말 만족한다.

＊ 고추 농사의 어려움과 보람

고추는 우리 식생활에 빼놓을 수 없는 야채 중의 하나로 각종 음식에 들어가는 천연 조미료이다. 특히 고춧가루는 우리의 대표적 식품인 김치에 빼놓을 수 없는 양념으로 맛은 물론 김치의 시각미를 크게 좌우한다.

최근 건강식품으로 김치의 가치가 국제적으로 인정을 받고 있는 데다 고추가 다이어트에 효과가 상당하다는 것이 알려짐으로서 고추에 대한 여론의 관심이 높아지고 있는 추세이다.

나는 고추를 3년간 직접 재배하였다. 지난 해 봄에도 20여 평의 밭에 고추모종 80여 포기를 직접 심고 여름내 가꾸어 수확을 했다. 야채 재배 가운데 고추 농사가 여타 작물보다 여러 가지로 어렵다는 것은 익히 알고 있었고, 실제로 몇 년 농사를 해보니 크고 작은 고충이 이만저만 아니었다. 여기서 얻은 경험은 고추는 자식 이상으로 돌보면서 애지중지愛之重之하지 않으면 기대만큼의 열매는 결코 얻지 못한다는 사실이다.

고추 농사는 우선 모를 심기 위한 밭고랑을 만드는 것부터 힘든다. 왜냐 하면 고추는 밭 전체의 통풍과 배수 관계가 원만치 못하면 아무리 고추대가 잘 자라더라도 수확기에 들어 순식간에 수확을 망쳐 버릴 수 있기 때문이다. 때문에 밭고랑마다의 경사면이 배수에 아주 적합하도록 다듬고 고랑의 간격은 물론 모종간 거리도 원활한 통풍을 백분 고려해야 한다. 그리고 자랄 때 고랑 사이의 잡초가 무성하면 배수에 큰 지장을 초래하기 때문에 수시로 잡초가 크게 자라기 전에 여러 번 깨끗이 김을 메야 한다.

고추는 각종 병충해에 약한 특성을 갖고 있다. 그래서 모종하기 전, 흙더미에 검정 비닐을 덮기 전에 유기농법에 적합하도록 충분한 퇴비와 적절한 고추용 비료를 배합해 주어야 한다. 여기에 사용하는 농협 퇴비는 대개 독성이 그대로 남아있어 햇볕에 몇 일간 말려 독소를 없앤 다음 시비해야 한다. 그리고 산에서 힘겹게 수거해 온 부엽토도 넣어야 한다.

고추모가 잘 자라기 위해서는 적절한 수분 공급이 절대적으로 필요하다. 때문에 해 넘어간 저녁 나절에 고추밭에 물주기를 잊지 말아야 하며 간혹, 고추잎에 진딧물이라도 생기면 손으로 하나씩 잡아주어야 한다. 매일 물을 주는 것도 힘 들지만 비가 너무 와도 고추 농사는 망치게 된다.

고추대가 어느 정도 자라면 곁가지를 계속 쳐주고 넘어지지 않도록 받쳐주는 버팀대를 반드시 꽂아야 한다. 80여 개의 나무대를 만들어 하나하나 고추대 바로 옆에 꽂아 비닐끈으로 매주고 고추대가 더 자라면 위쪽에 끈 하나를 더 매준다.

고추가 잘 자라 열매가 달린 후에는 작은 나무대만으로는 지탱이 어렵다고 생각되면 고추대 중간중간에 큰 말뚝을 꽂고 줄을 아래위로 쳐주어 여러 개의 줄기를 보호토록 한다.

풋고추는 주렁주렁 달리기 시작하면 이내 요리의 주객이 된다. 풋고추를 바라보는 것만으로도 엔돌핀이 절로 나오는 판인데 싱싱한 풋고추를 넣은 된장찌개, 멸치와 함께 볶은 어린 고추조림, 그리고 그냥 고추장에 찍어먹는 풋고추의 맛은 그야말로 일품이다. 더욱이 모두가 농약을 안준 무공해 유기농 고추여서 맛의 싱싱함과 청결함이 더 한층 빛나지 않을 수 없다.

고추가 빨갛게 익어가고 빨간 고추의 첫물을 따고나면 고추 농사에 정말 만족하고 자랑스럽기까지 하다. 그러나 이 때다 싶어 하늘이 시샘을 하는지 고추는 익어가는데 뒤늦은 장마와 태풍이 휘몰아친다.

비는 몇 날을 쉬지 않고 내리고 세찬 바람까지 불어대 멀쩡한 고추가 병든 나머지 힘없이 떨어지기 시작한다. 어느 집 고추는 탄저병에 고추밭 전체가 아예 망가지는 피해를 입기도 한다. 나는 정성을 다한 덕인지 떨어지고도 남은 고추가 많아 일정량을 수확하여 우리 집 김장 고추는 마련하게 되었다.

장마가 오랜 기간 지속되면 고추를 말릴 곳이 없다. 그러면 매일 햇빛도 거의 없다시피 하여 할 수 없이 집안에 전기장판을 켜놓고 말린다. 고추가 잘 마르지 않지만 햇빛에 말리려다 썩어나가는 것보다는 훨씬 효과적이다. 전기료가 상당할 것이라는 생각도 들었지만, 무농약 고추라 귀한 물건이라는 생각이 앞서 전기 소비는 아예 무시한다.

고추 농사는 빨간 고추의 수확만이 아니다. 서리 맞은 마지막 풋고추와 고춧잎은 겨울 밑반찬 마련에 좋은 재료가 된다. 고추잎을 다 털어내어 풋고추 일부는 냉동 보관하고 일부 풋고추와 잎을 함께 된장에 넣어 장아찌를 담그면 그야말로 고추 줄기를 빼고는 하나도 버릴 것이 없다.

고춧잎은 영양학적으로 칼슘이 아주 많다고 하니 겨울 내내 칼슘을 보충할 수 있는 좋은 반찬이 될 것이다.

지난 해 김장을 직접 가꾼 고춧가루로 충당했다는 아내의 말을 듣고 금년에는 경험을 살려 유기농 고추 농사를 더 잘 지어보겠다고 결심한다. 고추 모종도 더 많이 심고, 거름도 더 잘 하고, 더 정성을 들여 가꾸어 좋은 결실을 맺어보려 한다.

땅은 노력하고 힘을 다하는 농군을 절대로 배반하지 않는다는 사실을 다시 한 번 증명해 보고 싶다. 올겨울은 왠지 유난히 길게 느껴진다.

✳ 책을 늘 곁에 두고

　평생 직장을 그만두면서 나는 한 가지 나름대로 대단한 각오와 결심을 하였다. 그것은 활자를 가급적 멀리 하고 글 쓰는 일은 절대로 하지 않겠다는 것이다. 30여 년을 책과 신문, 자료 등과 접하면서 보고서 작성과 씨름하며 살았으니 지겹고 신물나는 이 짓만은 피하며 여생을 보내고 싶다는 생각이 간절해서였다.

　책이란 것 자체가 내게 큰 부담을 주는데다 그 많은 지식의 족쇄로부터 해방되고픈 마음이 절박했기 때문이다. 또 건강을 위해서나 여가 시간을 재미있고 즐겁게 보내야 한다는 염원에서 책을 멀리 하겠다는 마음과 실천적 의지는 확고했다.

　그 동안 모아두었던 전문서적을 대학연구소에 기증하고 그 외의 많은 도서와 자료를 버렸다. 홀가분한 기분에 마음이 한결 정리되는 듯싶었다. 가급적 책을 멀리 하면서 살려고 노력하였다. 신문을 오래 보거나 혹 봐야 할 내용을 확인하기 위해 책을 뒤적거리면 무엇보다도 눈이 아파오고 머리도 띵해졌다. 결국 책을 멀리 하기를 잘 했구나 하는 생각이 점점 굳어만 갔다.

　그러나 '하던 도둑질은 쉽게 못 버린다.'는 말이 있듯이 이러한 결심은 그렇게 오래 가지 못하고 쉽게 무너지고 말았다. 왜 그런지 신문과 인터넷을 더 사랑하게 되었고 신간도 몇 권씩 더 사서 보겠다는 생각으로 바뀌었다. 아니 신문을 보더라도 더 속속들이 정독을 하게 됨은 물론, 배운 버릇대로 칼을 들이대고 스크랩하는 습관도 되살아나고 말았다.

다만 전과 달라진 것은 신문이나 인터넷의 관심 기사가 국제관계 부문에서 사회, 문화, 예술 분야로 변했고 책도 학술서적이나 소설보다는 수필이나 전기, 생활수기 등을 선호하게 되었던 것이다.

실로 예상치 못한 결과가 되고만 셈이다. 몇 년이 지나니 글이 쓰고 싶어 좀이 쑤시기도 했다. 마침내 이를 참지 못하고 그 동안 여러 잡지 등에 발표했던 글들을 정리하여 책『러시아의 한반도 정책,2000.3』을 한 권 발간하고 나니 마음이 절로 달라졌다. 늙어가면서 새로운 보람과 용기를 다시 되찾은 듯했다. 어떻게든 남아 있는 여생에 적어도 한 권은 기필코 만들어 보겠다는 새로운 삶의 욕심마저 생겨났다.

자연히 책을 이것저것 구입하여 읽어보게 되었고 신문, 잡지도 더 자세히 보는 습관으로 이어졌다. 잘한 것인지, 잘못한 일인지 아직도 확답이 서지는 않지만 하루하루 지나는 과정과 결과물을 챙겨보니 어쩌면 늙어가는 겉모습과는 달리 대견스럽기도 하고 자랑스럽기도 하다. 마음 속으로는 '아! 내가 아직도 그렇게 시들지는 않았구나! 아직도 무엇이든 할 수 있는 능력이 남아 있는 것이 아닌가!'라는 생각이 들자, 자신도 모르게 몸의 근저로부터 기氣와 힘力이 함께 솟구침을 느끼기도 했다.

아무튼 살아오는 동안 책을 떠나본 적이 거의 없었지만 앞으로도 영영 떠날 수 없는 꼴이 되고만 것이다. 많고 많은 여가 시간에 책을 이것저것 섭렵하여 읽다보니 왜 그렇게도 좋은 책이 많은지? 바쁜 직장생활 속에서는 접해 볼 수 없었던 책의 소중함이라든가 보석같은 책의 내용을 도처에서 발견할 수 있었다. 뒤늦게나마 독서에 대한 새로운 깨달음을 갖게 된 것이 참으로 고맙고 다행스럽게 느껴졌다.

미국의 유명한 토크쇼 진행자인 윈프리는 '만일 당신이 내일 아침 오늘보다 더 나은 사람이 되어 깨어나고 싶다면 잠들기 전에 책을 펴고 단 세 쪽이라도 읽어라.'고 하였다.

분명히 독서는 사람의 마음을 풍요롭게 해주며, 인간이 홀로 존재할 수 있는 힘을 실어준다. 그래서 독서야말로 늙어가는 사람에게 더욱 필요하고 절실한 습관이라 하겠다. 노인이라고 해서 책을 멀리 한다면 우선 근심과 외로움에 싸여 마음이 거칠어지고 황량해질 것이다. 또한 머리 속은 곰팡이가 끼고 녹슬며 메말라 남아 있는 건강한 뇌세포까지 현상 유지가 어렵게 된다고 한다.

결국 노인은 노화된 뇌를 다시 갈고 닦아 정신을 맑게 함과 아울러 기억력의 순기능을 보완하기 위해서 책을 가까이 해야 한다. 무엇보다도 노인의 가장 무서운 병인 우울증이나 치매로부터 확실한 국외자가 되기 위해서는 독서의 생활화가 가장 유효한 방지책의 하나임은 널리 알려져 있다.

노년이라도 우리는 인생의 새로운 설계를 마련할 필요가 있다. 노인으로서 갖추어야 할 본분이 무엇이며 사명이 무엇인지 스스로 생각해 볼 때가 있다. 이때 새로운 정보와 지식없이는 아예 출발부터가 곤란하다.

노년의 삶에 즐거운 활력소를 가져올 어떤 이벤트성 사안이나 사회봉사 활동 등을 위해서도 전문서적의 탐독이 요구된다.

또한 현대생활의 여가선용으로 여행, 등산, 낚시 등의 알찬 준비를 위해서도 이와 관련하여 새로 발간되는 책자를 탐독함이 매우 유익하다 하겠다.

사람이 늙어가면서 변함없이 독서에 마음을 둔다면 몸이 불편하더라도 '할 일없다'는 푸념은 적어지기 마련이다. 세상에는 재미있으면서 생활에 유익한 정보를 제공하고, 우리에게 무한한 지적, 영적인 양식을 주는 책들은 얼마든지 있다. 찾아보지 않아서 그렇지 자신의 서가에도 있고, 책방에도 있으며, 동네 도서관에도, 인터넷에도 수없이 널려져 있다. 적극적으로 책읽기에 달려들 필요는 없을지 몰라도 적어도 하루에 한 번쯤은 곁에 있는 책을 들어보는 습관을 가질 필요는 있다.

또한 그 옛날 읽었던 고전古典이나 명작소설을 다시 읽어볼 필요가 있다. 서가에 먼지로 덮인 고전을 꺼내 읽으면 새로운 맛도 나고 왜 이 좋은 책을 멀리 했던가 후회도 하게 된다. 전에 읽어 알고 있는 상식과는 전혀 다른 새로운 지식을 얻게 됨은 물론 삶의 새로운 의지도 함께 느끼게 된다. 종교인이 아니더라도 성경聖經이나 불경佛經에 심취해 보는 것도 자신의 삶의 새로운 진로를 개척하는데 좋은 계기가 될 것이다.

그러나 노년에 독서를 한다는 것 자체가 상당히 어려운 일이다. 눈도 나빠져 쉽게 피로하여 독서의 능률이 오르지 않고, 지구력이 떨어져 지속력도 약하다.

말하자면 책을 오래 붙잡고 있기가 어렵고 컴퓨터 앞에 오래 앉아있기도 상당히 어려운 실정이다. 따라서 독서를 계속하려면 확실하게 건강을 유지하여야 한다. 마음과 몸의 운동도 게을리해서는 안 되며 신체에 적합하고 자신의 기호와 체력에 알맞은 운동을 찾아 열심히 해야 한다.

　노인이 책을 가까이 함은 남들 보기에도 좋고, 새로운 지식을 쌓게 되어 가족들과의 대화에도 좋은 내용들을 인용할 수 있고, 이를 통해 가족 내의 가장으로서의 위엄을 지키는데도 크게 기여하게 된다.

　이를테면 어린 손자나 손녀들에게는 노인의 독서가 모범으로 비춰져 본보기가 될 것이며, 할아버지에 대한 존경심의 발로와 증진에도 순기능으로 작용할 것이다. 물론 할아버지의 독서가 일과성이 아니고 습관화된 모습을 유지할 때의 경우이다.

　독서를 생활화하려면 무엇보다도 책을 사는 습관을 기르도록 해야 한다. 책을 사지 않고는 책을 읽겠다는 노력이 작심삼일로 공염불에 그칠 공산이 크기 때문이다. 적어도 한 달에 한 번은 몸소 책방을 방문하여, 많은 책들을 둘러보고 마음에 드는 책 한 권을 골라 귀한 돈을 주고 사야 그 책을 정성껏 읽게 된다. 돈을 주고 구입한 책은 아까워서라도 이리 뒤적 저리 뒤적 목차라도 살펴보고 단 한 줄이라도 읽게 된다.

　책은 청년에게는 음식이요, 노인에게는 오락이라고 하였다. 책이 없는 세상은 영혼이 없다고 한다. 노년이 깊어가더라도 항상 밝은 마음으로 이 무궁한 오락과 영혼의 가치를 옆에 두고 즐기도록 노력해야 한다.

　'건강하면 독서, 독서하면 건강'이라는 슬로건을 마음에 새기고 책을 사랑하는 벗으로 이웃한다면 요즈음 노인네들이 새로운 목표로 삼고 있는 '100살까지 무병장수無病長壽'로의 은혜를 한 몸에 받게 될 것이다.

✳ 등산은 자신의 체력에 알맞게

산에 가면 우리는 산이 살아 숨쉬고 있음을 느끼게 된다. 산의 온갖 모습은 사람의 마음을 편안하게 해주며 어떠한 거부감도 주지 않는다. 산은 때때로 실의에 빠진 사람에게 새로운 용기와 희망을 안겨주기도 한다.

걱정과 불안에 휩싸인 사람도 산에 들어서면 자신도 모르게 살아있다는 기쁨과 함께 자신감을 회복하고 위기 상황을 극복하기도 한다. 더 나아가 산을 진정 사랑함으로서 심한 고독감이나 소외감으로부터도 벗어날 수 있음은 물론, 자제력과 통제력을 기르고 사회에 대한 적응력도 함께 갖추게 된다.

산에는 인간의 생명과 떼어놓을 수 없는 흙과 숲, 물과 바위 등이 어우러져 있다. 여기에다 산의 순수함이라든가, 산이 갖고 있는 근엄함이나, 산이 물신 내뿜는 여러 가지 맛깔스러운 향기, 또한 언제나 매력적인 모습으로 변신하는 대 자연의 모습이 가득 차 있다. 이러한 변화무쌍한 산의 풍요로움은 항상 사람의 마음을 끌고 사로잡기에 충분하며, 그래서 산림은 사람의 마음과 몸의 질병을 치유해 주는 역할도 담당한다.

산행의 본질적 의미는 속세로부터 해방되어 자신을 다시 발견하는데 있다 하였다. 또한 산에 오르는 것은 선善을 쫓는 수

행修行이라 했다. 그래서인지 산의 매력에 한 번 흠뻑 빠진 사람은 결코 산을 멀리 하지 못한다. 산을 사랑하게 되고 끝내는 산에 미친 듯 산사람이 되기를 마다 하지 않는다.

흔히 불자나 등반의 프로들이 산의 영적인 감정의 옥죄임에 묶이어 일생을 산과 더불어 지냄을 쉽게 볼 수 있다.

산은 인간에게 사시사철 색다르고 정결한 감흥을 주며 생명선의 역할을 해준다. 만물이 소생하는 봄을 맞으면 환한 햇살이 눈부시고 모든 풀과 나무들은 살아 움직인다.

나무에 물이 오르고 새싹이 돋는가 하면 금새 오색 꽃이 울긋불긋 온 산을 물들인다. 노쇠한 몸이라도 산을 오를라치면 자연의 법리와 같이 생기를 되찾으면서 심신이 상쾌해지고 온몸에는 산의 정기精氣를 한껏 안아 날아갈 듯 가볍다. 참으로 신통한 일이기도 하지만, 겨우내 찌뿌듯했던 몸의 여기저기가 한결 개운해짐을 느끼게 된다.

어느덧 산은 녹음이 우거진 숲으로 변한다. 여름이라 따가운 햇살과 더위에 몸은 지치고 노곤해진다. 하지만 땀을 뻘뻘 흘리며 산에 오르면 이내 훈훈한 나무 향기와 시원한 산바람이 우리를 맞는다. 몸 안에 남아 있는 모든 노폐물이 일거에 사라지는 듯 다시 없는 생명력의 활기가 온몸에 스며든다.

여름에도 쉬지 말고 등산을 해야 할 바로 진짜 이유가 이것이구나 하며 땀에 흠뻑 젖다보면 몸의 컨디션은 한여름인데도 불구하고 더없이 좋아짐을 감지한다.

이내 서늘해지면서 마른 바람이 불면 산은 온통 아름다운 오색의 단풍으로 얼룩진다. 벌써 가을이 왔음을 느끼는 사이에 이내 마음은 허전하고 쓸쓸해진다. 독서와 사색의 계절이기도 하지만 등산의 계절을 알리는 듯 도시 근교의 산은 어딜 가든

등산객들로 인산인해를 이룬다. 계절 탓인지 입맛을 되찾아 식
욕이 진동하여 산에서 배불리 먹어도 하산하면 허기에 다시
배를 채우게 된다. 노인의 몸에도 이 때만은 한결 밥맛이 좋아
지고 살이 제법 오름을 느낀다.

우리의 가을은 너무도 짧다. 낙엽이 지고 앙상해지는 나뭇
가지가 보이면 겨울을 알리는 눈발이 나무 틈 사이로 날린다.
눈 쌓인 겨울에 산을 오르는 것은 너무나 아름답다. 눈부신 밝
은 햇살은 소나무 가지에 송이송이 맺힌 눈꽃을 현란하게 비
쳐준다. 혼자 보기에는 너무나 아까운 낙원의 정경인 것이다.
어느 새 봄이 오고 있음을 산에서 먼저 발견하게 된다.

나는 산에 대한 지식이나 산에 오른 경험의 미천함으로 볼
때 산을 논할 자격은 미미하다. 산에 관한 서적을 남달리 섭렵
한 것도 아니고, 그 유명한 산에 오른 별다른 실적도 없으니
말이다. 열성 등산애호가 측에도 끼지 못하는 편이며, 실제로
등반다운 등반을 해 보지 못한 처지이다.

그렇지만 나는 산골에서 태어나 유년시절을 보냈고, 서울에
서도 도심을 피한 체(어쩔 수 없었지만) 변두리의 산 근처 동네
만을 전전하며 살아왔다. 그런지 이제나 저제나 산이 좋고 산
을 퍽이나 사랑하는 마음을 갖고 산다. 그러니까 그저 산이 갖
고 있는 본연의 자연미에 때때로 넋을 잃고 좋아할 뿐이다.

어쨌거나 나는 서울과 수도권 근교의 산을 이곳저곳 마음
닿는 대로 싸 다니는 순수 아마추어 수준을 벗어나지 못한다.
그래도 사시사철 산을 자주 접하다 보니 산과 숲은 항상 내
곁에 있는 것으로 느껴지고, 그럴 적마다 산은 내 마음과 몸을
달래주며 살찌게 하는 안식처安息處로서의 역할을 다 하고 있

 제4부 여가선용을 위한 취미생활

음을 결코 부인하지 못한다.

나는 2002년 경기도 용인에서 가장 한적한 변방인 광교산 기슭의 깊은 구석에 자리한 성복동이라는 곳의 한 아파트촌으로 이사를 하였다. 이 곳으로 이사 오게 된 주요 배경에는 경제적 요인도 있었지만, 그보다는 아파트 단지 앞뒤로 넓디넓게 펼쳐진 광교산이 드높게 자리하고 있어 노년인 나에게 더할 수 없이 호감을 주었기 때문이다. 자연히 이 곳에 정착한 이후 난 아무 때나 편하게 가고 싶을 때는 언제나 주변을 거닐거나 가볍게 산에 오르는 것이 주요 일과가 되었다.

이 곳 아파트 단지 주변은 그야말로 시골 산골의 냄새가 뭉실뭉실 풍기는 쾌적한 환경을 안고 있다. 햇볕은 유난히도 따갑도록 느껴지고 햇살은 저절로 손가리개를 할 정도로 눈부심을 자랑하기도 한다. 낮고 넓으며 깊은 산 계곡으로 둘러싸여 있어 공기는 그지없이 맑고 늘 시원함을 선사해 준다.

아무리 한여름의 장마가 오랜 기간 지속되더라도 도심에서 느끼는 답답함이나, 후텁지근함, 끈적끈적함 등을 거의 모르고 지내기 일쑤이다. 여기에 더더욱 매력과 소중함을 주는 것은 잡다한 소음이 거의 없는 그저 고요와 적막만이 사방에 드리워져 있는 점이라 하겠다.

해발 582m의 높은 광교산은 용인, 수원, 성남, 의왕 등 4개 시에 광범위하게 걸쳐져 있다. 사방으로 늘어진 산줄기의 능선들은 모두 아주 완만하여 포근하고 부드러우며 넉넉하게 느껴진다. 아침 햇살에 곱게 드리우는 산 안개와 해가 기우는 저녁 노을의 정경은 그야말로 한 폭의 산수화를 연상시켜 주기에 부족함이 없다.

등산 애호가들이 즐길 수 있는 암벽이나 가파른 코스가 없어 산의 정상에 올랐다는 정복감은 다소 부족하더라도 누구나 산이 좋아서 흠뻑 취하고 정취에 물씬 빠지며 산에 사뿐히 안 김으로서 더할 수 없는 행복감을 갖는데는 안성맞춤이다.

산의 각 방향마다 다양한 등산로가 개발되어 있다. 소나무 위주의 산림이 하늘이 가릴 정도로 빽빽이 우거져 있으며 등산로 중간 중간에는 약수터와 다양한 운동시설을 갖춘 휴식공간이 곳곳에 마련되어 있다. 이를테면 노인들이 하루 일과로 삼아 가벼운 산책이나 등산하기에는 천혜의 조건을 갖추고 있는 그야말로 '낙원'이라 하겠다.

누구나 이렇게 아름다운 산을 지척에 두면 자연히 산에 자주 오르게 된다. 산을 천천히 걷다보면 자기도 모르게 내가 나무가 되는가 하면, 흙이 되고, 돌이 되며 물이 되기도 한다. 깊은 사색에 잠기기도 하며 자신의 당면한 난제들의 실마리를 쉽게 찾아내기도 한다.

어느 때는 유난히 정신이 맑아지고 모든 생각이 창의적으로 균형 감각을 잡아가기도 한다. 늙어가지만 산에 자주 오르는 사이에 자기도 모르게 다리와 허리의 근육이 강화됨을 물론 전신의 생동감을 만끽하게 된다. 예전과 달리 전철 계단이 낮아 보임은 물론 지나가는 아름다운 여자들이 진정 여자(?)로 보이는 행복감을 느끼기도 한다. 등산복, 등산 장비 등의 구입에 다소 고가의 제품이라도 돈이 아깝지 않고 여러 등산 모임에 가입하여 등산하느라 바쁜 일정을 보내기도 한다.

산은 거짓말을 하지 않기 때문에 누구든 산에 올라 운동한 만큼, 산을 사랑한 만큼, 산의 마음을 깨달은 만큼 보답을 받는다. 산은 지속적으로 오르면 몸과 마음의 건강에 더할 수 없이 긍정적인 영향을 미친다. 전신운동에다 단전호흡의 효과까지 얻으므로 신체적 지구력과 정신적 의지의 강화는 물론 벗과 더불어 즐기는 동료애의 획기적인 증진에도 더 할 수 없는 만족감을 준다.

그러나 몸에 좋은 운동도 잘못하면 '독毒'이 된다고 했다. 자신의 역량보다 지나치거나 준비가 덜된 등산은 심한 육체적 손상과 사고를 유발시킨다. 암벽 등산을 하다 실족하거나 힘에 버거운 정상 등정을 고집하다가 생명을 잃는 경우도 비일비재하다. 몹시 추운 겨울이나 폭우가 심한 한여름의 등산은 돌발사고의 위험성도 그만큼 높다. 특히 노인은 자신의 체력에 적합한 등산을 하지 않을 경우에는 후유증으로 감기, 몸살 등이 뒤따름은 물론 큰 재난을 당할 수도 있다.

그래서 노년의 여가선용으로 취미 삼아 하는 등산은 무엇보다도 자신의 체력에 알맞게 등산할 산, 코스, 시간대 등을 철저히 고려하여 신중한 선택을 할 것이 요구된다. 가급적 바위와 돌, 모래 등이 많은 곳, 그리고 험한 지역이나 경사가 급한 코스 등은 피하고 비교적 흙으로 점철된 평탄한 코스, 경사가 완만한 능선, 소나무 위주의 숲이 우거진 곳, 물이 흐르는 곳 등을 엄선하도록 하여야 한다.

다음으로 등산하기 좋은 계절인 봄과 가을에는 장거리 등산 코스를 취해도 별 문제가 없겠으나 장마철인 한여름이나 눈이 많이 내리는 겨울, 그리고 기온이 영하 10도 이하로 내려갈 때는 아주 짧은 코스를 택하거나 다음 기회로 산행을 순연하는 유연성을 가질 필요가 있다.

특히 겨울 등산에는 높은 산이 아니더라도 추위와 빙판에 대비한 여러 가지 장비를 갖추어 불의의 사고에 대비하는 지혜를 겸비해야 한다. 그리고 단독 산행엔 언제나 핸드폰을 휴

대하여 불의의 사고에 대비해야 한다.

한편 늙어가면서 등산은 자기 혼자 늘 즐길 수 있도록 독특한 자기만의 방법과 수단을 선택하여 이에 익숙해지는 것이 좋다. 물론 늙은 백수들의 등산은 학교 동창이나 옛 직장 동료, 동호인 끼리 또는 아주 가까운 주변의 친구 2~3명이 짝을 이루는 것이 상례이다. 그러나 해가 거듭되면서 이들 끼리 끼리의 끈끈한 인간 관계의 산행도 다가오는 노쇠 앞에는 어쩔 수 없이 허물어지기 마련이다.

만일 죽을 때까지 아내와 함께 산에 오를 수 있는 건강과 의지를 갖고 산다면, 이는 더할 수 없는 행운을 안은 사람이라 하겠다. 왜냐 하면 산은 부부간의 유대를 강화시켜 줌은 물론 상대방의 소중함을 뼈저리게 일깨워주기도 한다.

하지만 어느 쪽이든 오래 살면 살수록 언젠가는 혼자만의 산행이 될 수밖에 없는 불가피성을 지니고 있다. 결국 노년의 산행은 혼자가 된다는 점을 항상 염두에 두어야 한다.

노년기에 산행을 일상화한다는 것은 어떤 여가선용보다 건강 증진에 유익한 보약補藥을 상용하는 셈이다. 누구나 산에 가는 것만으로도 건강해질 수 있다.

누가 뭐라 해도 산행은 가장 저렴한 비용과 가장 용이한 접근성을 갖고 있다. 무엇보다도 시간적, 공간적 제약이 별로 없기 때문에 늘 가벼운 마음으로 즐길 수 있는 만능 스포츠이다.

노년의 백수가 언제든 혼자라도 돈 없이 갈 수 있는 곳은 아마 도처에 널려 있는 산밖에 없을 것이다.

✻ 바둑은 5급 실력은 되어야

바둑 실력 7급 정도의 수준으로 바둑을 논한다는 것은 실로 어불성설語不成說이다. 그렇지만 반드시 프로급의 실력이 있어야 바둑에 관한 이야기를 할 수 있는 것은 아니라고 주장하고 싶다. 비록 바둑 실력이 낮다 하더라도 바둑은 왜 두는 것이며 또한 노년에 들어 바둑이 무엇 때문에 필요한지는 충분히 알고 있기 때문이다.

하기야 고수들의 입장에서는 말도 안 되는 소리라고 일축하겠지만, 사실 7급의 실력자라도 바둑을 꽤나 많이 두어 바둑판의 형세는 어느 정도 헤아릴 수 있는 수준이 아닐까?

바둑은 오랜 옛날 중국에서 유래하였다는 기원설이 유력하다. 고대 중국의 요나라인가, 순나라 때 임금이 아들을 가르치기 위해 만들었다고 하나 최근에는 만주 쪽에 나라가 형성되기 이전인 동이족들에 의해 전래되었을 가능성이 크다고 주장하는 전문가들도 많다.

아무튼 바둑의 정확한 기원은 불분명하나 중국의 만주 지방에서 처음으로 시작되었다는 주장에는 이의가 없다고 한다. 우리 나라에서는 삼국시대에 바둑이 성행하였다는 기록이 있다.

바둑이 근세와 와서 발달하여 꽃을 피운 곳은 일본이다.

우리 나라에선 일본의 영향을 받아 90년대부터 바둑 붐이 일었으며, 그것이 중국으로 이어져 나갔다. 바둑 실력에서는 한국이 2004년까지는 정상권을 유지하고 있었으나, 2005년에는 중국이 만만치 않게 도전하여 백중지세를 이루다가 2006년에는 급기야 중국이 한국을 능가했으며, 일본은 약간 처져 있는 수준이다.

바둑 인구는 우리 나라에 약 800만을 헤아리고 중국과 일본에는 각각 1000만 정도로 파악되고 있다. 최근에는 유럽과 미국에서도 바둑 마니아가 폭발적으로 증가하고 있다.

최근 들어 우리 나라에선 사회적으로 '바둑은 학문이요, 스포츠다.' 또한 '바둑은 예술이요, 과학이다.'라고 칭송하는 주장이 기세를 올리고 있다. 그러나 체육계에서는 여전히 바둑은 오락이요, 취미생활에 불과하다고 주장하고 있다.

하지만 세계 바둑대회가 활성화되는 가운데 한·중·일의 국가 간 대항전이 인기를 끌고 있으며, 우리 정부에선 우승자에게 병역 특혜까지 부여하는 등 관심을 보임으로서 바둑이 단순한 오락이라는 주장은 점점 퇴색되어가고 있다.

바둑을 배우다 보면 실제로 실력을 쌓아 급수나 단수를 올리기가 상당히 어려움을 알게 된다. 그래서 배우면 배울수록 심오한 매력과 함께 커다란 성취감을 얻는다. 더군다나 바둑은 항상 단독의 상대가 있기 마련이고, 대개는 경쟁자와의 게임에서 반드시 승부를 가리게 되어 있기 때문에 승부욕이 강한 사람의 실력이 급상승하기 마련이다. 반대로 지고 이기는 것에 별로 관심이 없는 자는 바둑을 배우기가 쉽지 않다.

나의 경우도 바둑 실력이 대학 다닐 때부터 지금까지 7급에 머물고 있는 가장 큰 요인이 승부욕 때문이라고 말하고 싶다.

승부욕이 보통만 되었어도 3~5급은 되었을 것이 분명하다.

승부욕이 약한 사람은 바둑을 2~3판만 두어도 머리가 아프고 곧 싫증이 나고 바둑판을 멀리 하게 된다. 이런 자는 친구 여럿이 모여 바둑 둘 기회가 있어도 따로 술자리를 만들지 바둑은 아예 두지 않는다.

바둑은 어렵기 때문에 머리가 총명한 어린 시절이나 활력이 넘치는 젊은 시절에 배워야 높은 수준에 이르지 늙어서는 제 아무리 노력해도 5급 이상은 올라갈 수 없다고 한다. 하지만 이 5급도 늙어서 도달하기란 쉽지 않다. 배움의 의욕과 여러 번의 시도만 있었지 승급의 결과를 보지 못했다. '바둑쯤이야 못 두면 어때. 사는데 무슨 지장이야 있겠느냐.' 하면서 바둑과는 상관없이 지낸다.

노년에 백수가 되어보니 사정이 많이 다르다. 어느 때는 바둑을 5~3급 수준에 이르기까지 배우지 못했음을 후회한 적이 한두 번이 아니다. 왜냐 하면 적어도 바둑 실력이 5급은 되어야 친구들과의 게임에 낄 수 있기 때문이다.

바둑은 고수들이 어쩌다가 아주 하수의 사람과 대접상 한 차례는 두어주지만, 여간해서는 5급 이하의 실격자와는 상대하기를 꺼린다. 설사 게임에 들어가더라도 고수의 태도는 성의가 없음은 물론이려니와 하수로 하여금 다음에 바둑을 두자고 요청할 의욕을 아예 말살시켜 버리고 만다.

그래서 지금이라도 바둑을 배워 여러 바둑 모임에 본격적으로 합류하고픈 마음이 앞서지만 그게 그렇게 쉬운 일이 아니다. 무엇보다도 '지금 할 수 있었으면 벌써 했지.'라는 생각이 들고 조금 노력하다 이내 지쳐버려 그만두고 만다. 기억력도

나빠졌고 인내력도 약해졌으며 승부 근성도 거의 소멸되다 시
피한 처지에서 바둑 수련이 잘 될 리가 없다.

책도 사 보고 바둑 방송도 열심히 보았지만 실력은 거의 제
자리에 머물고 있다.

바둑이 왜 배우기 어려울까? 우선 바둑은 수가 무궁무진해
서 컴퓨터로도 그 수를 능가하지 못한다고 한다. 현재의 바둑
대결을 위한 소프트웨어 수준으로는 7급 정도라고 하니 바둑
수의 난해성을 짐작케 한다.

그리고 상대의 변화하는 국면을 예측할 수 없고 상대에 따
라서 대응하는 나의 국면도 예측과 대비가 어렵다는 것이다.
바둑을 잘 두려면 순간 순간에 변화하는 국면의 실체와 원리
를 판단할 수 있는 탁월한 분석력과 판단력이 있어야 한다.

그러면 노년에 급수 올리기가 하늘의 별따기라는 이 어려운
바둑을 왜 배워야만 하는지? 바둑의 장점은 무엇인지? 세상만
사 다 장단점이 있겠지만, 바둑을 두는 것은 무엇보다도 노년
의 자신을 위해 여러모로 득이 많을 수 있다.

첫째로, 바둑 친구 몇몇과의 정은 죽을 때까지 지속될 수
있다는 점이다. 바둑에 취미를 갖고 친구를 만나게 되면 등산
이나 낚시 같은 취미 생활보다 만나는 횟수가 잦아진다. 그리
고 바둑에는 호적수가 있기 마련이고, 그 호적수와 바둑을 자
주 두다보면 이래저래 친숙도가 배가될 수밖에 없으며 이에
따른 우정도 여간해서는 깨지지 않는다.

특히 바둑을 두기 위한 둘만의 만남은 쉽게 이루어질 수 있
으며, 어느 만남보다 끈끈한 정을 영속적으로 이어준다.

둘째로, 바둑의 만남은 경제적 부담이 적다. 노년에는 집에
혼자 있는 경우가 많다. 그래서 바둑 친구간에는 상호 방문을

통해 경비없이 바둑을 둘 수 있으며 바둑집을 이용하더라도 각자 적은 돈으로 여러 가지를 해결할 수 있다. 그리고 일방이 질병으로 바깥 출입이 부자유스럽다 하더라도 위로 방문하여 바둑을 둔다면 더할 수 없이 따스한 봉사가 될 수 있다. 설사 내기를 하더라도 서로 부담없이 게임에 임할 수 있고 몇 판을 내리 져도 다른 놀이보다는 경제적 부담이 적다.

셋째로, 바둑이 건강상 치매예방에 아주 좋다. 오래도록 건강을 유지하면서 치매를 예방하기 위해서는 머리에 혈액 순환이 잘 되어야 한다는 것은 정설이다. 다시 말하면 뇌세포의 노화를 방지하려면 머리를 쉬지 않고 계속 써야 하는데, 그러기 위해서는 바둑을 두는 것이 좋다. 자고로 학자들이 평균적으로 오래 사는데 학자 중에서도 머리를 많이 쓰는 천재적인 사상가들이 대체로 장수하는 것으로 나타났다.

그러나 바둑에도 이렇게 장점만 있는 것은 아니다. 바둑의 묘미는 내기에 있다는 말처럼 바둑 친구들 끼리 바둑을 자주 두다보면 내기를 하게 된다. 주로 점심이나 저녁 내기는 별것 아니지만 경쟁심이 고조되고 승패의 갈림이 한쪽으로 자꾸 치우치다보면 시비의 발단이 생긴다.

너무 장시간 바둑에 몰두함으로써 건강에 해로운 지경에 이르기도 한다. 감정을 건드리는 친구에 의해 바둑판이 어색해지고, 이를 슬기롭게 해소하지 못하여 우정에도 금이 가며 급기야는 의절하기까지 이르기도 한다.

아무튼 바둑의 장점을 감안하여, 5급까지 도달하도록 노력할 필요가 있다. 노력하면 된다는 것은 평범한 선생님의 이야기이지만, 우선 바둑을 배우겠다는 의욕이 남달리 투철해야 한다. 아마 죽기 살기 식의 바둑 연습이 있어야 실력이 향상될 것이다.

　바둑에 관한 책도 열심히 보고 바둑 방송도 늘 시청함과 동시에 자기보다는 고수인 자와 실전을 반복적으로 가져야 한다. 그래서 바둑 실력이 5급에 올라서면 주변에는 자연히 바둑 친구들이 하나 둘 모여들 것이다.

✻ 단전호흡의 생활화

　90년대 초 우리 나라에서는 마치 단전호흡만 익히면 모든 건강을 보장 받기라도 하는 듯 선전되었다.

　주요 신문, TV, 언론 매체가 앞을 다투어 단전호흡의 효과만 일방적으로 보도했으며 거리엔 온통 단전운동 수련을 알리는 홍보전단 투성이었다.

　이에 보조를 맞추어 전국 곳곳에는 각종 계파의 단전호흡 도장이 우후죽순雨後竹筍 격으로 생겨났으며, 어느 선도적 수련원은 전국 규모의 지부 도장을 가질 정도로 확대 발전하여 수련생들이 문전성시를 이루기도 했다.

　나 역시 당시 장안에 건강의 만능전사萬能戰士인 것처럼 비춰진 단전호흡의 유행바람에 휩쓸려 '선도선원'이라는 한 수련원에 등록을 하고 배우게 되었다. 월 수강료가 3개월에 9만원이었으니 그 당시에 상당히 비싼 편이었다.

　동 수련원 원장의 말을 빌리면 '단전호흡 수련으로 완전한 건강을 이룰 수 있다.'고 전제한 후 특히 선도 수련은 '천지에 가득한 기氣를 흡수하여 육체를 건강하게 하면서 마음을 닦아 자아 완성自我完成을 이루기 위한 학문'이라고 하면서 '자신의 몸으로 체득해 나가는 철저한 행법行法인 동시에 살아 있는 생명과학'이라는 점을 애써 강조한다. 아울러 단전호흡을 수련하면 '인체의 내기(內氣)가 강해지면서 기혈 순환이 원활하게 이루어져 자연 치유력이 극대화되고 여러 가지 정신 질환으로부터 벗어나게 된다.'고 한다.

단전호흡의 수련은 기체조, 단전, 마무리 운동의 3단계로 나누어 실시된다. 준비 운동인 기체조(20분)는 상체, 복부, 하체를 엮은 복합 체조로 단전호흡에 들어가기 전에 온몸을 푸는 운동이다. 평소에 이 준비 운동만 수행하여도 몸이 한결 가뿐해짐을 느낀다.

단전호흡(30분)은 심호흡 운동으로 드러눕거나 결가부좌로 앉아서 하는 호흡운동이다. 오랫동안 되풀이하여 익숙해지기까지는 무척 어렵고 힘이 든다. 다음으로 마무리 체조(10분)는 단전 운동으로 호흡에 집중되었던 몸을 풀어주는 운동이다. 때문에 기분 전환도 되고 몸의 유연성을 길러준다.

단전호흡은 한 달 정도 수련을 지속하면 호흡도 익숙해지고 심호흡에 따라 몸의 각 부위에 진동이 온다. 진동이란 기(氣)에 대한 실체를 체감하는 입문의 단계로 몸의 각 부분이 자신의 의식 집중에 의해 떨리고 흔들리는 동작이 지속되는 것이다. 의식을 손에 주면 손만, 발에 주면 발만, 전신에 주면 온몸이 진동을 하게 된다.

실제로 진동을 거치면 그 곳의 기혈이 막혔거나 원활치 못할 경우 이를 개선시켜 주기 때문에 몸의 유연성이 좋아질 뿐만 아니라 신체의 각 질환도 더불어 치료 효과를 보게 된다.

단전호흡 수련의 가장 큰 효과는 육체적인 면에서 체질이 개선된다는 점이다. 성인병을 비롯한 난치병이 자연 치유되고 건강인은 질병에 대한 예방 능력을 보강시켜 준다.

정신적인 면에서는 용기와 자신감이 생기고 고도의 집중력과 기억력이 강해진다. 아울러 마음이 긍정적으로 변하고 감사하는 마음과 함께 심오한 신앙심도 배양된다고 한다.

나의 경우에는 보름만에 진동이 오고 2개월 정도 지나니 여러 가지 수련의 효과가 나타나기 시작했다. 우선 잠이 잘 오고 밥맛도 좋아지고 몸의 컨디션도 좋아지는 느낌이 들었다.

다음으로 통변에 효과가 탁월한 듯 감지되었고 정력도 보강되는 느낌을 받았다. 가장 확실한 점은 목소리가 맑아지는 것으로 노래를 부를 때 고음과 저음에서 탁월하게 자유로워질 수 있었다. 어쩌다 노래방에 가면 큰 득을 보게 된다. 이러한 효과들은 단전호흡에서 말하는 일반적인 사항들이다.

그러나 5개월이 지나니 여러 가지 부작용도 나타났다. 무엇보다도 숨이 가빠지고 가슴이 답답하여지더니, 오히려 기력이 약해지는 감을 느꼈다. 불안감이 앞서 수련을 그만두고 단전호흡을 일정기간 잊고 살았다. 하지만 생활 속의 단전호흡이라는 말대로, 잠이 안 올 경우나 걱정이 깊어 우울하거나, 어떤 일을 앞두고 긴장될 때에는 단전호흡을 하여 효과를 본다. 그리고 조용히 산책을 할 경우에는 늘 배운대로 심호흡의 단전호흡을 하면 기분이 좋아진다.

모든 운동의 효과 여부는 하기 나름이라는 말이 옳다고 본다. 자신에게 가장 알맞은 운동을 선택하는 것이 무엇보다 중요하며, 어떤 운동이든 어떻게 자기화自己化하느냐에 따라 그 효과가 달라질 수 있다.

적절하게 알맞게 수용하면 득이요, 그렇지 못하고 과하면 해가 되고 만다. 문제는 자신의 올바른 태도와 끈기, 그리고 이에 순응하는 태도가 항상 전제되어야 실효를 얻을 수 있다.

단전호흡은 정신운동이 우선하는 자기 극복의 운동이다. 하루 10분 명상이 건강과 회춘의 비결이라는 주장도 있다. 우리가 늙어가면서 육체가 노화하는 것은 막을 수 없다.

그러나 정신적인 노화는 얼마든지 저지할 수 있고 회복할 수 있는 여지가 있다. 노력 여하에 따라서는 젊음을 마음껏 구가할 수 있고 동심으로도 돌아갈 수 있다.

이를테면 육신의 세포가 노화되는 것과는 달리 마음의 광장은 누구에게나 항상 열려 있다. 단전호흡이야말로 노년기에 마인드컨트롤(mind control)을 위한 자기 수련 운동이다.

＊ 견지낚시로 하체를 튼튼히

　견지는 주로 여름철에 강이나 개울의 여울에서 여러 가지 물고기를 낚는 순수 한국형 전통 낚시이다.

　낚시 방식에는 두 가지 있는데, 하나는 여울의 배아래 깊이에서 하는 '흘림낚시(여울낚시)'가 주류이고, 다른 하나는 소형 배를 타고 강여울 깊은 곳에서 하는 '배낚시'가 있다.

　낚시 도구 자체가 가장 작고 간단하여 장비 일체를 염가로 구입할 수 있으며 물고기를 낚는 기술도 다른 종류의 낚시보다 비교적 용이하다. 경험이 전혀 없는 사람도 낚시에 재미를 붙일 수 있어, 어린이로부터 노인에 이르기까지 남녀노소 누구나 할 수 있다는 점이 특색이다. 잡히는 물고기는 주로 피라미가 많은 편이지만, 이보다는 불거지, 마자, 끄리, 누치 등 큰 고기가 견지낚시의 주요 목표이다.

　견지낚시는 다른 낚시에 비해 운동량이 아주 많은 편이다. 보통 물살이 좀 센 강가 여울에 들어가 한 시간 가량 낚시를 하면 등산 2시간 정도의 운동량과 비슷할 것으로 짐작된다. 우선 여울의 센 물살에 하체를 고정시키고 버티고 서 있는 자체가 몹시 힘들고 고기를 낚기 위해 상체를 쉴 새 없이 움직이며 줄을 풀고 감기를 계속해야 하는 동작이 에너지를 많이 소모시킨다. 더욱이 4~50cm 대형 누치라도 물리면 길게는 5~6 분 정도 물 속에서 좌우로 이동하면서 고기와의 줄다리기를 하는 것도 상당히 힘겨운 일이다.

대낚시나 릴낚시에 비해 유익한 점이 많고 재미로 보아도 뒤지지 않는다. 무엇보다도 견지낚시가 건강에 유익하다는 점은 빼놓을 수 없는 특징이다.

여름에 견지를 즐기는 사람이 겨울에 감기를 모르고 산다는 것은 견지 낚시꾼들의 공통된 생각이다. 그 이유는 우선 공기 좋은 곳에서 깨끗한 물살이 몸의 하반신을 천연 맛사지해 준다는 점이다. 그리고 다리와 허리운동이 지속적으로 이루어지며, 특히 자갈과 모래가 섞여 있는 강바닥이 맨바닥을 자연 지압해 주어 오장육부五臟六腑의 기능을 활성화시켜 준다. 견지낚시를 갔다 온 다음날 아침에는 가장 시원한 통변이 이루어져 피로가 말끔히 해소된다.

또한 견지낚시는 물 좋고 산 좋은 계곡이 주요 포인트다.

그래서 여름 한철에 강줄기가 아름다운 유명한 여울에는 틀림없이 견지 낚시꾼들이 모여 있다. 견지는 야외 나들이의 일환으로 가족과 동행하여 즐길 수 있다. 또한 친구 몇이서 투합하여 며칠간 피서여행과 물놀이를 겸해서 갈 수 있고, 직접 낚은 고기들로 매운탕을 만들어 소주와 함께 곁들여 맛을 즐길 수 있는 일석이조의 장점이 있다.

한강에서는 70년대 초까지만 해도 뚝섬, 팔당이 주요 견지 낚시터였다. 그러던 것이 공해와 개발에 밀려 양평, 여주로 밀려나더니 지금은 홍천강, 동강, 북한강의 화천 쪽으로 쫓겨나고 말았다. 요즈음 견지 낚시꾼들은 소양댐 상류, 금강이나 남쪽의 섬진강을 찾는다. 댐 바로 밑이나 상류의 한적한 곳이 주요 포인트가 되고 있다. 수십 년 낚시를 해온 경험자들은 주변과 물살의 형세만 보아도 어디가 명당자리인지 쉽게 가릴 수 있으며, 이 계산은 거의 100%의 정확도를 보인다.

견지낚시의 손맛은 그야말로 일품이다. 낚시채가 70㎝에 불과하여 아주 작은 물고기를 제외하고는 낚시에 걸린 고기가 어떤 종류인지 정확히 알 수 있다.

물론 감촉도 대낚시나 릴보다 훨씬 감칠맛이 나며 밀리고 당기는 맛도 더욱 스릴이 있다. 피라미와 불거지는 처음에 물었을 때의 당김이 끌려오면서도 지속적으로 이어진다. 쉬지 않고 발버둥치며 빠져 나가려는 피라미의 필사적인 노력은 처절하기도 하다. 끄리는 여기서 한발 더 나아가 힘이 세기로는 제일이며 모양도 빼어나도록 아름답다.

물고기 중에 가장 대형인 누치는 50㎝ 정도 되는 것이 물릴 때도 있다. 한마디로 견지낚시의 대형사고가 벌어지는 셈이다.

일단 이렇게 큰 누치가 물리면 낚시채는 활처럼 휘어지고 즉시 누치라는 감이 온다. 낚시꾼도 가슴이 둥둥거림을 참지 못하며 흥분의 도가니 속에서 낚시줄을 풀고 당기기를 조심스럽게 펼치게 된다.

헤밍웨이의 「노인과 바다」의 한 장면인 듯 낚시꾼과 누치의 드라마틱한 힘의 줄다리기는 시작된다. 누치는 낚시꾼을 상대로 당김의 강약 조절을 하며 마치 게임이라도 벌이는 양 제법 룰을 지킨다는 착각이 들 정도이다.

누가 뭐라 해도 낚시꾼은 이 누치를 놓치지 말아야 한다.

낚시채의 당김에 온 심혈을 기울이면서 전에 누치가 떨어져 나간 경험을 거울삼아 머리 속에 떠올린다. 낚시꾼은 누치의 힘이 빠져 당김을 어느 정도 포기하기를 힘겹게 기다린다.

이렇게 운동도 되고 재미도 있으며 즐거움도 주는 견지낚시에 일단 빠졌다 하면 그 재미와 유혹에서 벗어나질 못한다. 대낚시나 릴낚시를 즐기는 사람들이 흔히 조롱하는 투로 '그것도 낚시냐'고 하지만, 엉겁결에 동참해 보면 더 호들갑을 떨며 견지낚시를 하자고 졸라댄다.

그것은 서양 음악을 좋아하다 국악에 심취하여 몰입되듯 견지라는 낚시가 국악같은 매력을 지니고 있기 때문이다.

견지낚시는 특히 노인들 건강에 좋다는 점에서 권하고 싶다. 깊은 여울이 힘 들면 경비도 많이 안 드는 소형 배를 이용하면 되고, 여울에서도 물살이 세지 않은 얕은 곳을 택하면 된다. 그리고 수확면에서 다른 낚시에 비해 공치는 날이 없는 데다 잡히는 양도 조금만 노력을 하면 풍족한 소득을 올릴 수 있어 재미를 본다. 또한 생각하기에 따라서는 잡은 물고기를 갖고 와 가까운 친구를 불러 매운탕에 소주 한 잔을 곁들일 수 있다는 것도 큰 장점이라 하겠다.

늦었다 생각하지 말고 한여름에 북한강이나 소양강 상류에 조그만 간이 텐트를 치고 가장 아끼는 친구와 함께 견지채를 풀고 물놀이 겸 피서 캠핑을 시도해 보자.

적막 속에 흘러가는 강물에 마음을 실어보내고 파란 하늘을 우러러보며, 대자연의 품에 안겨보자.

그리고 그 동안 쌓아온 우정을 다시 확인하면서 조금은 멀어졌을 노년의 정을 아로새길 때 이들은 영영 잊지 못할 또 하나의 새로운 추억을 가슴 속 깊은 곳에 간직할 것이다.

＊ 맛있는 음식점 고르기의 노하우

　사람이 늙으면 무엇보다도 오감五感이 둔해진다. 자연히 미각도 예전같지 않고 좋아하는 음식의 메뉴도 바뀌는가 하면 그 범위도 점점 줄어들게 된다.

　건강이 남달리 양호한 사람이라면 입맛의 급격한 퇴화를 덜 느끼겠지만, 신체적 기능이 현저히 노화된 사람은 정도가 심할 수 있다. 그래서 이런 사람들은 때때로 무엇을 먹어야 할지 고민하면서 전전긍긍하고, 이 문제를 두고 노부부 사이에 갈등이 야기되며, 어느 때는 말다툼까지 한다.

　사실 식욕은 인간의 욕망 가운데 첫 번째 순위에 해당한다.

　하루의 일과에서 자고, 먹고, 배설하는 3가지 중에 세끼 먹는 것에 신경을 가장 많이 쓰게 된다.

　일상에서 먹는 것처럼 즐거운 일도 없으며 잘 먹은 후의 행복감만큼 좋은 느낌도 없다.

　가령 멋진 분위기에서 좋아하는 사람과 마주앉아 맛있는 음식을 즐겁게 먹는다면, 그것은 그들에게 주어진 최대의 행복이 아닐 수 없을 것이다.

　'금강산도 식후경'이란 말이 있듯 사람이 배가 고프면 아무 것도 할 수 없다. 다시 말하면 배가 불러야 다른 생각이 나고 행동에 옮길 여력도 생긴다. 60년대에 내가 사병으로 전방에서 근무할 때 여러 가지 어렵고 힘든 일들이 많았지만 배고픈 설움이 가장 컸던 것으로 기억된다. 그 시절 전방에서는 먹는 문제에 대한 시시비비是是非非가 항상 끊이지 않았고 그로 인한 탈영 사고도 자주 일어나곤 했다.

우리들은 생명 유지의 근간인 먹을 것이 모자라는 시대에 살았고, 질보다는 양을 우선하는 먹거리에 신경을 썼으며, 쌀이 모자라 일주일에 한 번 분식을 먹는 시대에 살았음을 기억한다.

그러나 이제는 먹는 것은 해결되었다. 먹거리의 유무는 문제가 되지 않고 누구와 어디서 무엇을 어떻게 먹느냐가 중요한 사안으로 제기되곤 한다. 이를테면 집에서든 외식이든 어떤 메뉴를 선택할 것이냐가 주요 관심사이며, 특히 외식의 경우에는 사람들의 원초적 미각을 충족시키는 맛있는 집을 찾아 어느 곳의 어느 음식점으로 갈 것이냐가 초점이 됨을 종종 경험하게 된다.

음식에 대한 선호도는 다양하기 마련이다. 부부 사이에도 다르고 형제간에도, 남녀간에도 다른 천차만별의 양상을 보인다. 그래서 그런지는 몰라도 음식의 종류도 그만큼 많고 지역에 따라 계절에 따라 각기 다르다. 아무리 식도락食道樂가라도 여러 사람이 좋아하는 음식을 먹기 위해 맛있는 음식점을 고르기란 어렵다. 전체의 합의를 이끌기가 쉽지 않고 경우에 따라서는 갑론을박甲論乙駁 끝에 선택을 포기하고 마는 최악의 사태에까지 이르기도 한다.

그렇지만 맛있는 음식점은 어떻게든 소문나기 마련이다. 때문에 일단 소문난 집을 찾아서 식사를 하면 손해 보는 일은 거의 없다. 자신이 좋아하는 메뉴의 맛이 최고 수준에 다소 못 미쳐 실망하는 경우가 있더라도 그것은 어디까지나 자기 입맛 탓일 수도 있는 것이다. 왜냐 하면 맛있는 음식점에 관한 소문은 그렇게 쉽게 형성되는 성질의 것이 아니기 때문이다. 최고 수준의 맛이란 많은 사람들이 오랜 기간 먹어보고 느낀 공통된 합의점이 알게 모르게 모아져 이루어진 것이다.

소문난 집을 찾는 방법은 우선 맛집 찾기의 노하우를 집대성한 책자나 인터넷 정보를 이용하면 된다. 하지만 무수한 정보 속에 진주를 찾기란 사실 어렵거니와 광고와 현실은 다를 수 있기 때문에 실제로 들러 먹어보지 않고는 맛에 대한 보장은 있을 수 없다 하겠다. 그래도 일단 낯선 곳을 갈 때는 일차적으로 사전 정보를 충분히 조사하고 이를 토대로 현지에서 여러 경로를 통해 확인 작업을 해볼 수밖에 없다.

현지에서 맛있는 음식점을 찾으려면 택시기사나 부동산 및 중고자동차 중개인 등을 활용하면 좋은 결과를 얻을 수 있다. 택시기사는 온갖 정보에 밝은 편이라 유용하지만 자기가 선호하거나 음식점 측과 홍보상 사전 연결된 곳을 소개해 주는 경우가 있어 맛집 고르기에 낭패볼 때도 있다. 그러나 중개인들의 정보는 그들이 쉽게 번 돈으로 맛있는 음식점을 자주 이용하기 때문에 맛에 관한 한 정확한 정보를 확보하고 있다.

그러나 음식 맛은 결코 맛만의 문제는 아니다. 때때로 맛보다는 분위기와 서비스가 더 중요할 때가 있고, 실제로 분위기와 서비스가 음식의 맛을 한결 보태주는 역할을 한다. 특히 나 혼자가 아니고 남을 대접하는 경우는 음식의 맛보다는 음식점 주변의 환경, 실내 인테리어 및 위생, 종업원의 청결, 친절 등을 백분 고려할 것이 요구된다.

하지만 가족이나 가까운 친구 등 부담이 없는 상대와 함께 할 때에는 맛을 우선 시하는 것이 좋다. 그리고 맛에 관한 한 전통을 지키고 있는 오래된 집으로 거의 맛의 변화가 없고 언제 가더라도 맛의 일관성이 유지되고 있는 그런 음식점을 찾아야 한다. 이런 음식점은 인테리어나 청결도에는 신경을 덜 쓰지만 맛과 서비스에서는 온갖 정성을 다하고 있다.

그런데 문제는 낯선 지방이다. 그 지역 정보도 없고 단순히 시간상 한 끼 해결해야 될 경우이다. 음식점은 무수히 많은데 어느 집을 들어갈 것인지 망설여질 때는 무엇보다도 메뉴가 아주 단출하고 비교적 아담한 집을 찾는 것이 유리하다.

혹 다양한 메뉴의 집을 원할 경우에는 손님이 많은 집을 선택하되 간판이 복잡하거나 식당 역사나 원조를 요란스럽게 강조하는 집은 가급적 피하는 것이 바람직하다.

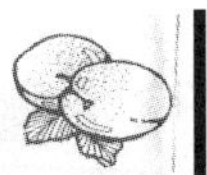

제5부
생의 말기에 대비한 설계

✳ 남은 생을 어떻게 살까?

60여 년을 넘게 살다보면 누구나 자신을 뒤돌아 볼 기회를 여러 번 갖게 된다. 자의든 타의든 간에 자기 성찰의 계기를 갖고 이제까지 살아온 자신의 내면을 반성해 본다.

때로는 나약함과 허점 투성이의 삶이 이어진 것 같고, 과오나 실수 등의 반복으로 삶의 순기능을 제대로 발휘치 못했음을 자인한다. 한때는 거짓과 욕심에 지나쳐 쓸데없는 허상을 쫓아 헤맨 것을 뼈아프게 반성하곤 한다.

어느 경우이든 왜 그렇게 살았는가에 대한 강한 불만과 함께 후회를 하는 경우가 많다.

평소에 선善을 중시하는 사람도 목표를 향해 치닫다 보면 자연히 선과 악惡의 양면성에서 종종 양심을 접으며 악에 기우는 예가 있기 마련이다. 자신은 본의가 아니었다는 변명을 앞세우지만 거듭되는 악의 유혹을 극복하지 못하고, 어느 때는 악에 젖는 짜릿한 감흥마저 느끼며 이를 선호하고 만다. 진정 '4촌이 땅을 사면 배가 아프다.'는 말에 공감하면서 남이 나보다는 못되기를 바라고 모함하기도 주저하지 않는다.

이런 사람들은 노년에 들어 자신의 인생을 돌이켜보면서 때때로 양심의 가책을 느껴 속죄를 하기도 한다. '인생이 다 그런 거 아닌가!' 하고 애써 마음 속에서 지우려 노력하지만 뇌리 속에서 쉽게 떠나지 않는 것이다. 설사 과거에 피나는 노력으로 경쟁 사회에서 대단한 성공(?)을 거두었다고 자부하는 사람이라도 이제는 자신의 재력이나 권력이 별것 아닌 것으로 폄하될 때는 더더욱 심한 갈등을 느낄 것이다.

더욱이 가까웠던 지인들조차 자신을 멀리 하고 외면함으로 남모르게 고독과 외로움에 휩싸이지 않을 수 없다.

그러면 이와는 반대로 악을 멀리 하며 인생의 정도를 지켰다고 자부할 수 있는 사람은 노년에 이르러 행복과 긍지만 느끼는가? 그건 그렇지가 않다. 물론 악을 선호한 사람보다는 마음이 보다 자유스럽다는 점에는 이의가 없겠으나 한편으론 자신의 과거의 처신이 무능과 위선이라고 서슴지 않고 힐책한다.

왜 나는 좀 더 용기백배하여 다른 사람들과의 경쟁에서 수단과 방법을 초월하여 남을 이겨내지 못하였던가? 정말 내가 양심적이고 정의만을 선호해서 그 수렁을 외면하였단 말인가 라고 자신에게 묻곤 한다.

세상에 많은 사람들이 자신은 양심가요, 정의파라고 반대편 사람들을 비판하고 힐난한다. 그런데 이들 가운데 많은 사람들은 자신에게 기회가 와 닿지 않아서 불의의 자리를 모면했을 뿐이다. 개중에는 일단 부정의 질곡에 몰입되어 그 맛을 보면 더욱 기승을 부려가면서 부정의 극치를 떨칠 사람들이 얼마든지 많다는 것을 부인하지는 못할 것이다.

사실 우리 사회에서 남보다 착하고 정직하게, 그리고 부지런히 노력하는 사람이 제대로 대접 받으며 성공하는 것은 아닌 것 같다. 오히려 이런 사람들이 무능하고 편협하다는 평가를 받으면서 여러 가지 손해를 보고 사는 예가 허다 하다. 어떻게 보면 우리 사회 각 조직에서 소위 출세하여 상층부에 오르는 사람들은 대부분 위만 보고 아부하며 술수와 비리에 능하고 옆과 아래를 짓밟는 잔인성이 강한 사람들이다.

반대로 옆과 주변, 아래를 챙기며 순리에 맞추어 생활하려는 사람들은 위와 옆으로부터 견제 받고 배신 당하다 어느 수준에서 그만 멈추어 하차하고 만다.

약삭빠른 사람들은 우리 사회의 이러한 병리적 현상에 쉽게 편승한다. 이렇게 기회 포착이 빠른 사람이 뛰어난 능력과 자질까지 겸비했다면 이는 더할 나위 없겠지만, 그렇지 못한 경우가 비일비재하다.

오히려 능력과 자질이 부족한 사람일수록 이를 만회하기 위해 자신과 주변을 돌아보지 않고 비리 편승과 지위 상승에 올인(all in) 하는 사람들이 세상에는 너무 많음을 본다.

그 동안 내가 살아온 과정을 냉정한 잣대로 되돌아보자. 난 비록 남들보다 뛰어나게 현명하고 이지적이지는 못했으나 어떤 특별한 사람과 같이 그렇게 영악하지도 못했음을 자인한다.

그러나 한 직장을 평생 동안 외곬으로 지키면서 누구보다도 맡은 일에 몰두하려 했으며 관련된 일에는 책임을 지려고 노력했다. 그리고 주변에서 흔히 빚어지는 갈등에서 최대한 정직과 정의의 편에 서기를 주저하지 않았으며 한편으로는 위만 바라보기보다는 이웃과 동료, 아래를 배려하는데 인색하지 않았다고 자부한다.

이것이 사람 사는 올바른 길이요, 현명한 처신이라고 마음속으로 다짐하면서 살아왔다. 가정에서도 가훈으로는 정직을 내세우면서 '어떤 경우든 거짓말하면 안 된다.'고 다그쳐 왔으며 이 점에 관한 한 아이들에게 모범을 보이고자 다방면에 걸쳐 혼신의 힘을 기울여 왔다. 어느 때는 이를 어기는 아이들을 타이르다 지쳐 훈계에 이어 매를 들기도 했다. 이제는 모두 성년이 되어 가정을 꾸려가는 자식들의 생생한 삶의 모습을 보면서 이 가훈이 헛되지 않았음을 여기저기서 발견하기도 한다.

물론 살아가면서 이러한 삶의 방향이 정도라는 말에 공감하고 싶지 않은 면도 있다. 무릇 사람이 너무 정직하다 보면 때로는 삶의 활기를 찾기 어렵고, 어떤 때는 좋은 기회를 잃기도 한다. 기회 포착이나 동기 부여에 정직보다는 여유와 운영의 묘가 더 진가를 발휘할 때가 많았음을 알기도 한다. 틀에 박힌 딱딱한 오기를 갖은 정직보다는 부드러운 미소를 간직한 사랑의 나눔이 훨씬 더 높은 진가를 발휘하기 때문이다.

그래서 가정을 갖고 직장을 가진 아이들에게 때로는 이렇게 타이른다. 너무 정의를 생각해서 외곬으로만 처신하지 말라고. 정의의 편에 서서 불의와 타협하지는 말되 불의에 맞서는 데만 집착하여 주변을 모르고 화해와 협력의 조화를 이루지 못해 자신을 잃어버리는 일이 있어서는 안 된다. 내 생각이 비록 옳더라도 상대의 의견을 존중하고 상대의 입장을 고려하는 중용中庸의 미덕을 쌓아야 한다.

사실 내 남아 있는 인생도 이러한 처신이 가장 중요하다 하겠다. 누구나 늙어가면서 느는 것은 고집이요, 아집이요, 집착이요, 욕심이다. 절대로 이런 욕심의 늪에서 허우적대는 속물俗物로 허송세월을 보내서는 안 된다. 내 자신의 내면을 깊이 들여다보아도 양심과 도덕성의 앙금에 흠뻑 젖어 있다. 나눔과 베풂의 마음이 가득 찬 삶을 살아야 한다.

느닷없이 돈 욕심에 사로잡힌다든가, 노력하지도 않으면서

건강한 삶을 원하고, 남에게 주지도 않으면서 얻기만 기대해서
도 안 된다.

　누가 알아주지도 않고 할 일도 없음을 남의 탓, 사회 탓으
로 돌리고, 일상의 나날을 이리저리 뒤척이면서 허구헌날 허공
만 쳐다보는 무의미한 삶을 살아서는 안 된다.

　옛말에 '누울 자리를 보고 다리를 뻗어라.'고 했다. 늙어가면
서 쓸데없이 방황하거나 주책없이 황당한 짓을 해서는 그 누
구에게도 인간적인 대접을 못받는다. 노인이라도 뚜렷하게 자
신의 미래상을 확고히 정하고 이를 향해 매진하는 모습을 보
여야 주변으로부터 사랑을 받을 수 있다.

　내가 넘어진 다음에는 가족도, 친구도, 아내도 다 소용없다.

　나의 여생을 지탱하는 삶의 기둥은 내가 만드는 것이며, 나
만이 이 기둥을 굳건히 유지하고 보강할 수 있다.

　건강하게 오래 사는 것이 중요한 것이 아니라 어떻게, 어느
방향으로, 언제까지 내 스스로 '사람다운 삶'을 이어가느냐가
더 중요하다.

　노화로 인해 육신이 점점 남루해져가는 것은 어쩔 수 없다
하더라도 정신만은 항상 살아 움직이는 역동적인 내면의 공功
을 튼튼히 쌓아 나가야 한다. 미움과 집착을 버리고 청정한 마
음을 가지고 남을 돕는데 앞장 서도록 하자. 그렇게 함으로써
젊게 늙는 사람으로 자리 매김할 수 있도록 하자.

　정녕 황혼기라는 말 그대로 황혼이 되지 않고 새로운 청춘
을 창조할 수 있게 될 것이다. 누구라도 일없이 늘 앉아있거나
누워만 있으면 무료함 뒤에 죽음만 다가올 뿐이다.

✳ 내가 만일 혼자 살게 된다면

　노인이 되면 누구나 건강하게 오래 사는 것이 꿈이요, 간절한 소망이다. 그것도 혼자가 아니라 아내와 오순도순 정답게 서로 아껴주고 보듬어주며 그야말로 백년해로百年偕老하기를 원한다. 하지만 죽고 사는 것이 마음먹은 대로는 되지 않는 일, 각기 타고난 천운은 어찌할 수 없다.

　부부가 오래 살다보면 둘 중에 한 명이 먼저 저 세상으로 가게 되며 자연히 한 사람은 혼자 남게 된다. 주변에는 노년에 상처를 하고 혼자 살 수밖에 없는 독거노인도 흔하다.

　요즈음엔 우리 사회에도 황혼 이혼이 부쩍 늘어 본의 아니게 노부부가 남남이 되어 사는 예도 많아졌다. 황혼 이혼 청구자의 80%가 여자라고 하니, 이를 보면 부부 간에도 남자가 천덕꾸러기로 전락하여 버림 받는 꼴이다. 이혼을 청구하는 할머니들의 기세가 당차고 당당한데 반해 당하는 쪽의 할아비는 그야말로 처참하기 그지없다.

　이혼을 당하는 남자 노인의 경우, 대부분은 노년기에 들어서도 정신을 차리지 못하고 아내에게 옛날 그대로 우월적 잣대를 들이대며 언어 폭력을 버리지 않는 등 결정적인 잘못을 해댄다. 과거 잘 나가던 시절 오랜 기간 아내를 여러모로 무시

하거나 학대한 죄과를 역으로 되돌려 받아 버림받는 꼴이 된
셈이다.

　여자 노인이 홀로 되면 남자보다는 살아가는데 여러 면에서
훨씬 유리한 점이 많다. 여자의 경우 건강하고 돈에 여유가 있
으면 혼자 사는 데 어려움이 없다.

　요즘 50대 주부들 사이에 흔히 유행하는 말로 돈 많이 벌어
놓은 남편이 먼저 가면 여자는 그야말로 복이 터진 것으로 부
러움의 대상이 된다고 한다. 이런 여자는 남편이 타계하면, 그
의 영정 앞에서 슬피 우는 것처럼 수선을 떨다 문지방을 나서
면서 '빙긋 웃는다.'는 세간의 우스갯 소리도 있다.

　하지만 여자와는 달리 남자가 홀로 되면 그야말로 어려운
점이 하나 둘이 아니다. 무엇보다도 의식주衣食住의 모든 면에
서 불편을 겪게 되는 것은 말할 것도 없거니와, 설사 돈의 여
유가 있더라도 편치 않은 점이 한 둘이 아니다. 설사 가정부를
고용하여 매일 일체의 도움을 받아 생활하더라도 여러 가지
어려움과 고통이 따름은 자명하다.

　혹자는 남자라도 혼자 살지만 놀라울 정도로 슬기롭고 깨끗
하게, 어느 면에서는 아주 자연스럽게, 여유를 갖고 혼자만의
생활을 즐기며 사는 사람도 있기는 하다. 그러나 대부분의 홀
아비는 정도의 차이는 있지만 혼자라는 현실에 너무 집착하게
되고 이를 극복하지 못해 때로는 외로움과 고독에 휩쓸리며
쓸쓸함과 허전함에 지치기도 한다. 또한 일상의 무료함과 덧없
음에 지쳐 무력해지고 탈진하기도 한다. 마침내 마음이 불안하
고 초조하여 절망과 후회에 빠져 심한 우울증에 이르고 만다.

　남자 독거노인은 우선 매일 끼니를 해결하는 것이 선결과제
이다. 무엇을 어떻게 손수 끓여먹느냐 하는 것도 문제이고, 혼

자 식사를 하는 것에 대한 거부감을 극복하는 것도 어려운 문제이다. 밖에서 사 먹는다 하더라도 한두 끼도 아니고 어디서 누구와 어떤 종류의 먹을거리를 택할 것이냐 하는 것도 큰 두통거리이다.

물론 건강과 식성이 좋아 취미삼아 다양하게 요리도 배워가며 취사를 일종의 레크리에이션이나 스포츠화해서 매일 손수 지어먹는데 익숙하다면 이거야말로 금상첨화이긴 하다.

그러나 이러한 방법도 잠시에 그칠 수밖에 없는 한계에 봉착하고 만다. 노인이 아무리 건강하더라도 감기라도 한 번 심하게 걸리면 만사가 도루묵이 되고 만다. 감기에 의한 후유증으로 기운이 현저히 감소하면 입맛마저 다 가셔 버리는데 손수 밥을 지어먹는 것이 결코 쉬운 일이 아니다.

집안 일도 이것저것 한두 가지가 아니고 특히, 부엌일 자체가 힘들고 귀찮게 느껴짐은 물론 아예 이를 포기하고 싶은 마음이 앞서게 마련이다.

다음으로 경제적 관리 문제이다. 사실 늙어서 그것도 혼자 된 후 돈마저 없어 쪼들린다면 그야말로 비참한 말로가 아닐 수 없다. 아직은 판단력이 명료해 자신의 용돈이나 생활비, 세금 등 각종 집안 살림의 정확한 계산과 처리에 별 어려움이 없다면 그래도 괜찮은 편이다.

그러나 늙으면 이런 조그만 경제적 관리도 제대로 돌아갈 리 만무하다. 엎친 데 덮친 격으로 건강마저 여의치 않으면 만사가 귀찮아지고 사그라지는 기억력도 문제거니와 집안 생활의 현안을 잊거나 자신의 필수품조차 잃어버릴 가능성이 크다. 건망증의 연속에다 심한 우울증에 빠질 수도 있다.

하루 하루를 어떻게 소일할 것이냐도 예삿일이 아니다.

홀로 사는 대부분의 남자들은 할 일이 없다고 생각하며 무엇을 시도하는 것 자체에 의욕을 갖기가 수월치 못하다. 노인정엔 죽으러 가는 것 같아 가기 싫고, 만날 친구는 거의 없으며, 집안 내의 그 누구도 자신을 반가워하지 않으니 결국은 가정이나 사회로부터 '버려진 몸이 되었구나!'라는 생각이 들게 된다.

하기야 남녀 불문하고 늙고 처진 몸에 홀로 되었다면, 양로원이나 실버타운을 이용하는 것도 좋은 방안의 하나일 것이다. 그러나 국가의 지원으로 운영되는 양로원은 몇 군데 안 되어 들어가기가 바늘구멍 격인데다 빈 틈이 있어도 각종 입소 자격을 갖추기도 어려운 점이 사실상 많다.

더욱이 민간인이 경영하고 비교적 여건이 양호한 곳은 입원비, 유지비 등 경비가 너무 비싸기 때문에 감당하기가 어려운 실정이다. 또한 경영이 부실한 곳이 많다보니 입소 후 막대한 보증금만 날리고 쫓겨나 막바지에 무일푼의 신세로 전락하는 노인도 허다한 실정이다.

우리 나라의 혼자 사는 65세 이상 노인이 2004년엔 68만 명에 이르는 것으로 집계되고 있다. 이들 모두가 정도의 차이는 있겠지만 곁에서 돌봐주는 가족도 외로움을 달래줄 말동무도 거의 없는 것으로 알려지고 있다.

여기에다 이들 대부분은 성인병을 비롯한 각종 질병의 늪에 빠져있고 경제력 상실에 따른 가난에서 헤어나지 못하고 있다. 자식들에게 당한 배신으로 극복하기 힘든 마음의 상처를 안고 살아 심한 불면과 우울증 으로 고통을 겪고 있다 한다.

하긴 이들 노인네가 혼자 사는 것도 어쩔 수 없는 운명이다.

　　그래도 건강하니까 오래 사는 것이고, 오래 살다보니 혼자 남아 살고 있는 것이다. 오래 산다는 것도 사람에 따라 복이 되고 화도 될 수 있지만, 마음대로 되는 일은 절대 아니다. 다만 남자이건 여자이건 혼자 사는 노인에게 가장 중요한 것은 건강, 돈, 친구라는 3대 보물을 소유하고 있어야 한다.

　　물론 가족도 중요하고 종교도 필요하고 일도 아주 긴요함은 두말할 나위가 없다.

　　남자가 노년에 혼자 살다보면 무엇보다도 건강을 제대로 유지하기가 어렵다. 언제나 혼자 먹다보니 밥맛이 좋을 리는 없고 억지로 맛있게 먹었다 하더라도 내장이 다 늙고 고장난 마당에 소화가 잘 될 수 없다.

　　이른 바 혼자 먹는 외로운 식사는 식욕은 물론 소화 기능에 나쁜 영향을 주어 각종 질병 유발과 노화만을 촉진시킨다. 때문에 노년에는 무슨 수를 써서라도 밥을 같이 먹을 수 있는 동료를 하나 둘은 반드시 만들어 놓아야 한다.

　　혼자 사니 모든 것이 귀찮게 여겨지고 몸을 움직이는 것 자체를 싫어하게 된다. 노인이 되어 '누우면 죽는다.'는 말은 이리저리 들어 다 잘 알고 있다. 하지만 게으른 데다 이 말을 쉽게 잊어버려 툭하면 눕는데 익숙해지고 만다. 때문에 어떻게 해서든지 몸을 움직여 운동이 될 수 있도록 일도 하고 봉사도 해야 한다. 종교를 가져 교회나 절에 열심히 나가는 것도 큰 도움이 될 것이다. 정말 갈 곳이 없어 집에만 있어야 한다면 가기 싫은 노인정에라도 나가 움직이고 이야기하며 웃을 수 있는 기회를 만들어야 한다.

　　하기야 노인이 잘 먹고 잘 움직이려면 뭐니뭐니해도 주머니에 돈이 있어야 한다. 다 늦게 돈 욕심을 금하지 못한 끝에 남의 꼬임에 넘어가 일시에 돈을 날려버릴 수 있고 자식들 엄살과 꾐에 가진 돈 대부분을 빼앗길 수도 있다. 좋은 의미에서의 투자도 큰 손실을 볼 수 있으며, 가까운 사람에게 빌려준 돈을 회수 못하고 떼이는 경우도 허다 하다. 그렇기 때문에 어떠한 경우에도 '노인이 돈 없으면 죽는다.'는 돈의 원리를 절대로 잊지 말고 가진 돈의 관리와 보호에 만전을 기해야 한다.

그러나 돈을 많이 가지고 있고 관리를 잘 하더라도 이를 가치있게 잘 이용해야 한다. 늙어서 풍족한 돈을 그냥 주머니에 차고만 있다고 해서, 또 통장에 가득한 돈을 쥐고만 있다고 해서 자신의 '행복지수'가 확보되는 것은 결코 아니다. 그렇다고 노인이 무턱대고 가진 돈을 여기저기 쓸데없이 낭비해서는 더욱 안 된다. 인생 말기에 돈을 어떻게 관리하고 적절하게 쓰느냐에 따라 자신의 모든 환경과 행복한 삶의 명암이 좌우되기 때문이다.

우선 노년기에 홀로 된 사람이 활동하면서 외롭지 않으려면 가진 돈을 말벗 친구나 밥 친구를 위해 같이 쓰는데 주저함이 없어야 한다. 학자들 조사에 의하면, 노년이 깊어갈수록 가족보다는 절친한 친구의 정이 자신의 건강 유지와 장수長壽에 큰 보탬이 된다고 한다. 그것도 이성 친구를 만들어 관계를 잘 유지한다면 더 즐겁고 건강에 좋다고 한다. 늙어도 이성과의 만남은 동성보다 화기애애한 것은 사실이다. 새로운 여자와 약속만 해도 마음이 설레이고 기다려지며 만나면 일찌기 경험하지 못한 야릇한 낭만도 맛볼 수 있다.

여하튼 친구와의 정을 잘 보호하려면 무엇보다도 돈을 너무 아껴서는 안 된다. 어떤 친구에게든 근검 절약이라는 소금장사 근성만 보이다간 그나마 남아 있는 몇 안 되는 친구마저 모두 사라지고 만다. 더욱이 새 친구를 찾아보겠다는 주제 넘은 생각은 아예 포기해야만 한다.

사실 노년의 친구간에는 옛정이 아무리 깊어도 그 정은 아무 것도 아닌 사소한 일로 인해 아주 결별하기 쉬운 취약한 특성을 지니고 있다는 것을 명심해야 한다.

그러므로 나이가 들어갈수록 가까운 친구에게 한 발 더 다가가는 정성을 들이고 인내와 이해심으로 따사로운 정을 베풀어 그 친구의 가슴을 넉넉하게 해주어야 한다. 적어도 친구가 항상 고마운 마음을 지니고 헤어지도록 배려한다면, 그 친구는 항상 나와의 만남을 기다려 줄 것이다. 이렇게 되면 친구를 만나서 기쁨과 즐거움을 듬뿍 안는 삶의 새로운 엔돌핀이 생성되는 것이다.

만나고 싶을 때 만날 수 있고, 만나면 마음이 편하고, 무엇이나 그저 주고 싶고, 언제나 찾아갈 수 있고, 서로 세상살이를 이야기할 수 있고, 때때로 위로 받을 수 있으며, 자주 보고 싶은 그러한 친구가 존재한다면, 이는 아주 복 많고 운좋은 사람에 속한다. 이런 사람이라면 노년에 혼자 살더라도 결코 외롭거나 쓸쓸함에 목말라 하지는 않을 것이다.

말년에 남자가 홀로 되어 어둡고 외로운 남루한 삶을 이어간다는 것은 참으로 서글프다. 물론 남달리 경제적 여유가 풍족하다면 늙어서도 재혼을 생각해 볼 수 있다.

하지만 새로 낯선 여자를 만나 서로 어우러지며 마지막 정을 나누고 산다는 것이 그렇게 쉬운 일은 아니다. 재혼한 노부부 사이는 여러 가지 극복하기 어려운 난관이 조성될 수 있고 특히, 가족 내에 야기되는 심한 갈등과 분란의 여파로 뒤늦게 후회하게 될 수도 있다.

비록 늙어서 혼자 살더라도 혼자가 아니라고 다짐해야 한다.
이 넓은 우주 속에 자연과 함께 살아있어 행복하고 노력 여하
에 따라서는 매일 땀을 흘려 일할 수도 있으며, 내 옆에 가족
도 있고 친족도 있는가 하면, 나를 아껴주는 친구와 이웃도 있
다는 점을 일깨우고 사랑해야 한다. 항상 혼자가 아니라는 생
각으로 살려고 노력한다면 혼자이기 때문에 살아가며 겪는 아
픔과 고난도 흔쾌히 치유하고 극복할 수 있을 것이다.

혼자이기 때문에 어렵다거나 두렵다는 부정적인 생각은 아
예 접어야 한다. 그래서 어떻게 하든 적극적으로, 긍정적으로,
매사에 의욕을 갖고, 몸을 움직이고 일을 해야 산다는 신념을
가슴 깊이 지니도록 한다.

이를테면 고독고孤獨苦나 무위고無爲苦에서 벗어나야 한다는
것이다. 그리고 남에게 베푸는 넓은 마음을 가지며, 나보다는
어려운 사람을 진정으로 위로하며 이해하는 열정을 갖고 살도
록 노력한다.

맑고 바르며 훈훈한 마음으로 덕을 쌓아 남들이 부러워하는
인성을 지니도록 노력한다. 그렇게 하면 혼자 살아도 굳건히
견뎌낼 수 있는 특유한 독존의식獨存意識이 뿌리를 내릴 것이
다. 모든 것은 진정 하기 나름이다.

✳ 가족에 대한 새로운 인식

　노년이 깊어지면 누구나 점점 늙고 병이 들며 심신이 허약해지는 것은 피할 수 없다. 어느 새 사회로부터도 멀리 밀려난 신세가 되었음은 물론, 가족에게까지 귀찮은 존재로 취급받고 있음을 뼈저리게 느끼게 된다.

　뜻한 바 있어 새로운 힘과 기를 다시 돋아내려고 이리저리 갖은 애를 써보지만, 모든 것이 예전 같지 않음을 절감하고 만다. 이내 을씨년스럽기도 하고 꼴사납기도 한 자화상에 실망을 금치 못하면서 왠지 다급해짐을 느끼며 미래의 불확실성에 불안해 하기도 한다. 덧없이 빠른 세월과 어쩔 수 없는 자연의 섭리에 너무나 역부족일 뿐이다.

　근래에 들어 우리 사회는 급속한 고령화 사회로 진입함과 동시에 가족 해체 현상이 심화되고 있다. 이에 따른 부작용으로 사회 각 부문에선 노인을 폄하하는 다양한 모습들이 보편화되고 있으며, 그 누구도 노인을 경시하거나 학대하는 사회적 풍조에서 자유롭지 못함을 경험한다.

　특히 정치권에선 소위 개혁, 진보 세력이라는 젊은층이 전면에 나서면서 '노인은 가치가 없다'는 식의 발언이 공공연히 표출되고 있으며, 사회적으로 노인과 젊은 세대간의 갈등도 전례없이 현재화되고 있다. 정부의 복지정책도 가족의 어려운 문제를 해결하려는 노력은 미흡하며, 실제로 노인이 어린이보다 홀대를 받고 있는 실정이다. 노인들은 도처에서 설 곳을 잃어가고 있음이 현실로 나타나고 있다.

가족에 대한 전통적인 윤리관도 허물어진지 이미 오래다.

자식들이 버젓이 잘 살고 있으면서도 혼자 사는 노부모를 돌보기는커녕 연락마저 끊어 무료급식소를 전전하는 모습이 보이기도 한다.

더욱이 자식들이 부모를 모신다고 해 놓고는 부모의 재산을 몰래 빼돌리고 심지어는 부모를 학대하다 의도적으로 방기放棄하는 일까지 서슴없이 자행하고 있다. 이제는 노인들 스스로가 자식한테 더 이상 짐이 되기 싫고, 현실의 고통을 감내하기 어려워 목숨을 끊는 사례도 속출하고 있다.

얼마 전 서울에서는 치매에 걸린 아내를 돌보던 92세 남편이 93세의 아내를 목 졸라 숨지게 한 후 자신도 목을 매어 자살한 사실이 크게 보도되었다. 이들 노부부 슬하에는 7남매가 있었는데 모두 부모를 모시겠다고 했지만, 노부부는 자식들에게 부담을 안 주려고 둘이 살다가 90세를 넘어서야 막내아들과 같이 살았다고 한다.

그 노인의 유서에는 '78년이나 같이 산 아내를 죽이는 독한 남편이 되었다. 우리는 살만큼 살고 세상을 떠나니 슬퍼하지 마라.'고 하면서 '남아 있는 돈 250만원을 장례비에 써라.'고 자식들에게 부탁했다 한다.

한편 이와는 달리 병든 시부모와 장애인 남편을 26년간 정성을 다해 수발한 40대 후반의 한 부인이 삼성복지재단의 효행상 시상식에서 대상을 받았다고 대서특필된 바 있다.

이 부인은 남편이 뇌성마비 2급 장애인이어서 이를 돌보기도 어려운데 시조모, 시부모까지 모시고 온 가족을 보살피며 살았다고 한다. 시어머니는 이 며느리를 가리켜 '우리 집안의 보물처럼 귀한 며느리'라며 아껴주었다 한다.

이상의 두 가지 예를 비교해 보면 아내를 죽이고 자살한 노인 가족에게 만일 효행상을 탈만한 며느리나 자식이 있었다면 그런 끔직한 촌극은 벌어지지 않았을 것이다. 아마도 7남매들 사이에는 90대의 어머니와 아버지를 모시는 문제를 놓고 흔한 TV연속극의 주제와 같이 형제간 다툼이 끊이지 않았을 것이다. 여기에서 부모 모시기를 서로 피하려는 잔꾀와 꾸밈 속에 서로 티격태격하다 마음 약한 막내가 부모를 맡게 되는 가능성이 크다. 이 과정에서 대쪽같은 성격의 아버지가 아내의 치매와 함께 다가온 고통을 이겨내지 못해 '사랑하는 아내를 죽이고 자신도 세상을 하직'하는 단안을 내린 것으로 보인다.

가족으로부터 학대받는 노인 10명 중 6명은 아들이 가해자라는 조사 결과에 유념할 필요가 있다. 솔직히 어느 가정이든 노부모가 거동이 불편한 데다 경제력마저 없다면 일종의 시한폭탄을 안고 사는 것이라 해도 과언은 아니다.

더욱이 자식이 많으면 많을수록 그 시한폭탄의 탄도는 강력하며, 폭발할 가능성도 그만큼 크다. 때문에 이런 노부모를 모시는 문제를 두고 자식들 간에는 집안 싸움이 벌어지는 것이 다반사이며, 경제적 부담마저 안 지려고 잔꾀와 각종 모략까지 동원되는 꼴들이 우리 주변에서 쉽사리 벌어지는 현상이다.

누구나 늙어가면서 갖는 절실한 소망은 건강을 끝까지 유지하다가 생을 편안히 마감하는 일이다. 이를테면 무병장수하다 어느 날 조용히 자신도 모르게 생을 마감하는 '천국으로의 길'을 꿈꾼다. 바란다고 되지도 않으려니와 뜻대로 될 수도 없는 소망이지만, 그래도 이 꿈의 목표를 이루기 위해 부단히 노력들을 한다.

적어도 나만은 치매나 중풍이 찾아와서는 안 되며 암에 걸려서도 안 된다는 생각이 지배한다. 설사 중병에 걸려 어쩔 수 없더라도 내 병은 스스로 관리할 수 있을 정도의 가벼운 질병이었으면 좋겠다는 것이 모두의 바람이다.

하지만 문제는 노부부가 늙고 병 들지 말라는 법이 없다는 것이다. 언제든지 두 노인 모두가 병고에 시달릴 수 있고, 이들 중에 어느 한쪽의 갑작스러운 유고로 홀로 되는 경우도 발생할 수 있다.

물론 생존한 쪽이 자신의 현안을 꾸려나갈 경제적 여유가 충분하다면 부모와 자식간의 문제가 가족 내의 대사변으로 발전되지는 않을 것이다. 그러나 홀로된 부모가 육체적이나 경제적으로 자생력을 상실한 처지라면 문제는 심각한 쪽으로 돌변하고 만다.

사실 노부부의 이러한 상황 변화는 본인은 물론 가족 전체의 비상사태로 볼 수 있다. 어찌 늙고 돈 없는 부모가 병들어 홀로 되었는데 가족의 구성원이 그것도 친자식이 외면하거나 무시하겠느냐(?)라는 의문이 제기될 수도 있다. 그러나 노부모의 병든 상황이 장기화될 경우 대부분의 자식들 간에는 서로 부담을 안 지려하든가, 혹은 책임을 떠넘기려는 극심한 기피 성향을 보이면서 갈등과 불화의 소용돌이가 몰아치게 된다.

병고에 시달리며 자식들의 병수발을 받아본 노부모들이 이구동성異口同聲으로 내뱉는 소리는 '자식 다 소용 없다.'는 말이다. 병든 노부모가 내면의 정신적 고통을 감내하면서 '내가 저 놈들을 어떻게 키웠는데, 내 자식도 역시 별 수 없구나!'라는 한탄을 하게 된다.

옛말에도 '긴 병에 효자 없다.'고 하였지만, 요즈음에는 병원에 입원한 부모에게 '무엇 때문에 아버지, 어머니는 특별 건강 보험에 들지 않았느냐.'고 다그쳐 물을 정도로 자식의 태도는 몰인정하고 타산적이 되고 말았다.

이렇게 볼 때 노년의 말기를 어떻게 맞이할 것이며, 어떻게 살아갈 것인지, 홀로 서기를 한다면 어떻게 대비할 것인지, 나름대로 가족에 대한 생각을 다시 한 번 정리해 볼 필요가 있다.

실제로 늙어감에 따라 건강과 돈문제가 자신의 의지대로 잘 유지되기는 어렵고 특히, 노인의 건강은 장담할 수 없는 특성을 지니고 있다. 어차피 불확실성과 불가피성을 지닌 문제이지만, 그래도 자신의 존립을 유지하면서 평안함을 위해서는 효율적인 대안이 필요하다.

무엇보다도 노년에 건강이 무너지면 '만사萬事가 허사虛事'로 끝나고 만다. 내가 쓰러지고 난 다음에 일어나는 가족 문제에 대해 왈가왈부해 보았자 아무 소용없다. 만일 건강이 난관에 봉착한데다 설상가상으로 돈마저 없다면 정말 진퇴양난의 곤경에 빠지고 만다. 돈과 건강 중 어느 하나라도 굳건해야지 둘 다 힘들다면 그 누구에게도 도움을 청하기 힘들다.

사실 건강과 돈은 나이가 한 살이라도 더 먹기 전에 철저히 챙겨야 한다. 적어도 노인의 건강과 돈에 관한한 내 것처럼 보호해 줄 사람은 아무도 없다는 인식이 전제되어야 한다.

물론 늙고 병든 나를 그래도 돌봐줄 사람은 아내 밖에 없을 것이다. 그렇지만 생의 마지막까지 아내에게 진정한 마음의 보호를 받고자 한다면, 아내와의 관계에서도 남다른 각오와 실천이 있어야 한다.

특히 노부부 사이에도 사랑, 고마움, 믿음이 존재하는 관계가 유지되도록 하여야 한다. 여기에 균열이 생기면 노부부 사이에도 해소하기 어려운 갈등과 불화가 조성된다. 적어도 건강과 경제력 보호는 아내와의 혼연일체에서 할 수 있다는 확고한 인식이 자리잡고 있어야 한다.

돈과 재산 문제에서는 소유와 관리에 냉혹한 주체성이 확립되어야 한다. 노년 말기에 들어서면 누구나 정에 약하고 정신도 흐릿해져 돈이나 재산을 자식에게 일방적으로 증여하거나 자의반 타의반으로 빼앗기고 마는 경우가 허다 하다.

때문에 남아 있는 돈을 가급적 자식들에게 배분해서도 안되지만 빼앗기지도 않도록 최선의 노력을 경주함이 요구된다. 여기에는 자신의 의지력이 확고히 유지될 수 있는 냉혈적인 안전 장치의 마련이 필요하다. 반드시 돈과 재산에 관한한 아내와의 공유가 필수적이지만, 내가 먼저 세상을 뜬다는 전제하에 자식들과의 관계에서 아내의 유리한 입장이 유지되도록 철저한 사전 대비책도 강구해 놓아야 한다.

결국 건강, 돈, 아내와의 문제가 노년 말기의 생존을 좌우하는 가장 중요한 변수인 것만은 틀림없다. 무릇 이 세 가지 요인이 나의 존립을 지탱해 줄 수 있는 버팀목이며, 이것들이 어떻게 상황을 유지하고, 변하며, 상호 유기적으로 연계되어 작용하느냐에 따라 운명과 명이 좌우되는 것이다.

만일 이들 가운데 어느 하나라도 잃어버린다면, 사실상 모두를 잃는 것이나 다름없는 비운을 맞이할 수도 있다. 이 셋

가운에 아내를 먼저 잃는 사태가 발생한다면 비상 수단을 사용해서라도 자신의 건강과 돈을 지켜야 한다.

노년의 말기에 가족에 대해 너무 기대하는 마음이 앞서서도 안 되지만, 그렇다고 아예 포기하는 마음도 좋지 않다. 부모에 대한 가족들의 태도가 상심할 정도로 부실하고 야속하며 섭섭하더라도 가족을 일방적으로 싸잡아 비판하고 힐책하려는 인식에서는 탈피해야 한다. 부모가 만일 자식에 대한 실망과 배신감 등을 들추어 내어 이를 부정적인 방향으로만 몰고간다면, 그러한 성향은 자식에 대한 절망감을 더욱 부추기는 꼴이 될 뿐이다. 집안이 평안해야 자신의 마음과 몸도 안정을 유지할 수 있는 법이다.

어쨌거나 그래도 어려운 곤경에 처한 나를 돌보아 줄 사람은 '내 가족밖에 없다.'는 주장을 누구도 부인하기는 어렵다.

그러므로 부모는 자식과의 관계에서 인간관계의 본질을 냉철하게 직시하되 가족을 중시하는 현실론 쪽에도 무게를 둘 필요가 있다. 무엇보다도 가족 내에서 덮어줄 것은 가능한한 감싸주고 수용할 수 있는 것은 받아들여야 한다.

적어도 가족은 내가 돈이 없어 크게 어려울 때, 병 들어 건강하지 못한 때 나를 돌보아 줄 최후의 보루堡壘임을 잊어서는 안 된다. 늙고 처지더라도 나와 가족의 관계는 선린지향의 균형 관계가 유지되도록 노력해야 한다. 이를테면 가족간에는 항상 서로 어울리고, 채워 주고, 나눠 주고, 위로해 주는 원만한 관계가 유지되어야 한다.

누구나 노년기에 가족을 멀리 하면 할수록 더 외롭고 쓸쓸해질 수밖에 없다. 진정 내가 건강하게 오래 살기 위해서는 가족에 대한 소중함을 인정하면서 항상 내 가족이 '이만하기 다행'이라는 생각을 갖고 넓은 도량과 인내심으로 자식들을 이해하고 용서해야 한다.

그러나 가족은 가족, 자식은 자식일 뿐이라는 개념에서 결코 벗어나서는 안 된다. 나 자신을 지키면서 편안하고 안정된 말년을 보내기 위해서는 '내 자신이 가장 중요하다.'는 이지적이면서도 이기주의적인 '홀로 서기' 인식을 지녀야 한다.

언제나 나를 영원히 지켜나갈 사람은 바로 자신뿐이란 사실을 명심해야 한다.

＊ 재산 정리를 위한 유언장

　　늙은이들이 모인 자리에서 간혹 '유언장'에 관한 말이 제기
되는 때가 있다. 혹자는 그 무슨 유언이냐고 화를 벌컥 내는가
하면 '유언을 하기엔 아직 이르다.'고 하면서 '건강을 위해 유
언 따위는 생각해서는 안 된다.'고 거론 자체를 일축하는 사람
들이 의외로 많다. 이들의 생각은 아직은 '유언'이란 단어의 의
미가 어딘지 좀 어울리지 않고 가능한한 멀리 하고픈 문제라
는 인식이다. 그러나 재산 문제에 관해서는 어떤 형태로든 시
기적으로 매듭지어야 한다는 주장에 공감을 하는 편이다.

　　논란의 와중에는 '재산이 많아야 자식들에게 유언을 남기든
가 하지, 가진 게 그저 집 하나에 아내와 둘이 살고 있는 주제
인데, 그 무슨 상속에 관한 유언장이 필요 하겠냐.'는 주장도
나온다. 집이나 재산을 이리저리 쪼개기도 그렇거니와 후일 자
식들 간에 무슨 분란이 있겠느냐는 안이한 생각이다.

　　일리 있는 주장이라고 수긍이 가기도 하지만, 실은 그렇지
가 않다. 누구나 갑작스러운 유고 시에 대비한다는 점에 유언
의 필요성과 당위성이 있기 때문이다.

　　세상이 많이 변해서 그런지 근래 우리 사회는 부모의 유산
상속을 둘러싸고 벌어지는 가족들 간의 싸움이 결코 재산의

질과 양에 따라 결정되지는 않는다. 몇 푼 안 되는 별것 아닌 부모의 재산을 놓고도 가족이나 특히, 자식들 간에 종종 살벌한 싸움이 벌어진다.

때에 따라서는 서로 치고 받으면서 끝내는 등을 돌리고 의절하는 경우도 허다 하다. 물욕의 굴레에서 벗어나지 못해 법정까지 가게 되고 설사 법으로 해결되더라도 분배 재산의 양과 질을 들먹이며 계속 분란을 일으키다 가족 해체로 결말이 나기도 한다.

사실 우리 주변에선 부모의 장례를 치르고 난 후 얼마 안 되는 부조금의 분배를 놓고 싸움질을 하는 자식들도 있다.

흔히 자식들 간의 유산 싸움판에서 아들과 딸의 욕심에는 한 치의 차이가 없음을 본다. 예로부터 딸은 출가외인이라는 말이 있고, 아직도 우리들의 의식 속에는 알게 모르게 아들 우대의 뿌리가 존재하고 있다.

그러나 현행 민법에는 아들, 딸의 재산 상속 비율이 동등하기 때문에 딸의 욕심이 아들보다 절대로 낮지 않다는 것이다. 실제로 아들과 딸의 상속 싸움이 벌어지면 이들의 싸움에 며느리와 사위의 더 큰 물욕이 개입되어 싸움은 크게 확대될 가능성이 크다. 보통 며느리보다는 사위가 처가집 재산에 훨씬 더 큰 욕심을 보이는 것이 요즘의 일반적인 사회 현상이다.

가령 출가한 아들 둘과 딸 하나를 둔 노부모가 3억 짜리 아파트 하나를 남겨둔 채 돌연사 하였다고 하자. 이 때 부모가 유언장을 남기지 않았다면 상속을 둘러싸고 자식들 사이에 싸움이 벌어질 개연성은 아주 높다.

만일 큰아들이 물욕이 적고 재산도 넉넉하여 공평한 배분을 주도한다면 손쉬운 합의가 이루어질 수 있다. 그러나 십중팔구는 형제간에 싸움이 벌어지게 되며, 대개 장남이 부모를 모신 사실과 사후 관리 등을 거론하면서 더 큰 액수의 배분을 요구하는데 반해 동생들은 이 판에 '1억이 어디냐.'는 생각에 죽어도 양보할 수 없다며 법대로 하자는 주장을 내세운다.

이런 자식들 간의 싸움판에서 목소리를 거세게 내지르고 의절을 불사할 것같이 대드는 쪽은 의례 평소에 부모에게 잘 하지도 못하고 형제간의 우애도 부족했던 사람이다. 여기에는 이왕지사 가족 내에서 환영 받지도 인정 받지도 못한 처지에서 설사 의절 쪽으로 가더라도 손해볼 게 없고 더 좋다는 생각이 앞서니 차제에 철저하게 돈이나 챙겨보자는 심보가 작용하는 것이다.

가령 부모가 살아 생전에 형평성을 고려하여 갖고 있는 재산을 자식들에게 상속해 두는 경우도 있다. 이러한 상속이 유언을 작성해 두는 것보다는 현명한 조치일 수 있으나 미리 분배했다고 상속 재산에 대한 자식들 간의 싸움이 소멸되는 것은 결코 아니다.

상속한 부동산이 당시에는 균등하게 배분되었더라도 그 후 각각의 부동산 가치가 서로 다르게 변하므로 불평등 분배로 여겨질 수 있기 때문이다. 또한 부동산의 경우라면 같은 규모로 공평하게 분할하기는 불가능하기 때문에 분배 당시는 자식들이 일단 부모의 결정을 수용했더라도 차후에 불평등을 거론, 분란을 일으킬 소지가 충분히 있는 것이다.

혹자는 자식에 대한 재산의 조기 상속을 통해 자식의 효를 기대하는 부모들도 있다. 부모는 자식에 대한 도리를 다한다는 뜻에서 일찍 자식에게 재산을 증여한 것이라고 하지만, 그 말의 이면에는 '부모가 자식에게 이만큼 했으니까, 너희들도 부

모에게 어느 정도의 효는 있어야 하지 않겠느냐'는 '유산과 부
양'의 상호관계를 고려한 부모의 얄팍한 소망이 게재되어 있다
고 볼 수 있다.

그러나 재산을 물려받은 자식이 그의 부모에게 효를 다할
것이라는 기대는 이루어지기 어렵다. 자식으로선 응당 부모로
부터 받을 만큼 받았다는 생각이지 부모의 은덕이라며 이에
보답해야겠다는 마음은 거의 없다고 보아야 한다.

오히려 받을 것 다 받았다고 보는 자식은 그 때부터 부모를
더 등한히 여기거나 외면할 가능성이 크다. 이는 부모에게 경
제적으로 더 기대할 것이 없다는 자식의 아주 이기주의적인
계산이 작용하는 것이라 하겠다.

이러한 부모 자식간의 관계를 고려해 본다면 서둘러 재산을
자식에게 분배해줄 필요는 없다. 그렇다고 무작정 붙잡고만 있
는 것도 능사는 아니다. 별것 아닌 재산이라면 자식들이 부모
의 재산에 염을 둘 리 없지만, 부모가 많은 재산을 움켜쥐고
위세만 부린다면 집안 내에는 바람 잘 날없이 분란만 일어나
게 된다.

부모가 많은 재산을 소유했다면, 어느 정도 자식들에게 나
누어 주어 부모로서 떳떳함과 당당한 자부심을 가질 수는 있
다. 그러나 자신의 힘에 부치거나 부족함으로 이어지는 분배는
바람직하지 않다. 어디까지나 내가 존재하고 나의 여유가 보장
되는 선에서 일정량을 나누어 준다는 개념이어야 한다. 이를테
면 무엇보다도 나와 내 아내를 우선시하고 자식의 입장은 어
디까지나 차선이라는 준거가 철저히 유지되어야 한다.

외국의 영화를 보면 장례식을 치르고 난 후 변호사가 자식

들에게 고인의 유언장을 공개하는 장면을 흔히 볼 수 있다. 우리 나라에서는 찾아보기 어려운 장면인데, 우리 사회에는 아직 이러한 사례가 일반화되어 있지 않은 반증이다. 그렇지만 우리 사회도 많이 변했으며 가족 내에서도 유산이나 돈 문제만은 전통적인 윤리관이나 피치 못할 정리로 해결될 수 없는 각박함과 몰인정이 여과없이 연출되고 있는 실정이다.

사실 노년의 내일은 보장될 수 없다. 건강만 하더라도 언제 어느 순간에 무슨 일이 일어날지 모르는 폭탄을 안고 사는 것이며, 복잡한 현실에서 누구나 불의의 대형사고로부터 자유롭지 못함을 절감한다. 그렇기 때문에 예기치 못한 자신의 유고에 대비하여 다음의 몇 가지 사항을 충분히 고려하여 유언장을 미리 작성해 둘 필요가 있다.

첫째로, 유언장 작성은 현재의 자신을 정리하고 다가올 죽음에 대한 준비이며, 죽음 자체를 긍정하는 것이다. 사실 누구나 죽음에 대해 의연하기보다는 두려움, 공포, 기피의식이 앞선다. 하지만 유언에 따른 여러 가지 문제를 실질적으로 반복해서 생각해 보고 접하게 되면 죽음이라는 그 자체에 대해 어느 정도 친숙해질 수 있고 그만큼 여유도 갖게 된다. 또한 이를 계기로 재산 정리뿐만 아니라 건강, 돈, 가족 등에 대한 보다 내실 있는 관리를 통해 생활의 안정을 확보할 수 있다.

둘째로, 자신의 유고 후 재산 상속을 둘러싼 자식들 간의 분쟁소지를 사전에 차단하는 효과를 도모할 수 있다. 물론 부모의 유언장을 놓고 극렬하게 싸우는 예가 허다 하지만, 그래도 유언의 여부는 싸움의 판도에 결정적인 영향을 미칠 수 있다. 특히 유언장 작성 전에 자식들로부터 동의와 합의를 얻어낼 수 있는 기회가 있고 그 기회를 적절히 이용할 경우에는,

분쟁의 여지를 제거할 수 있다.

부모가 살아있을 때 자식들의 재산 욕심은 그 규모가 적을 수밖에 없으며, 그래서 부모의 분배 제의가 다소 만족스럽지 못하더라도 이내 동의해 주기가 용이하다.

셋째로, 내 재산을 마음대로 상속할 수 있는 편리성이 있다. 아내와도 그 내용에 관해 진지하게 마음을 터놓고 논의할 기회가 된다. 아내와의 대화를 통해 남아 있는 재산에 대한 속마음을 정확히 파악할 수 있으며, 아내와의 의견 차이를 좁혀 공통점을 찾을 수가 있다. 한편으로는 아내를 위한 최선의 대안을 마련하면서 변함 없는 사랑의 믿음을 확신시켜 주는 계기로 활용할 수도 있다.

넷째로, 내 재산에 대한 정기적인 감사와 투자의 기회를 마련할 수 있다. 부동산에 대해서는 가격 변동 추이와 현금화의 문제, 세금, 등기부 등본 등을 확인하는 계기를 가질 수 있으며, 시장에 대한 여러 가지 분석과 전망도 가늠해 볼 수 있다. 또한 현금에 대해서는 예금이나 주식으로 할 것이냐, 펀드에 들 것이냐의 문제를 유리한 방향에서 종합적으로 연구 검토해 볼 수 있다.

막상 재산 정리를 위한 유언장을 손수 작성한다는 것은 그리 쉬운 일이 아니다. 실제로 대부분이 유언장을 직접 보지도 못했을 뿐더러 작성해 보겠다고 마음먹고 준비한 경험도 별로 없다. 또한 그 필요성을 절감한 나머지 언제고 작성하겠다고 스스로 다짐했더라도 실행에 옮기기까지는 상당한 어려움이 있다.

설사 유언장 작성에는 일단 성공하여 이를 보관해 두기까지

했더라도 세월이 지나면 그 내용을 까맣게 잊어버리기 십상이며, 보관 중인 유언장을 자신의 변화된 현실에 알맞게 수정하거나 재작성하지 못하는 이가 대부분이다.

유언장을 작성한다면 어떻게 할 것인가? 그 방법론에도 문제는 많을 수밖에 없다. 물론 재산을 많이 갖고 있다면 담당 변호사를 선정해서 법적인 문제를 일체 일임하는 방법을 택하겠지만, 별것 아닌 재산인데 누구와 의논하기도 그렇고 혼자 어찌해 보려니 힘에 벅차게 느껴지고, 다른 한편으론 괜한 짓 한다는 자괴감에 빠지기도 하여 차일피일 미루다 잊어버리거나 아예 포기하고 만다.

그러나 재산 정리에 관한한 늙어가는 사람으로선 유언장 작성이 빠르면 빠를수록 좋다는 점을 유념해야 한다. 득실을 따져가며 주저할 필요도 없고 남의 말에 현혹되거나 좌우되지 않도록 해야 한다. 그저 백지와 필기구만 있으면 된다는 편안한 생각을 갖고 시작하도록 한다.

실행과정에서 여러 번 작성을 거듭하게 되는 것이 보통이나 반복하여 작성하다보면 자연히 여러 가지 형식과 지식들을 터득하게 된다. 여기에다 관련 서적이나 인터넷 등을 살펴보고 참고한다면 거의 완벽한 유언장을 쉽게 작성할 수 있다.

유언장 작성에는 본인 유고에 대비한 것, 본인과 아내의 동시 유고에 대비한 것, 두 가지를 작성해 둘 필요가 있는데 전자의 경우에는 가급적 재산이 자식들보다는 아내에게 대부분 상속되도록 배려함이 좋으며, 후자의 경우에는 반드시 아내와의 합의와 공동 날인을 하도록 해야 한다.

자식들에게는 가급적 그들의 물욕이 적을 때 재산 배분에 대한 동의를 사전에 얻어두는 것이 득이며, 자식들의 정확한 날인을 받아두는 것이 더욱 안전하다.

유언은 하나의 법률 행위이기 때문에 민법절차를 준수해야 법의 보호를 받을 수 있다. 따라서 무엇보다도 법적인 문제에서의 하자를 배제하는데 집중적인 노력을 경주해야 한다. 정감이 넘치는 언어 구사는 최대한 피하고 재산 상속을 위한 분배의 내용을 규정함에도 법률적인 용어를 철저히 가려서 사용해야 한다.

유언은 유언자 본인의 의사가 절대적으로 존중되므로 대리유언은 용인되지 않는다. 또한 언제든 철회할 수 있으며 수정할 수도 있다. 유언의 효력은 유언자의 사망 이후기 때문에 사망 전에는 수익자의 권리가 일체 인정되지 않는다.

유언의 방식에는 자필증서, 녹음, 공증증서, 비밀증서, 구수증서 등의 다섯 가지 방법이 있다.

*자필증서: 유언자가 살아 있는 동안 자필로 쓰는 방식으로 가장 많이 활용되고 있다. 유언의 내용, 날짜, 주소, 성명과 함께 날인이 있어야 효력을 갖는다. 수정할 사항이 있으면 별도로 쓰고 날인하면 된다.

*녹음: 유언자의 육성을 녹음해 두는 방식이다. 여기에도 내용, 날짜 등이 있어야 하며 유언의 정확성을 확인할 수 있는 증인의 성명이 녹음되어야 한다.

*공증증서: 법적으로 공증하는 방식이다. 증인 두 사람과 공증인이 참석한 가운데 공증인이 유언을 기록하고 낭독한다. 이를 유언인과 증인이 승인하고 서명한 후 공증한다. 법적인 구속력이 가장 완벽한 방식이다.

*비밀증서: 유언자의 성명이 담긴 유언서를 봉인한 다음 두 사람의 증인에게 제출한다. 봉투의 겉면에 유언인과 증인이 날

짜를 적고 서명한 후 5일 안에 공증인이나 법원에 제출한다.

 *구수증서: 유언자가 질병 등으로 목숨이 위태로울 때 유언하는 방식이다. 두 사람의 증인 입회하에 실행한다. 증인 한 사람이 기록하고 낭독한 후 사실 여부를 확인하고 서명, 날인한다.

＊ 죽음에 대한 마음가짐

　노년기에 들어 간혹 친구들 몇 명이 모이게 되면 우선 세상 돌아가는 이야기부터 나라 걱정에 이어 건강 문제나 자식 자랑, 흉보기 등을 화제로 삼아 대화를 나눈다. 하지만 어느 때이건 불시에 닥칠 수 있는 '죽음'의 문제와 관련해선 정작 논의하기를 애써 피한다.

　어쩌다 가까운 친구의 부음이 화두로 제기되어도 이야기를 서둘러 끝내려 한다. 모두들 늙어가면서 죽음이라는 사안에 대해서는 필요 이상으로 금기시하며 선을 그으려는데 공감하며 '나와는 상관 없는 남의 문제'인양 외면하려 한다.

　그러나 노인들에게 죽음이란 피한다고 멀어지는 것이 아니라 항상 곁에 있는 것이다. 언제나 갑자기 다가올 수 있는 것이 죽음이요, 죽음은 확실하게 맞이할 수밖에 없는 운명이다. 하기야 죽기를 원한다면 당장이라도 스스로 목숨을 끊을 수는 있지만 '죽는다는 것' 그 자체가 마음먹은 대로 되는 그렇게 쉬운 일이 아니다.

　반대로 죽기 싫다고 해서 죽지 않고 영원히 삶을 지탱할 수 있는 것은 더더욱 아니다. 죽음은 누구에게나 언제고 다가올 불가피하고 불가항력적인 하늘의 뜻이며 자연의 섭리이다.

삶에도 사람다운 삶이 있듯이 죽음에도 분명 죽음다운 죽음이 있다. 비록 순국이나, 의로운 죽음은 아니더라도 본인의 노력 여하에 따라서는 얼마든지 품위있고 값진 죽음을 선택할 수 있고 아름다운 죽음으로 자신의 삶을 마무리 할 수 있다.

노년의 말기에 진정으로 사람다운 삶을 살려고 노력한 사람이라면, 죽은 다음 주변 사람들에게 '아! 그 사람 참 아깝다.'는 아쉬움과 존경의 여운을 남길 수 있다.

사실 살아 있는 사람 누구에게나 죽음의 세계나 정체는 미지의 영역이다. 아울러 죽음 자체는 누구에게나 결코 호감이 가는 것은 아니며, 한편으론 두려우며 맞이하고 싶지 않은 공포의 대상임이 분명하다. 그래서 그런지 사람들은 나만은 죽지 않고 영생할 것처럼 현세의 삶에만 집착하고 몰두하는 대신 죽음에 대해선 지나칠 정도로 경원시하면서 모르는 척 한다.

이를테면 현실적으로 먹고 사는 것이나 건강, 웰빙 등에는 혼신의 힘을 기울이는 반면 죽음이란 단어에는 의식적이든 무의식적이든 부딪치지 않으려 하며 잊어버리려 한다.

쇼펜하우어는 '삶과 죽음은 다 함께 생존에 속하며, 서로 의지하여 삶이 죽음의 조건이 되고 죽음은 삶의 조건이 됨으로써 인생의 모든 현상에 서로 양극을 이룬다.'고 하였다. 결국 현재의 삶이란 죽음에 다다르는 하나의 과정이며, 죽음은 삶의 끝이 아니라, 오히려 삶의 완성이라고 볼 수 있다.

때문에 죽음에 관한 담론談論을 피하고 현세에만 매달리다 속절없이 죽음을 맞게 되면 죽음 그 자체가 어려운 문제로 둔갑함은 물론 짧은 여생마저도 여유있는 삶이 되지 못한다.

옛 조상들을 노년이 되면 자신의 죽음을 내다보고 나름대로 여러 가지 준비를 철저히 했음을 알 수 있다.

　우선 갖고 있는 재산을 자식들에게 적절히 분배한 다음 자신이 묻힐 묘지를 만들어 놓는가 하면 입고 갈 수의도 따로 잘 챙겨 준비해 두었다.

　이를테면 죽음을 엄연한 현실로, 아주 긍정적으로 생각했음을 여실히 보여주는 일이라 하겠다. 지금도 우리들 세간에는 이런 풍속이 이어져오고 있음을 주변에서 쉽게 볼 수 있다. 흔히들 이를 가리켜 '말년에 들어 건강한 삶을 유지하기 위한 필요한 준비'라며, 선친들의 예를 따라 슬기롭고 의연하게 죽음에 대비하고 있음을 본다.

　한편 이와는 달리 현 사회에선 부대 끼는 삶의 어려움과 고통을 이겨내지 못하고 자살하는 노인들이 급증하고 있다.

　고령자 사망 원인 가운데 자살이 간질환이나 교통사고보다도 높은 것으로 나타나고 있음은 우리 사회의 병폐가 아닐 수 없다.

　또한 죽음을 목전에 둔 고령자들이 무조건 최상의 의술에만 모든 기대를 걸거나 의학적으로 무의미한 연명 치료에 매달리면서 삶이 아닌 목숨 부지에 급급하고 있는 것도 큰 사회적 문제로 부각되고 있다.

　우리 나라의 노인 자살율이 OECD(경제협력개발기구) 회원국 가운에 1위를 차지하고 있음은 부끄럽기 그지없는 현상이다. 노후의 삶을 위한 경제적 준비 비율도 20~30%에 불과하며 나머지 70~80%의 노인들은 경제적 고통을 감내하고 있다 한다. 거기에다 90% 이상의 노인이 한 가지 이상의 만성질환을 앓고 있는 것으로 집계되고 있다. 이에 대응한 정부의 뚜렷한 복지 정책도 결여되어 의지할 곳 없는 노인은 결국 자살할 수밖에 없는 구조적인 문제를 안고 있다.

의술이 아무리 발전해도 노화로 인한 죽음을 막을 수는 없
다. 하지만 노인이라도 일단 중병에 걸리면 생활의 여유가 없
는 사람까지도 중환자실을 전전하면서 삶에 집착하여 남아 있
는 재산과 돈을 탕진하는 사례를 많이 본다.

삶의 마지막까지 무슨 수를 써서라도 생명을 유지해 보려는
갈망을 거두지 못하는 것이다. 여기에다 우리 나라 의사들마저
병원의 수익성을 고려하여 이를 부추기고 이용하는 부조리가
성행함으로써 노인들이 생의 마지막을 돈의 낭비로 장식하는
어이없는 경우도 비일비재하다.

우리 노인들의 주변에선 항시 죽음의 다양한 형태가 현실로
다가오고 있다. 각종 돌발 사고로 인한 갑작스러운 죽음은 말
할 것도 없고 뜻하지 않은 질병과 노화로 인한 죽음도 느닷없
이 찾아와 우리 노인들을 주눅들게 한다.

무엇보다도 가까운 친구의 타계를 접하고는 마음 아파하면
서 내 차례가 다가올 가능성이 커지는 공포에 그만 움츠러들
기도 한다. 급기야 심한 독감에라도 걸려 오랜 기간 무력감에
서 헤어나지 못하면 일시적이나마 죽음을 상정해 보기도 한다.
다른 한편으론 죽음에 대한 자기 나름대로의 대안을 마련해
보아야 한다는 필요성에 공감을 하기도 한다.

그러나 우리 나라 사람들은 유달리 생에 대한 집착과 죽음
에 대한 거부감이 강한 편이다. 그래서 현 사회에는 죽음의 문
화가 정착되어 있지 못하며 개인적으로도 죽음을 준비하는 풍
습도 발달되어 있지 못하다. 2005년에야 국내 학자들로 구성
된 죽음학회가 겨우 설립되어 '죽음, 그 의미와 현실'이라는 학
술대회가 개최되었으며, 국립 암센터가 환자들의 죽음을 위한

특별법 제정을 제안하는 등 이제 일상 속에서의 죽음에 대한 담론 제기의 필요성이 제기되고 있는 수준이다.

아직도 죽음이라는 단어가 우리 사회에선 건강, 치유, 장수, 복지라는 언어 공세에 치어 실제로 표출되지 못하고 있는 실정이다.

세계적인 죽음학자인 알폰스 디켄은 ‘우리 모두 언젠가는 죽는다는 사실을 받아들일 때 우리에게 주어진 삶이 얼마나 의미가 있는지를 깨닫게 된다.’고 하였다.

어느 때가 될지는 몰라도 늙으면 죽음에 다다를 수밖에 없다. 어떻게 죽음을 맞이하고 대처할 것인지에 대한 답을 찾는다면 죽음에 이르기까지 남아 있는 여생을 어떻게 살며, 처신할 것인지 등등의 문제들도 해답을 찾을 수 있다.

물론 여기에 확실한 방향을 갖고 살아가는 사람이야 없겠지만, 정말로 나의 죽음을 상정하고 인정한다면 삶의 현실적 가치와 내세적 영혼 세계에 관한 대안이 마련될 수 있다.

삶의 감동은 죽음을 사랑할 때 이루어진다 했다. 누구나 죽는 것인데, 죽음을 무서워하거나 피하지 말고 ‘도도하고 당당하게, 그리고 의연하고 근엄하게, 더하여 겸허하고 침착하게, 그래서 끝내는 아름답고 슬기롭게’ 죽음을 맞이하면 좋을 것 같다.

무엇보다도 자신의 수준과 처지를 최대한 고려하여, 죽음에 대한 마음가짐을 스스로 정리하고 전반적인 문제를 철저하고 상세하게 설계해 보아야 한다. 그리고 이를 자신의 존재 가치에 보다 밝고 투명하며 내실있게 반영시켜 보는 것이다.

첫째로, 무엇보다도 중요한 것은 노년기에 접어들어 아내와 함께 둘이 살든, 혼자 살든, 가급적 남에게 의존하지 않는 ‘자립형’ 인간으로서의 생활 설계가 확고하게 구축되어야 한다.

죽음에 이르기까지 아무리 경제적으로 풍족하다 하더라도 건강이 여의치 못하면 자립이라는 의지와 존립은 순간에 무너지고 만다.

그래서 어떻게 하든 ‘자립을 보존’하기 위해서는 건강한 삶의 유지가 전제되어야 한다.

그러나 사람이 아무리 건강에 유의하고 그 누구의 신세도 지지 않겠다고 다짐해도 그것이 의도대로 이루어지기란 어렵다. 수명에는 어쩔 수 없는 각자의 한계가 있기 마련이며, 신변에 뜻밖의 돌발 사태가 발생하지 말라는 법이 없다.

사람에 따라서는 자립의 설계가 일시에 무너져 거동이 불편해지거나 손수 식사를 할 수 없는 처지에 이를 수도 있다. 그래서 가족의 역할을 무시할 수 없지만, 가능한한 보험같은 제도를 최대한 활용하여 독립하여 살 수 있도록 준비하고 양로원 등의 갈 곳도 미리미리 물색하여 위기에 대처할 수 있도록 준비해야 한다.

둘째로, 노인에게는 죽음에 이르기까지의 삶의 질이 아주 중요하다. 대개 죽음에 대해 평균 수명을 거론하며 앞으로 몇 년을 살 것인가에 대한 시간적 개념을 계산하지만, 이제는 앞으로의 기대 수명이 늘어 환갑을 넘었어도 20~30년 간의 인생살이를 상정해야 한다. 이 기간은 실로 장구한 세월이 아닐 수 없다.

누구나 건강하게 오래 살면 좋겠지만 무의미하고 무료하게 오래만 산다면 그 삶은 가치 없는 것이 되고말 것이다. 젊은 시절에 너무 바빠서, 또는 먹고 사느라고, 자식 키우느라고 등등의 이유로 미처 생각지 못했고, 실행하지 못했던 일들을 과감하게 찾아보고 이의 실행을 추구할 필요가 있다.

무엇이건 더 가지려고 하기보다는 설사 가진 게 얼마 없더라도 갖고 있는 것을 주고 베푼다는 나눔의 정신으로 튼튼히 무장하고 살아간다면 그지없이 보람 있는 삶이 될 것이다.

셋째로, 정작 어디에서 어떤 형태로 죽을 것인가, 또 죽은 다음에 내가 어떻게 처리될 것인지에 대한 확실한 답을 정하고, 이의 실행을 아내나 자식에게 확실하게 담보해 둘 필요가 있다.

무엇보다도 죽음으로 가는 과정, 장례 문제, 유산 정리 등에 관한 확실한 유서가 보증되어 있어야 한다. 만일 이런 준비 없이 갑자기 죽음이라도 맞이하게 되면, 모든 일이 그리 간단치 않아 신변처리 문제부터 얽히고 설켜 혼란을 초래하게 된다. 또한 죽음 이후의 여러 가지 사안들에 대해서도 평소에 밝혀 둔 본인의 뜻이 제대로 반영될 수 없다.

적어도 현대적 의술에만 매달려 삶의 마지막을 연명하는 기구한 운명이 되어서는 안 된다. 다시 말하면 의사의 포기 선언이 내려진다든가 뇌사 상태에 빠진 경우이다.

이렇게 되면 가족 내에서는 이를 어떻게 처리하느냐의 문제를 놓고 분란과 소란이 일어날 가능성이 크고 설사, 환자의 죽음이 비교적 단기간 내에 종료된다 하더라도 그 이후의 여러 가지 현안을 놓고 의견 대립이 불거질 가능성이 있다.

오래 살다보면 어제의 삶이나 오늘의 삶이 별반 다르지 못함을 실감하게 된다. 내일에 닥칠 죽음도 마찬가지로 마지막 삶이다.

그렇기 때문에 오늘 잘 살아야 내일의 죽음도 슬기롭게 맞이할 수가 있다. 인간은 누구든 죽음 앞에는 평등하다.

자신의 노력으로 죽음에 앞선 삶을 바르게 정리하고 죽음의 내용까지 아름답게 설계하여 이를 실행에 옮긴다면, 아마도 미소를 머금고 평화로운 죽음을 맞이할 수 있을 것이다. 그리하여 나의 죽음이 가족과 이웃의 진정한 축복을 받는 아름다운 죽음이 된다면, 이것이 바로 영생의 길이다.

어쨌거나 나의 죽음이 남에게 부끄럽거나 처참하게 버려지는 것이 되어서는 안 된다.

우리는 이제라도 웰다잉(Well-dying : 사람다운 죽음)을 맞이하기 위해 죽음에 대한 지나친 불안감이나 외면 등 자신의 잘못된 고정관념을 보다 진보적으로 혁신해 나갈 필요가 있다.

나의 죽음은 나만이 극복할 수 있는 삶의 일부다.

박문신 수필집
인생 2막

·

2006년 10월 30일 초판 발행

·

지은이 | 박문신
펴낸이 | 홍철부
펴낸데 | **문지사**

·

등록일 | 1978년 8월 11일(제3-50호)

·

서울특별시 은평구 갈현1동 423-16
영업팀 | 02)386-8451
02)386-8452
편집팀 | 02)382-0026
기획실 | 02)6407-1314
팩　스 | 02)386-8453

값 9,800원

ISBN 89-8308-077-0 03810
잘못된 책은 구입하신 서점에서 교환해 드립니다.